闽派诗文丛书

闽派诗歌百年百人作品选

《闽派诗歌百年百人作品选》编委会 选编

海峡出版发行集团
海峡文艺出版社

图书在版编目(CIP)数据

闽派诗歌百年百人作品选/《闽派诗歌百年百人作品选》编委会选编. —福州:海峡文艺出版社,2016.10

(闽派诗文丛书)

ISBN 978-7-5550-0908-5

Ⅰ.①闽… Ⅱ.①闽… Ⅲ.①诗集－中国－当代 Ⅳ.①I227

中国版本图书馆 CIP 数据核字(2016)第 258206 号

闽派诗歌百年百人作品选

《闽派诗歌百年百人作品选》编委会　选编

责任编辑　何　欣
出版发行　海峡出版发行集团
　　　　　　海峡文艺出版社
经　　销　福建新华发行(集团)有限责任公司
社　　址　福州市东水路 76 号 14 层　　**邮编**　350001
发 行 部　0591－87536797
印　　刷　福州凯达印务有限公司　　　　**邮编**　350008
地　　址　福州市金山橘园洲工业区台江园 6 号楼
开　　本　787 毫米×1092 毫米　1/16
字　　数　200 千字
印　　张　34.75
版　　次　2016 年 10 月第 1 版
印　　次　2016 年 10 月第 1 次印刷
书　　号　ISBN 978-7-5550-0908-5
定　　价　68.00 元

海滨邹鲁　左海风流

——《闽派诗文丛书》总序

谢　冕

一

记得那年在长安旧地，古城墙，大雁塔，兴庆宫，花萼相辉楼，遍地的秦砖汉瓦，令人遐想汉唐气象。风从潼关那边吹过来，吹皱了洒满月光的渭水，由此一路向西，向着八百里秦川的悠悠古道，咸阳，鄠县，马嵬坡，鳌崒，武功，扶风，岐山过了是凤翔，即使是秦岭深深处，空气里也飘洒着唐诗的清香。得到的是这样的一个认识：中华文明古远而悠长。后来到了河南安阳，那情景就更让人震撼了。殷墟遗址，妇好墓，新建的一座宫殿，美丽而英武的妇好是武丁的爱妃，那陈列的几只玉笄，尚留存着她鬓间悠远的香泽。那是甲骨文的故乡，小屯，一个小小的村落，四十亩的地面，遍布大大小小的深坑，无字的、刻了字的甲骨成堆地堆积在一起。"国之大事，在祀与戎"。那些公元前至少一千五百年前的古文字，刻写的是惊心动魄的时代风云。

我曾行走在安阳的淇河岸边，望着那从远古流淌至今的河水，耳边响起的是至少三千多年前、至今依然青春的歌唱："瞻彼淇奥，绿竹猗猗。有匪君子，如切如磋"，"瞻彼淇奥，绿竹青青，有匪君子，充耳琇莹"。(《诗经·淇奥》)那歌谣幽幽地传递着中华文化的悠长旷远的声音，这个伟大的文化传统是从母亲河黄河孕育、展开而流传至今的。华夏文明的发源地在中原，中原腹地有华夏母亲的心跳。

此刻说到我的家乡福建，福建地处东南海滨，古为蛮荒之地，开发较晚。福建文物之盛当然比不过中原。但福建的文化之脉同样悠远地接续于中原。都说，我们的祖先都来自山西洪洞县的那棵大槐树下，也许竟是。犹记前些年曾托友人寻根问祖，问到了一个叫作"杭城试馆"的地方，（其实那"杭"是"航"之误），据说我的出生地距此不远，当时瞎猜：杭城？杭州？上杭？后来得知，是航城，航行的航。历史就由此推到了三国的吴，我的祖籍长乐旧称吴航，长乐滨海，是吴国孙权制造战船的地方。航城试馆，长乐子弟来省城应试居住的旅馆。猜想，应试子弟中也许就有谢姓的远祖。

从来中原多战乱，三国之后，晋室东迁，史称衣冠南渡，文化中心逐渐东移南下，八闽大地于是蒙得泽惠。记忆中秦淮河畔乌衣巷口的芳草野花，叙说着当年王、谢两大家族的显赫，是一个证明。上面讲的今日的长乐、昔日的吴航成为当时南方的造船中心，也是一例。但无可讳言，文化的重心仍在北方，汉赋唐诗，华清歌舞，也还在以古长安为中心的地域展开。那时的潼关烽烟，骊山鼙鼓，马嵬风波，也都还在遥远的远方进行。福建依然还是僻远静谧的一隅。

二

说句有点昧心的话，福建的文化繁荣还是得益于当年的动荡时势，这里讲的主要是宋代。当年北宋为避日益逼近的外族威胁，自汴梁迁都于临安，即今日的杭州。此地乃是人间天上，锦绣繁华之地。尽管君王乐不思蜀，偏安一隅，但文化的中心向南偏移却是战乱造成的事实。福建和浙江是邻省，福州和杭州距离也不远，人员往来频繁，彼此是互为影响的。宋室南迁，以迄于元、明，一些重要的文学家、学者和诗人，与福建的关系密切，来往频繁。陆游、辛弃疾、曾巩等（李纲是福建人，自不在话下），均有写福建的诗文。唐宋八大家之一的曾巩，于熙宁十年出任福州知州，有诗赞过当地风光："雨过横塘水满堤，乱山高下路东西。一番桃李花开尽，唯有青青草色齐。"① 至于冯梦龙更是在寿宁任职多年，他的"三言"写作与此攸关。这些南下东进的文人，他们的到临有力地促进了内地与福建的文化交流。

在泉州古城，城边上有一座洛阳桥，那是南迁的官民为了寄托往日的记忆而取的名字。洛阳桥头有宋代书法家蔡襄的题字。蔡襄福建仙游人。他的书法正楷端重沉着，行书温淳婉媚，为宋四家之一。泉州旧时遍植刺桐，古代西亚商人行旅多以刺桐记泉州，《马可波罗行纪》亦以此名之。刺桐港是当时世界重要的港口，也是当年国际交流的中心城市，不仅是物资的交流，更重要的是文化的交流，泉州当年就是一座国际化的城市，泉州城里至今尚完好地保留着穆罕默德两位弟子三贤、四贤的墓莹，这城市各个角落遍布着寺庙和教堂。在世界各重要的宗教中，不仅是佛教和道教盛行，基督教和伊斯兰教也都盛行，彼此和平相处，互相尊重。泉州开元寺，建于武则天时代的垂拱三年。庙宇辉煌，法相庄严，大雄宝殿两侧，石柱上镌刻着朱熹撰的联句：

　　此地古称佛国
　　满街都是圣人

对联系弘一法师所书，笔力婉秀而遒劲。撰联者与书写者，一位朱熹，一位李叔同，都是与福建缘分很深的学者大师。泉州开元寺的古旧辉煌，加上这副对联的撰联者和书写者，印证了历史中的福建文化昌荣的恢宏气象。南宋偏安江南一隅，虽然彼时家国多艰，然文化的血脉还是顽健地留存并发展着。以临安为中心，沿富春江、钱塘江一线、环太湖三角洲，在中原文明的基础上融入了江南文化明媚浪漫的因素，延续并繁衍了中华文明以达于极致。

记得还有一首诗，作者是南宋诗人吕祖谦，该诗描述了当时八闽大地动人的文化景观。吕祖谦家世显赫，先祖吕蒙正、吕夷简、吕公弼、吕公

---

① 曾巩：《福州城南》，转引自危砖黄《闽都诗文名篇》，福建教育出版社，2010 年 6 月。

着都当过当朝宰相，吕祖谦的父亲吕大器曾在福州任职，吕祖谦本人随父在闽求学，他是南宋孝宗时代杰出的思想家和历史学家，他这首诗，题为《送朱叔赐赴闽中幕府》，以朴素的语言称颂当日闽中的学术风气，在他的笔下，当时、后来、甚至现在，这里总是书香盈巷，书声琅琅：

> 路逢十客九衿首，
> 半是同窗旧弟兄。
> 最忆市桥灯火静，
> 巷南巷北读书声。

　　由此可见八闽当时文事之盛。在中国文化领域，福建真的没辜负了这片锦绣山水，它有力地承继并拓展了悠久的华夏文明。地理环境的特殊也间接促成了文化的繁荣。福建境内西北环山，东南滨海，山是秀丽，水是柔婉，亦有雄奇，亦有湍急，四季苍绿竟也是花开四季，构成一幅四时多姿多彩的活画图。山地交通不便，因此方言复杂，为了沟通，普通话流行，无论妇孺均能使用，这也间接促进了福建教育的发达，记得二十世纪五十年代中国高考，福建考生的成绩令全国为之瞩目。都说福建人善应试，其实乃是教育普及的结果。山间少良田，海边多风沙，福建人为此走南洋谋生者多，这也促进了涵容多种文化的宽广胸怀和外向型性格的形成，福建人从来多奇思，出奇才，不保守。

三

　　这种局面延续到近代。第一次鸦片战争失败，割地赔款，屈辱的中国被迫打开国门，签订南京条约，广州、厦门、福州、宁波、上海五城市辟为通商口岸。五口通商中福建占有两地。外国使节、商人和传教士的到来，带来了与中国传统文明迥异的西方文明，客观上扩大了国人的心胸和视野，福建人对包括基督教在内的"舶来品"并不拒绝，不仅接受，且涵容之，扩展之，最终反过来丰富了自身，从而有力地促进了东西方文化的融汇。以泉州为例，它在东西方文化的广泛交流中不仅保全了一座东方的"佛国"，而且成功地完成了作为当年世界多种文化互惠互容的典型。"满街都是圣人"，这圣人不仅是信佛的人，而且是泛指有文化的读书人，是学有专攻的学问人。

其实早在先辈下南洋谋生开始，福建人就开始了这种促进东西方文化交流的历史。早先出洋的那些人，他们以自己的智慧和汗水，为当地的开发和建设贡献力量，促进了与原住民的融合。我有幸访问过遥远的沙捞越，那里有一座叫作诗巫的城市，就是福建乡亲一手建起的"新福州"——乡亲们几乎把一座完整的福州城搬到了加里曼丹的海天之间。福建人在海外挣了钱回家盖房，盖的房子，便是他们喜欢的外国洋房的模样，现在厦门的鼓浪屿，就是这样一座"搬来的"建筑博物馆。

陈嘉庚就是这样成功的一位伟人，他挣了钱，省吃俭用，在家乡盖学堂，办教育，集美学村就是他的杰作。有趣的是他为自己设计的墓园——鳌园。那里的闽南石雕，镌刻的是系统的西方文明的理念和习俗，从刷牙洗脸等卫生习惯开始，应有尽有，他的"以夷为师"是发自内心的自然而然。在福建人宽广的胸怀中，可以有自己的信仰，也尊重他人的信仰，基督教的教堂可以在边远的山区和海滨见到。在我曾经驻防过的石城半岛，一个远离大陆的偏远荒凉的渔村，那里也有一座精致的教堂，也有一位默默地传布福音的外国传教士。

最早的一批留学生中有福建人。严复早年就是赴英留学的留学生，清光绪五年（1879）毕业于英国格林尼茨皇家海军学院。他学的是船政，后来当了北洋水师学堂的总教习。严复学贯中西，业通文理。他又是翻译家，首译《天演论》《原富》等到中国来，在译界以倡"信、达、雅"为翻译三原则而赢得普遍的尊敬。他是首任的北京大学校长。他和林则徐一样，是封闭社会中最早眼睛向外看的中国人。像严复这样的福建人并非"罕见"，乃是一种"常见"。说到与严复同为福建闽侯人的林纾，都说他在五四运动中是保守派，但他却是比严复还早的一位翻译家，可谓是中国翻译界的第一人。他不懂外文，却通过他人的口述，翻译了一百七十余部小说，著名的《巴黎茶花女遗事》，就是他的译作。他是一个奇迹。

还有陈季同，也是一位奇人。他也是船政学堂的第一批学员，1875年，以"在学堂多年，西学最优"被船政局录用，后又与严复、马建忠、刘步蟾、林泰曾、邓世昌、萨镇冰等被派往英国学习。他精通多国语言，能以法文写作，著作有《黄裳客传奇》等多种，他的法文著作被译成英、德、意、西、丹麦等多国文字。陈季同在海外影响甚大，罗曼·罗兰的日记中曾详细记述其当时所见的美好印象①。据相关专家评述，由于陈季同的学术贡献，中国新文学的历史，为此要往前推进若干年。陈季同是早期能以外文创作文学作品的中国人，到了现代，还有林语堂，他也是除中文以外能用英文写作的中国人。

四

回到开元寺朱熹的那副对联上来，朱熹诞生于福建尤溪，他一生的大部分时间都在福建各地居住和游走，著述、讲学、办书院。在福建，他完成了作为中国儒学重镇的朱子学说的体系。他的祖籍虽然不是福建，却是福建大地诞生和培育的儿子。福建始终认他为乡亲、乡贤，他是福建的骄傲。福建尤溪县志载有关于朱熹的传说，宋高宗建炎四年（1130）农历九月十五日，朱熹诞生，诞生地有文山、公山，是日两山同时起火，草木烬处，现出"文""公"二字，宣告了一代名儒"朱文公"的诞生。

史书记载，福建在唐以前还是"化外之境"，唐代五十多名闽籍进士，除个别人如欧阳詹外，大都表现平平。进入宋代，形势大变："福建默默地积蓄了一千多年的惊人能量，突然爆发。一向受中原地区忽视的蛮荒之地，转瞬间成为文化高度繁荣的地区。在科举考试中，福建士子的出众表现，让人大惊失色。美国学者贾志扬依据全国地方志统计，两宋合计

---

① 罗曼·罗兰当时是法国巴黎高师的学生，是陈季同这场演讲的听众。他在1889年2月18日的日记中记述了当时的情景："他身着漂亮的紫色长袍，高贵地坐在椅子上。他有一副饱满的面容，年轻而快活，面带微笑，露出漂亮的牙齿。他身体健壮，声音低沉有力又清晰明快。这是一次风趣幽默的精彩演讲，出自一个男人和高贵种族之口，非常法国化，但更有中国味。在微笑和客气的外表下，我感到他内心的轻蔑，他自知他高我们一等，把法国公众视作小孩……听众情绪热烈，喝下全部迷魂汤，疯狂鼓掌。"

28933 名进士，福建占 7144 名，排名第一。宋代的闽北文化极其发达，台湾学者陈正祥《中国文化地理》统计，仅浦城一县就出了 122 位进士，4 个状元，8 个宰相。"[1]

重要的不是这些数字，而是由于朱熹的出现，福建诞生了自己的学术思想界的领袖人物，并由此形成了自己的学派——朱子学派。这个学派的影响跨越了时空的界限，不仅属于江南，而且属于全国，宋以后，它成为元、明、清以至民国的主流的意识形态，支配中国社会达六七个世纪的久远时间。史传，朱熹不是横空出世的，在他之前，已有号称南剑三先生的本土的学界先驱人物：将乐人杨时、沙县人罗从彦、延平人李侗。杨时曾问学于程颢、程颐，学成辞归，程颢顾座中人曰："吾道南矣！"南剑三先生中的李侗，朱熹二十四岁时问学于他，三十三岁正式向李侗行弟子礼。与此同时，朱熹本人也成为杨时的三传弟子。道统入闽，闽学的地位骤然上升，岂是偶然？

有史册统计，当时福建官、民办书院有案可查的达百所之多[2]，其间不乏朱熹亲自授课、亲自题匾、或由他的亲传弟子讲学的学堂和书院。其著者如福州城门的濂江书院，有朱熹题匾"文明气象"；福州洪塘的云程书院，明林静斋讲学处，林氏五兄弟科甲联登，"兄弟两会魁，三代四进士"，被称为历代出文人官人的摇篮；福州鳌峰书院，堪称东南第一学府，康熙御赐"三山养秀"匾，乾隆御题"澜清学海"匾；闽侯竹林书院，南宋孝宗干道年间朱熹所建，祀竹林七贤，朱熹避禁"伪学"时在此讲学，书院一时名声大噪；凡此等等。福建办学的传统由此形成大气象，这足以回答为何福建地处偏僻而该地文化水准每每领先于别处的原因。

综合起来说，首先，福建虽然地处国之东南，但受惠于历史上晋、宋两朝政治经济中心南移，得到中原文化的浸润，加上博大的海洋的吞吐涵容，在闭关锁国的长时期中，福建先民早已漂洋过海，开展了卓有成效的经济文化的国际交流，影响所及，使它一时气势恢宏，蔚成奇观。及至近

---

① 引文见 2014 年福州耕读书院成立大会所印发材料：《朱熹简历及其在教育方面的贡献》。
② 见《福建百家书院历史资料》。此资料主要参考金银珍、凌宇着《书院—福建》一书编制，又经福建师大徐心希及闽都民俗研究所范丽琴补充建议定稿。

代，国门开放，西洋文化大量涌入，多种文化在这里融会贯通，福建首得风气之先，出现了众多有别于内地的旷世奇才。

这方面，可圈可点者多，远的如明朝的李贽，近世如辜鸿铭。李贽，晋江人，回族。以"异端"自居，招收女弟子，猛烈抨击孔孟之道，痛斥孔子"无学无术"，也激烈批判宋明理学，认为"存天理，灭人欲"是虚伪说教。最后死于监狱。是一个奇人。辜鸿铭，福建同安人，出生于南洋。早年留学英、德、法诸国，精通包括拉丁、希腊在内的多种语文。他是第一个将《论语》《中庸》译成英语的中国人，也是唯一的拖着长辫给学生上课的北大教授。他是民国学界一道奇特的风景。此类奇才，史中屡见，邵武有严羽，崇安有柳永，他们的学问人生均具传奇性，也都是本地"特产"。

五

纵观八闽文运，每能于平凡处见奇崛，于淡泊处显神韵，气势恢宏而临危受命者若林则徐，缠绵悱恻而慷慨赴死者若林旭、林觉民，细究其因，不外上述。这篇长文的开头，我写了篇名，八个大字："海滨邹鲁，左海风流。"意在以此概括福建的文采飞扬的非凡气势。从历史看，先南洋而接踵西洋，因江南而际会中原，加上宋以后出现的以朱熹为代表的学界翘楚，其影响绵延至今，使福建文化能置身于浩浩中华文明之中而独显其优势与魅力。本文以上所列举的那些人和事，都是闽山闽水育就的奇花异果，他们在各个时期，均能以自己的方式彰显了时代的风貌。

近年以来，闽省宣传部门领导关注有特色的地域文化建设，举凡整理出版八闽文库之类的大型文献丛书，出版总数三十余卷的闽派文艺批评家的文集，召开相关的专门研讨与诗歌集会，以及出版现在这套闽派诗文总集，都是令人欣慰的可喜可贺之事。就福建而言，其文化的自成特色是事实，但闽学是否有"派"？尚是存疑待考。去岁榕城开会，此会曰闽派文艺评论家的聚会，我当时就对吾闽之文艺批评是否有"派"置疑，谓，曰闽籍即可，曰闽派则未必。但不论如何，闽江水自分水关悠悠南下，过崇安、邵武，沿途纳松溪、建溪、富屯溪诸水而会于南平，而后经福州浩浩东流入海，又何尝不是激流一派？辜言之、信之可也。

闽省郭风、何为、蔡其矫三先生，师辈人也，素所敬仰。郭风先生为人宽厚谦和，有长者风，他是二十世纪四十年代最早发表拙作的前辈，多年扶植，素未谋面。时隔三十余年后，八十年代初期，我与刘心武、李陀、孔捷生联袂访闽，郭先生亲赴义序机场迎迓，语及旧事，方感知遇恩重。何为先生文雅睿智，他的美文我十分喜欢，也影响了我，前年拜谒上杭临江楼，先生之大文在焉！诵文思人，在心中默默为先生的健康祝祷。蔡其矫先生也是福建山水造就的一位奇才，集激情的革命者与浪漫诗人于一身，在思想禁锢的年代，敢于喊出"少女万岁"的，国中能有几人？唯独蔡先生做到了。闽派诗文集能由郭、何、蔡三先生文集领衔，自能充分展现当代福建的文坛的实绩，实为至幸。

闽派诗文总集编成有日，文集编委会命撰序文于我，乡情为重，不遑轻忽！旁置冗务，溽暑伏案，日致数言，乱章叠句，方成此篇。内中涉及文史故典颇多，案边尤缺参阅资料，谬误错乱之处难免，期待方家指谬，是所至幸。

2015 年 9 月 3 日，于北京大学畅春园采薇阁

海滨邹鲁　左海风流

目　录

第二辑　港澳台及海外闽籍诗人作品选

第一辑 ————————

中国大陆闽籍诗人作品选

庐　隐

庐隐（1898—1934），本名黄淑仪，又名黄英，闽侯县南屿乡人。五四时期著名的作家，与冰心、林徽因齐名并被称为"福州三大才女"。2003 年美国哥伦比亚大学出版的《女作家在现代中国》（Writing Women in Modern China）之中，与萧红、苏雪林和石评梅等人并列为十八个重要的现代中国女作家之一。

最后的命运

突如其来的怅惘，不知何时潜踪，来到她的心房。她默默无语，她凄凄似悲，那时正是微雨晴后，斜阳正艳，葡萄叶上滚着圆珠，荼蘼花儿含着余泪，凉飚呜咽正苦，好似和她表深刻的同情！

碧草舒齐的铺着，松荫沉沉的覆着；她含羞凝眸，望着他低声说："这就是最后的命运吗？"他看看她微笑道："这命运不好吗？"她沉默不答。

松涛慷慨激烈的唱着，似祝她和他婚事的成功。

这深刻的印象，永远留在她和他的脑里，有时变成温柔的安琪儿，安慰她干枯的生命，有时变成幽闷的微菌，满布在她的血管里，使她怅惘！使她烦闷！

她想：人们驾着一叶扁舟，来到世上，东边漂泊，西边流荡，没有着落困难是苦，但有了结束，也何尝不感到平庸的无聊呢？

爱情如幻灯，远望时光华灿烂，使人沉醉，使人迷恋。一旦着迷，便觉味同嚼蜡，便是她不解，当他求婚时，为什么不由得就答应了他呢？

她深憾自己的情弱，易动！回想到独立苍溟的晨光里，东望滔滔江流，觉得此心赤裸裸毫无牵扯。呵！这是如何的壮美呵！

现在呢！柔韧的密网缠着，如饮醇醪，沉醉着，迷惘着！上帝呵！这便是人们最后的命运吗？

她凄楚着，沉思着，不觉得把雨后的美景轻轻放过，黄昏的灰色幕，罩住世界的万有，一切都消沉在寂寞里，她不久就被睡魔引入胜境了！

砍柴的女儿

伊眼皮盖住了眼球，
疲倦的倚在白杨树旁，
黄金色的柔发，
散垂在伊的肩上，
一担黄的，绿的木柴，
安稳的放在伊的足边；
斧子亮晶晶的发着清光，
伊微笑的睡容，
好似黄昏斜阳一般鲜艳，
伊不是安琪儿！
是村子里砍柴的女儿——
工作完后的安乐者！

来呵！我的爱人！①

一

她从人间领回来我这飘泊的灵魂。
在她的覆翼下，我忘记坎坷的命运。
——我膜拜她——
美丽的夜之女神！

二

温馨的风吹过绿碧的草群。
懒软的倚偎着颤动的花心！

三

柔媚的眉目透过云霄，
照耀着幽邃的路径。

四

来呵！来到神秘的世界！
我渴慕的爱人！

五

哦，流泉！请悄悄的走吧，
我要听她和协的步履之声！

六

哦，星光！请停止闪射吧，

① 这是庐隐与李唯建的定情诗，以李唯建的口吻书写。

我要看她光亮的目睛!

七

玫瑰，请低垂你的花茎，呵!
我要尝她含露的嘴唇!

八

哦!上帝!请永驻我的青春!

郑振铎

郑振铎（1898—1958），笔名西谛，原籍长乐，生于浙江永嘉。1920
年，与沈雁冰、叶绍钧等人发起成立文学研究会，并主编文学研究会机关
刊物《文学旬刊》。1949 年后，历任国家文物局局长、考古研究所所长、
文学研究所所长、文化部副部长等职。主要著作有短篇小说集《家庭的故
事》《桂公塘》、散文集《山中杂记》、学术专著《文学大纲》《插图本中国
文学史》《中国俗文学史》等。

我是少年

我是少年！我是少年！
我有如炬的眼，
我有思想如泉，
我有牺牲的精神，
我有自由不可捐。
我过不惯偶像似的流年，
我看不惯奴隶的苟安。
我起！我起！
我欲打破一切的权威。

我是少年！我是少年！

我有喷腾的热血和活泼进取的气象。

我欲进前！进前！进前！

我有同胞的情感，

我有博爱的心田，

我看见前面的光明，

我欲驶破浪的大船，

满载可怜的同胞，

进前！进前！进前！

不管它浊浪排空，狂飙肆虐，

我只向光明的所在，进前！进前！进前！

云与月

我若是白云呀，我爱，

我便要每天的早晨，在洒满金光的天空，

从远远的青山，浮游到你的门前。

当你提了书囊出门时，

我便要随了你，投我的阴影在你身，为你遮着日光。

我若是小鸟呀，我爱，

我早已鼓翼飞到你的窗前，

当黄昏时，停在梨树的枝头，

看着你在微光里一针一针的缝你的丝裳。

只要你停针，抬头外望，

我便要唱歌，一只爱的歌，给你听了。

我若是月光呀，我爱，

我便当高高的挂在中天，

用我的千万只眼，照进白纱的帏帘，
窥望着你在甜蜜的眼着，
只要你在身向外转侧，
我便要在你的前额，不使你警觉，轻轻地密吻着了。

吴淞口的哨兵

——记所见

太阳光辉煌的照在浑黄的江水上，
不断的绿草顽强的蔓生在不断的堤岸。
吴淞口上立着我们的哨兵，
可爱的芒鞋背笠的哨兵。
他执着枪，
天神似的立在吴淞口断垣危壁之下，
眼盯着断桥对岸的敌人，
一步不移动他的岗位。

轰轰轰轰的敌人的炮声，
打倒了坚墙，摧毁了当前的一切，
但打不动他的心。
他执着枪，
天神似的立在吴淞口断垣危壁之下，
眼盯着断桥对岸的敌人，
一步不移动他的岗位。

呼呼呼呼的敌人的子弹，
在前在后，在上在下，在左在右，
呼呼的飞过，嗤嗤的打在他的身旁的墙上，
但打不动他的心。

他执着枪，

天神似的立在吴淞口断垣危壁之下，

眼盯着断桥对岸的敌人，

一步不移动他的岗位。

嗡嗡嗡嗡的敌人的飞机，

就在他头顶上盘旋着，

低着机头落下了一颗大炸弹，

被炸起的碎土破砖。

打落在他的左近，

但打不动他的心。

他执着枪，

天神似的立在吴淞口断垣危壁之下，

眼盯着断桥对岸的敌人，

一步不移动他的岗位。

这里是他的岗位，

这里是他的哨视的岗位，

这里也便是他的葬身之地！

他执着枪，

勇毅无畏的天神似的站在吴淞口断垣危壁之下。

眼盯着断桥对岸的敌人，

一步不移动他的岗位。

太阳光辉煌的照在浑黄的江水上，

不断的绿草顽强的蔓生在不断的堤岸。

吴淞口上立着我们的哨兵，

可爱的芒鞋背笠的哨兵。

他执着枪，

天神似的立在吴淞口断垣危壁之下，
眼盯着断桥对岸的敌人，
一步不移动他的岗位。

杨 骚

杨骚（1900—1957），本名杨维铨，漳州人。20世纪二三十年代即以诗名于世，为中国诗歌会发起人之一。1918年东渡日本留学，1924年返国前就写出诗集《心曲》。1925年夏赴新加坡在小学教书，课余写诗，1927年冬回国。1941年重返新加坡，在新加坡、印尼从事新闻、文化工作，1952年回国。出版诗集《受难者的短曲》《心曲》和《春的感伤》等。

福建三唱

一

朋友，你问吗，我的故乡？
唔，我的故乡，
不是吉林，奉天，
是福建芗江。
那儿没有大豆，高粱；
那儿有米，麦，甘蔗，
山田，水田……

哦，我爱我的故乡！

朋友，你问吗，我的故乡？
唔，我的故乡，
不是热河，黑龙江；
是厦门，泉漳。
那儿没有人参，蛤士蟆；
那儿有荔枝，龙眼，
岩茶，水仙……
哦，我爱我的故乡！

朋友，你问吗，我的故乡？
唔，我的故乡，
是头枕武夷山，
脚洗太平洋；
胸藏丰富的矿产，
颈缠闪耀的闽江，
呼吸要震动中原的乳峰，
伸手好摸南国的头脸……
哦，我爱我的故乡！

朋友，你问吗，我的故乡？
唔，我的故乡，
没有冻死人的冬天，
没有恶热的火焰；
只有清冽的泉水，
暖和的太阳；
山高不怕人，
林密无毒烟……

哦，我爱我的故乡！

二

是春天，

荒地，一片，

废墟，连绵，

何处有青翠的稻秧——

啊，在我梦想中的梦想中央！

是田间，

菜色的脸，

饥饿的眼，

何处有金盏的水仙——

啊，在我回忆中的回忆中央！

朋友，我怎么说好呢？

浪人，汉奸

鸦片，机关枪；

海口，山巅，

奇怪的旗在飘扬：

啊，这是我目前的故乡！

哦，朋友，别再问我的故乡！

那是头箍黑色的花边，

脚扣"善邻"的铁链，

胸对吞鲸的炮口，

背着打狗的柔鞭；

喘气吗？肋膜炎，

翻身吗？腹膜炎，

呐喊吗？扁桃腺炎——
呀，朋友，那是，
那是"九一八"前的奉天，
吉林，热河，黑龙江！

                    三

山海关外血满地，
山海关内黄沙起——
哦，你泉漳的子弟，
你福建的盐，你，
你向哪儿逃避！？

黄河上下吹警笛，
大江南北多雾气——
哦，你泉漳的子弟，
你福建的盐，你，
你向哪儿逃避！

听吧，你泉漳的子弟，
你福建的盐，你，
纵使你把脑壳，
钻入昆仑山的石洞里，
敌人残酷的铁蹄，
会把你的屁股踢！

听吧，你泉漳的子弟，
你福建的盐，你，
你不打敌人凶恶的鼻，
敌人将剥你善良的皮；

你得学阿比西尼，
顽强地抵抗到底！

你想把破烂的故乡抛弃，
何处是一片干净地，
何处有美丽的水仙，
我问你，我要问你！

哦，你泉漳的子弟，
你福建的盐，你，
点燃武夷山上的森林罢，
烧毁汉奸的狼心狗肺！

哦，你泉漳的子弟，
你福建的盐，你，
鼓起厦门湾中的怒潮罢，
掩没远东的帝国主义！

冰 心

冰心（1900—1999），本名谢婉莹，长乐人。诗人、散文家、翻译家、儿童文学作家、社会活动家。1919 年 8 月的《晨报》上，冰心发表了第一篇散文《二十一日听审的感想》和第一篇小说《两个家庭》。1923 年出国留学前后，开始陆续发表总名为《寄小读者》的通讯散文，成为中国儿童文学的奠基之作。1946 年在日本被东京大学聘为第一位外籍女教授，讲授中国新文学课程，于 1951 年返回中国。

繁星·二八

故乡的海波呵！
你那飞溅的浪花，
从前怎样一滴一滴的敲我的盘石，
　　现在也怎样一滴一滴的敲我的心弦。

春水·五〇

何用写呢？
　　诗人自己
便是诗人！

纸　船

——寄母亲

我从不肯妄弃了一张纸，
　　总是留着、留着，
叠成一只一只很小的船儿，
　　从舟上抛下在海里。

有的被天风吹卷到舟中的窗里，
　　有的被海浪打湿，沾在船头上。
我仍是不灰心地每天叠着，
　　总希望有一只能流到我要它到的地方去。

母亲，倘若你梦中看见一只很小的白船儿，
　　不要惊讶它无端入梦。
这是你至爱的女儿含着泪叠的，
　　万水千山，求它载着她的爱和悲哀归去。

远道·一〇

隔着玻璃，
　　看见了中国的邮票。
这一月的光阴，
　　已是可祝福的！

胡也频

胡也频（1903—1931），本名胡崇轩，曾用也频、白丁、野草等笔名。出生于福州，祖籍江西新建。1924 年与女作家丁玲结婚，1928 年到上海主编《红与黑》杂志，次年与沈从文合编《红黑》月刊和《人间》月刊。1930 年加入"左联"，被选为执行委员。1931 年 1 月 17 日被国民党逮捕，2 月 8 日在上海龙华被杀害，是"左联五烈士"之一。

渴　望

　　暮霭带来消息，游鸦遂呼啸其同伴，御晚风飞去，似栖止于黛色的山后，唱舟女之歌与溪流谐和。

　　啊，我亦欲捷足地去吻我爱情之余芳，跑往幽谷，唤醒那因我而思梦的女王，起来和我作回旋跳舞或别种游戏，让小草弯腰，模仿我们的体态。

　　看，月光如新妇之羞怯，挨近树林、斜坡和浅堵，蟋蟀亦高唱忘忧之曲，这是大自然开始夜的演剧，奈我心因贫血而疲乏，无能随流星去参预。

　　我深盼新秋之雨，从斜晖所隐没处飘来，带给我诗歌之情绪，因我的心灵已饥荒着，正需要这种养料。或是街头的更夫，带点醉意地敲着锣儿，警醒人们的沉睡，并一齐打破我的寂寞！

静寂的夜

呵，那静寂的夜，当它来时，我便想仰天狂啸，或痛哭，给一些这如死之周围的生动，但啊，苦恼已饮尽我眼中之泪滴，忧愁又横锁在喉咙，于是我多感的心，成为俘虏了，被凉夜的强暴，随意去摆布！

我深盼有古庙的钟声，或是睡鸟惊梦的喊叫，以解我围，因我无法去消散这无垠寂寥的重压。大地沉着，天是黑的，树林如骷髅之军旅……

灯儿反由明而灭！

恐怖遂成饿客，吞没我所有丰富之想象，驱我到荒原，阴谷，战壕及坟墓，为落魄之人！是以我灵魂露出了颓败之迹！

我不畏火山崩裂，狼群与虎豹争强，或魔师亦无能感化的野盗之明火，却不得不承认：当我的心成为俘虏的时候，可怕的，乃静寂的夜！

愿 望

我凝睇着窗外的柳枝
我爱，是望你来临这夜里，
假若你这时已脱去了睡衣，
你就裸体的来到我的枕畔。

你务必莫因穿衣而迟延：
因为蔷薇花已经熟睡，
你可以闪开你的媚眼，
无须替它们的羞怯担忧。

月影是如此的朦胧，
星光亦无能偷看你的素脚，

你不妨大胆地越过竹林，
那径上的软草将隐秘你的脚音。

倘若露水打湿了你身体，
你休要躲避而缓步，
且如新浴般站在我眼底，
我会把温柔的头发去揩干。

我现在已展开了我的梦，
朝霞般平铺在你脚下，
让你静悄悄地走入梦里，
迎接我的香吻以你的浅笑。

林徽因

林徽因（1904—1955），闽县（今福州）人，出生于浙江杭州。本名林徽音。著名建筑师、诗人、作家。20 世纪 30 年代初，同梁思成一起用现代科学方法研究中国古代建筑，成为这个学术领域的开拓者，后来在这方面获得了巨大的学术成就，为中国古代建筑研究奠定了坚实的科学基础。文学上，著有散文、诗歌、小说、剧本、译文和书信等，代表作有《你是人间的四月天》《莲灯》《九十九度中》等。

你是人间的四月天

我说你是人间的四月天；
笑音点亮了四面风；
轻灵在春的光艳中交舞着变。
你是四月早天里的云烟，
黄昏吹着风的软，
星子在无意中闪，
细雨点洒在花前。
那轻，那娉婷，你是，
鲜妍百花的冠冕你戴着，

你是天真，庄严，
你是夜夜的月圆。
雪化后那片鹅黄，你像；
新鲜初放芽的绿，你是；
柔嫩喜悦，
水光浮动着你梦期待中白莲。
你是一树一树的花开，
是燕在梁间呢喃，
——你是爱，是暖，是希望，
你是人间的四月天！

仍　然

你舒伸得像一湖水向着晴空里
白云，又像是一流冷涧，澄清
许我循着林岸穷究你的泉源：
我却仍然怀抱着百般的疑心
对你的每一个映影！

你展开像个千辫的花朵！
鲜妍是你的每一瓣，更有芳沁，
那温存袭人的花气，伴着晚凉：
我说花儿，这正是春的捉弄人，
来偷取人们的痴情！

你又学叶叶的书篇随风吹展，
揭示你的每一个深思；每一角心境，
你的眼睛望着我，不断地在说话
我却仍然没有回答，一片的沉静

永远守住我的魂灵。

小诗之二

小蚌壳里有所有的颜色；
整一条虹藏在里面。
绚彩的存在是他的秘密，
外面没有夕阳，也不见雨点。

黑夜天空上只一片渺茫；
整宇宙星斗那里闪亮，
远距离光明如无边海面，
是每小粒晶莹，给了你方向。

童晴岚

童晴岚（1909—1979），厦门人。1938年厦门沦陷后加入厦门青年战时服务团，任干事会干事兼总务，并参加创作歌曲《我们是钢铁的一群》。厦门诗歌会发起人之一，主编《诗歌前哨》。1941年到广西、贵州任中学教师。抗战后回厦门，改名童雨林，在省立中学任教。新中国成立后任厦门文联副主席、厦门市文协主任。1954年调福建师范学院中文系任教，任民盟福建省委委员。出版诗集《南中国的歌》《中华轰炸机》等。

厦门海堤短歌

贝 壳

从沙滩上捡起一只贝壳，
放在我烫热的手心。
它像蓝天耀眼的星星，
它像你那含情带意的眼睛。

它说我有能耐，
它说我胸中汹涌着爱情；

我把它紧捏在手里，
它就嗤嗤地笑出了声。

我顺手摘下一片梧桐叶，
把它放在叶儿上面，
让奔流不息的海涛带去，
带到你正忙着锄草的地边。

它会热情地告诉你：
我在这儿生活多惬意，
白天，打石声像音乐叮当响，
夜晚，灯光赛太阳。

有时海风刮得头发昏，
我好像看见一股浓烟滚上天，
列车隆隆地开过石堤，
脑子里就清爽，铁锤挥得更有力。

有时我蹲得背脊酸痛，
拍掉身上的石粉，伸一伸腰，
那天天高出海面的一块块堤石，
就闪亮闪亮地朝我嘻笑……
它也会告诉你我的希望——

那一晚会有圆圆的月亮，
你来访问这白石长堤，
我要采下心上那朵香花来迎接你。

他的船儿开在最前头

片片帆儿兜满了风，
鱼贯地航行在湛蓝的海上，
船头吐出白浪的泡沫，
他的胸口洋溢着幸福和希望。

他的船儿开在最前头，
他的心儿跟海涛一齐歌唱，
满怀的愉悦总是捺不住，
时刻有笑波在眉梢眼角荡漾。

辉耀着贝壳的闪光的沙滩上，
飘来了一阵孩子们的笑声，
他就从那热烘烘的心窝里，
勾起了一股多么甜蜜的欢情——

记得是一个灯光灿烂的夜，
海堤上大伙正奔忙得一片闹腾腾，
那位搬运姑娘对他嘻嘻笑，
睁着两颗晶亮的眼睛：

"你看咱这海堤造得多精致，
密密层层的白石像镀上银一样；
看见你远远地把石条运来，
心儿就高兴得要跳出胸膛。"

他仿佛已看见那位姑娘，

站在堤上向着远方眺望，
他急得差点儿叫出声来，
一只白鸥扑翅飞过船旁。

他定神把住舵柄，
沉着地理一理帆绳，
他的船儿开在最前头，
像一只海燕在劈浪飞翔。

老石工

额下那一副老花眼镜，
是天上摘下来的两颗星星，
闪耀着幸福的希望，
映现出春色似锦的图景。

天天，他迈着稳健的脚步，
揣上钢钎来到高山顶，
一看满山银亮的白石，
胸里就涌起沸腾的欢情。

清脆响亮的打石声，
是教人陶醉的乐音，
就在这暖和的石窟中，
他找到了失去多年的青春。

亲热的阳光吻着他的背脊，
背脊像钢钎一样直挺，
汗珠从苍苍的鬓边流淌下来，

而手没有停，铁锤抡得那么有劲。

当海峡上那道白石的长堤
在他眼前出现，
他就像做梦一样，
身子轻飘飘地要飞上天。

仿佛，他听见长鸣的汽笛，
列车开过了石堤，
系着红领巾的小孙子从窗口探出头来，
招招手，高声喊："爷爷，辛苦了你！"

林 庚

　　林庚（1910—2006），祖籍福州，1910 年生于北京。1928 年考入清华大学物理系，两年后转入中文系，开始诗歌写作，先后出版诗集《夜》《春野与窗》。1933 年毕业留校任助教。1934 年春去上海专事写诗，同年秋返北平，先后在民国学院、北平女子大学文理学院、北京师范大学任教，又出版诗集《北平情歌》《冬眠曲及其他》。1937 年抗战爆发后，去厦门大学任教授，不久随学校迁到闽西长汀，主要从事中国古典文学的研究与教学。1947 年回北平，任燕京大学中文系教授。1952 年后任北京大学中文系教授、中国古典文学教研室主任。1984 年出版诗与诗论合集《问路集》，1985 年出版《林庚诗选》。

马路之歌

马路宽阔得像一条河
春天工地上正在建设
汽车的喇叭唱着牧歌
说吧年轻人在想什么

远处的青山那么蓝哟

远来的阳光比水还多
我要画一只白和平鸽
祖国的天空多么辽阔

杨柳绿荫里飘出飞花
生活的节目到处广播
为什么这里不要唱歌
马路宽阔得像一条河

新秋之歌

我多么爱那澄蓝的天
那是浸透着阳光的海
年轻的一代需要飞翔
把一切时光变成现在
我仿佛听见原野的风
吹起了一支新的乐章
红色的果实已经发亮
是的风将要变成翅膀
让一根芦苇也有力量
啊世界变了多少模样

金色的网织成太阳
银色的网织成月亮
谁织成那蓝色的天
落在我那幼年心上
谁织成那蓝色的网
从摇篮就与人做伴
让生活的大海洋上

一滴露水也来歌唱

曾 经

曾经在海上鞭挞浪花
把一颗红心一刀剖开
用如霜的笔刻下名字
记下了青春少年时代

无声的旋律扬起风帆
无边的海岸浴着阳光
那么谁曾经这样说过
在风暴之中我们成长

生活的波涛山样的高
时代的声音海样的深
你不是倾听必是奔跑
把一页日记写上战袍

倾听吧历史正在咆哮
从四面八方吹来号角
难道是真的已经老了
像一只苹果熟了烂掉

那么谁又会这样说过
不知道明天将是什么

蒲　风

蒲风（1911—1942），本名黄日华，曾用名黄浦芳、黄飘霞等。出生于广东梅州市梅县区隆文乡坑美村的一个贫农家庭。中华人民共和国成立后，被追认为革命烈士。其英名刻在皖南新四军烈士纪念碑上。他早年曾就读上海中国公学。1927 年开始诗歌创作。后参加左联，与杨骚等组织中国诗歌会，出版《新诗歌》。1934 年去日本，与雷石榆等创办《诗歌生活》。抗战开始后，在广州主编《中国诗坛》，任广州文化界抗协后援会理事。著有《现代中国诗坛》《抗战诗歌讲话》《茫茫夜》《生活》《黑陋的角落里》《抗战三部曲》等论著及诗集。

我站立在海滩上

——悼聂耳

我站立在海滩上，
我瞅着万马奔腾的怒涛，
我听着口吐白沫的怪兽的嘶唱；
忽的什么地方来了雄浑的歌声：
"……巨浪！……巨浪！……
我们选择战还是降？……"

我的心头飘过了《大路歌》，
《进行曲》的歌声又在空中荡漾
呵呵！哪儿飞来了万千的聂耳！
呵呵！聂耳活在人间，
　　　　聂耳也活在天上！

我站立在海滩上，
我听着怪兽的怒号，
我瞅着万马奔腾而来的巨浪。
我眼见前浪汹汹，
我又眼见后浪又淹没了前浪。
呵呵！为着真理，为着真理哟，
多少热血男儿的巨手在摇荡，摇荡！
呵呵！为着真理，为着真理哟，
多少热情的歌手该当咏唱，咏唱！

然而，我们的歌手呢？
——聂耳的肉身已不在人间，
——聂耳的肉身已不在世上！
聂耳的肉身已死去了一年，
一年的春冬哟，一年的韶光！——
我瞅着万马奔腾的怒涛，
我听着口吐白沫的怪兽的嘶唱。
我站立在海滩，我心凄怆！

闽派诗歌百年百人作品选

34

生　活

两条轨，
无穷的展开前面，

当作轰轰的列车前进吧。

让西北风吹打，
穿过幽暗的隧道，跑上崎岖的山，
颓丧，悲哀的只是道旁的树木呵！

什么，黑夜张开了她的翅膀？
什么，大地蒙上了薄薄的白纱？
——不要慌，加强马力前进吧？

让列车永远永远擒住两条轨，
莫怕前面的无穷，难捉摸，
没煤燃烧时才是最后的终点哩
——啊！这就是生活！

欢迎词

——献给郭沫若

欢迎，欢迎，
在国难中欢迎你，
在抗战声中欢迎你！
我们手握着枪，手握着刀，
　　手扶着机关枪，大炮，
我们用战斗士的精神欢迎你！
我们欢迎你前来检阅我们，
我们欢迎你前来指导我们；
我们发誓要建筑起
　　　　抗战的文化城，
我们发誓要保卫我们的祖国，

要保卫我们的圣地

(呵！广东，

革命策源地，

你这神圣的名字！)

我们欢迎你前来加强我们的怒吼，

我们请你前来担保我们：

我们要让我们的吼声

高冲云霄，粉碎

那日日前来肆虐的敌机

我们要让我们的声浪

卷起太平洋的风暴，

把日帝国主义狗强盗的军舰埋葬！

啊！欢迎，欢迎！

盛大的欢迎！

没有宴会，没有隆仪！

我们高举着战斗的铁手，

我们拿出一颗心，同志，

让你热情的链，真理的环，

更把我们穿结在一起！

我们不仅是一个战斗士，

我们要派遣出抗敌的联队，

我们需要实弹射击，上前线！

我们需要全国民众起来实弹射击，

上前线！

——这已是中华民族最危急的时候！

张楚琨

张楚琨（1912—2000），1912 年 1 月 17 日生于泉州，20 世纪 20 年代初即赴新加坡念小学，1925 年返故乡读中学，而后毕业于上海中国公学大学部法律系。1937 年重返狮城，长期在南洋从事新闻工作，曾与胡愈之协助陈嘉庚先生创办新加坡《南侨日报》，任总经理。1949 年回国，主要从事侨务工作。1929 年曾在鲁迅先生主编的北新半月刊《新进作家专号》发表《南高峰展望》《东西塔放歌》等诗作。

忆　别

我记得格外分明，
我们分手在狮子岛的海滨：
海涛亲热地在脚边翻来滚去，
像唱着骊歌，那萧萧的椰林。
你将奔赴莎翁的三岛求索，
我要北归，会见戎装的祖国母亲。

你说："我不是暴风雨中的海燕，
只是林间行吟的小黄莺。

但我眷恋祖国，向往光明，
任何曲折阻挡不了我的心！
允许我缓行一步吧，
我们必相逢，为祖国的强大畅饮！"

这些话一直在我的耳际回萦，
仿佛是昨天的情景。
三十一年来，祖国屹立在东方，
中华儿女从来没有今天的豪情！
你断肠的思乡诗篇，使我
相信你的诺言，你的不变的火热的心！

您是友好的旗手

——悼廖公

您是祖国的桥梁，
通往域边，通往宝岛，
通往椰之国和遥远的地方，
把炎黄子孙团结起来，
靠拢母亲的怀抱和身旁。

您是友好的旗手，
高举维护和平的旗帜，
将手伸给四海九州；
"天下无人不识君"；
邻邦引为知己朋友。

您是群众的贴心人，
肝胆照人，兄弟般的亲，

带领一个方面军高歌猛进，
不管征途怎么险阻，
始终保持一颗炽热的心！

廖公啊，为什么突然离开我们，
离开您的祖国，您未竟的航程？

您不是端坐在大会堂主席台上，
风采奕奕，面地群众，信心坚强？

您怎会在一夜之间消失？
多么难以承受的现实！

多少挽歌和花圈，岂能表达
海内外儿女的哀痛和惊讶！

您的忠贞业绩和革命深情，
永远鼓舞着战斗者的魂灵！

用新的凯歌寄托哀思吧，
在海峡两岸完成您的航程！

鲁 藜

鲁藜（1914—1999），本名许图地，1914 年生于同安。1932 年入集美乡村师范实验学校读书。1934 年到上海，在学校任教。1938 年到延安，入抗日军政大学，毕业后从事宣传工作。1942 年在鲁迅艺术文学院任教，1943 年出版诗集《醒来的时候》。抗战胜利后在晋冀鲁豫边区文联和北方大学中文系工作。1947 年出版诗集《锻炼》。1949 年随军到天津，出任天津市文协主席。出版《时间的歌》《红旗手》等诗集。1955 年受胡风问题株连，下放到市郊劳动。1979 年平反，重返文坛从事专业创作，后曾任天津市文联副主席兼作家协会副主席。1983 年出版《天青集》《鹅毛集》《鲁藜诗选》。

冬之歌

永远把自己当作平凡的人
就会工作得更刻苦，更踏实，更好
心灵就获得平静
而人生的明镜就变得更清晰

并不是为了逃避

而是为了更真挚地对待世界
像黑色的土壤开出红花
像严寒凝结了火焰般的霜花

啊，冬天，又向我走过来
是的，朋友，有时候
窗上的霜饰使我梦见热带的草叶
和蓝色海洋的浪涛

曾有多少漫漫的长夜
我是那样等待着春天
每一次狂风从窗前吹过
我都让他带我的祝福给未来

我不可能把过去忘记
也更不可能不爱未来
我是来自粗犷的莽原
我的意志仍然是在高山与大河

有时候感到自己很年轻
但确确实实已经到了中年
当你发觉鬓边每一根白发
才知道用了怎样的代价换取到对现实的每个认识

啊，美丽的青春呀
多少纷争在一个青春的心里呀
每次，每次我凝视着星空
我就要求更高更高地飞翔

年轻的时代最容易受骗

因为形式的东西正投合感官的饥渴

而当你一旦感到需要质朴，单纯，平易

那时候，多少岁月灌溉了你的灵魂

当你感到人生真实的美

你才会真正的欢乐

通过那一些习俗的热闹和瑰丽

真正的美是雪一般的微笑和霜一般的清香

让一切扰乱你的视线的现象

像风雪吹拂着太阳吧

你沉默地走去，肩负着人生，贯注着理想

去探寻那闪耀在人类灵魂里的星光

泥　土

老是把自己当作珍珠

就时时有怕被埋没的痛苦

把自己当作泥土吧

让众人把你踩成一条道路

母　亲

在一个风雨的晚上

我看见窗前一棵树

忽然想起我的母亲

我的母亲就像这棵树

她默默地守望着我

任何时候好像都在我的身旁

啊，树啊，你凝立着
整天整夜你轻轻地呼吸着
我病倒在床上的时候
你也在那里站着
我远航的时候
你也在原野上站着

我的母亲啊
你的爱那么深
世界上没有比它更深沉
但你从来不说一句话
你的心无论受什么苦
你总是那样仁慈地微笑

你虽然很老了
但你的枝丫还负载着窝巢
为了一切新的生命
你挡着风雨和冰雪
你在深夜温暖着孩子的梦
你在清晨召唤着曙光和晨风

你是那样沉静地望着我
好像望着你心上的花朵
我也永远不能把你忘记
好像树根深植在土地里
我离开你二十多年过去了
我还是那样天真地怀念你

如果有那么一天
在世界的一个角落里找到了你
善良的高大的树啊
我会迸发着泪花投进你的怀里
啊，神圣的乳水，圣洁的露水
永远激涌在我的生命里

杜运燮

　　杜运燮（1918—2002），1918 年生于马来西亚，祖籍古田。1934 年到福州读高中。1939 年入昆明西南联合大学外国语文系读书，期间发表大量新诗。1945 年毕业，到重庆《大公报》任编辑。1946 年出版诗集《诗四十首》，同年到新加坡，先后在南洋女子中学和华侨中学任教，并在《中国新诗》等刊物发表诗作。1950 年去香港，任《大公报》文艺副刊编辑兼《新晚报》翻译。1951 年到北京，在新华社国际部工作。1970 年后去干校、农村当农民，之后在山西师范学院外语系任教五年。1979 年回新华社，曾任《环球》杂志副主编。1981 年与辛笛等合出诗集《九叶集》，后又出版《南音集》《晚稻集》《你是我爱的第一个》《海城路上的求索》等诗集。

解　冻

春风伸出慈爱的手，温柔而有力，
推醒了沉睡的，抹掉不必要的犹豫，
使一个个发现新的信心而大欢喜。

吹过草根，吹过了年轮，

吹过思想的疙瘩和包袱，

在冰层上画图案，在脸上加深笑纹。

是花的都在开，有芽的都绽出来，

欢呼这只爱抚的手，拿出最好的，

一切从头创造，过去的已经深埋。

在黑暗中摸索了多少艰苦的日夜，

打破，形成，又打破，最后冲出硬壳，

献出颜色和香味，还有只为衬托的绿叶。

野花没有被忘记，它也不自卑，

迎风歌唱着丰盛的光和热，

一个姑娘摘下一朵："它陌生，但是也美！"

又唱了，又唱了，那特别兴奋的鸟群，

对过去的迟疑已觉得好笑，

为了找到新歌声，抑不住太高兴。

试一声，大声些，听从着春风

不再满足于枝叶间的碎粒阳光，

投向那云稀太阳高的蓝空。

东边的响应了，还有西边的，南边的，

兴奋的眼光像蝴蝶般闪烁，

多嘴的湖水也抢着发表意见。

暖起来！春天到了！到处在欢呼，

新式步犁把第一块黑土翻开，

人群涌向公园，涌向郊外的林坞。

一幅着色奇妙的图画完成了。
一曲新风格的交响乐奏起来。
一首句句清新的诗，有人在朗诵着。

春风是新生命的源泉，绿和歌声的核心。
它吹过的地方，一切都在唱：
"我有了新活力！我有了新生命！"

月

年龄没有减少
你女性的魔力，
忠实的纯洁爱情，
（看遍地梦的眼睛）
今夜的一如古昔。

科学家想贬抑你，
说你只是个小星，
寒冷而没有人色，
得到亿万人的倾心，
还是靠太阳的势力；

白天你永远躲在家里；
晚上才洗干净出来，
带一队亮眼睛的星子
徘徊，徘徊到天亮，
因为打寒噤才回去。

但贬抑并没有减少
对你的饥饿的爱情，
电灯只是电灯，唯有你
才能超越时间与风景
激起情感的普遍泛滥：

一对年轻人花瓣一般
飘上河边的失修草场，
低唱流行的老歌，背诵
应景的警句，苍白的河水
拉扯着垃圾闪闪而流；

异邦的旅客枯叶一般
被桥栏挡住在桥的一边，
念李白的诗句，咀嚼着
"低头思故乡"、"思故乡"；
仿佛故乡是一块橡皮糖；

褴褛的苦力烂布一般
被丢弃在路旁，生半死的火
相对沉默，树上剩余的
点点金光就跳闪在脸上
失望地在踯躅寻找诗行；

我像满载难民的破船
失了舵在柏油马路上
航行，后面已经没有家，
前面不知有没有沙滩，
望着天，分析狗吠的情感。

今夜的一如其他的夜，

我们在地上不免狭窄，

你有女性的文静，欣赏

这一片奇怪的波澜，露着

孙女的羞涩与祖母的慈祥。

车　站

从匆匆前进的列车上，

我们曾经一起下车，

走进一个小车站，

把涂着青春闪光的记忆

留在那里。

接着，我们又坐上列车继续前进。

唉，你却过早地被迫下车，

而且不再回来，

但那些记忆却越来越清晰。

尽管那个小城市很瘦小，

小旅馆衣服褴褛，

筷子、酒杯有疤痕，

街道满是悬浮的阴影，

但在你的笑容照耀下，

今天那里仍然闪着金色的光彩。

从匆匆前进的列车上，我们

还曾经一起下车共度过短暂的时光：

在草场上看云彩，看星星，

在公园花丛边漫步，

在桂林湖上停桨高歌，

在书店里半心半意地翻书……

这些也都是难忘的"小车站"。

对于匆匆前进的列车，

小车站只是站牌上的一个地名，

或者小径的一块小石头。

但在我们的梦里、记忆里，

却是一个永恒的最美的世界，

一首完整的乐曲：

只有我们看得见，爱看爱听，

只供我们反复欣赏，永远怀念，

尽管现在我不知你在哪里。

郭 风

　　郭风（1918—2010），本名郭嘉桂，回族，莆田人。福建省立师范专科学校中文系毕业，1946 年被选为中华全国文艺家协会福建分会理事。新中国成立后，历任《热风》副主编、福建省文联秘书长，被推选为中国作家协会理事，中国作家协会福建分会副主席、主席。郭风是战时东南文坛土生土长的青年作家，也是中国新文学发展中长期致力于散文诗创作的重要作家。他从 1938 年开始文学创作，交替写作散文和散文诗。主要作品有《木偶戏》《叶笛集》《山溪和海岛》《你是普通的花》《郭风散文选》等。

雪的变奏

　　它是百合花。

　　它是铃兰。它是白云。它是泡沫。它是一只在荒原上旅行的野鸽的翅膀。

　　它是烟碟上一缕烟和岩石上的水草。

　　根据鲁迅先生的感觉，它是雨的精魂。

　　——它还是一床唐朝的席。它是收录机播出的蓝色音乐。它是祭文。

　　它还是一只酒杯。一辆马车。一条电鳗。一朵火焰。一把雨伞。

它归入泥土。

他的口

他的口说：

——从本质上看，我是一位苦行僧。我吃素。我穿草履和百衲袈裟；

（他的心对他说：可是，你写诗呵。你的诗歌颂女子的爱，并且把你自己在诗中打扮成一位钟情的男子……）

他的口说：

你不要打岔！我忠于佛。忠于佛的教义。我发起大慈大悲去觉悟别人，证得阿耨多罗三藐三菩提……

（他的心说：你根本不懂佛法，你连佛典的 A、B、C 都不曾认真学习，你口念南无阿弥陀佛以装潢门面……）

他的口强硬地驳斥说：

——住口！不准打岔！你背叛了口，便非我心！我正在由僧向佛过渡，你等着瞧！

犁　　田

经过苦难的难以数计的鞭打，不屈的土地上，我的兄弟——农民的身影出现了。

他们用黑色的锄和犁，一下一下地挖掘着土地。泥土在黑色的锄和犁下面，开放着一朵一朵黑色的花朵。

因为，

他们的胸间流动着对土地之深沉的爱，

所以，

他们能够驾驭沉重的犁具，使每一寸土地开花，

所以，

他们是土地的永久的主人。

蔡其矫

蔡其矫（1918—2007），晋江人。1926 年随家迁居印度尼西亚，1929 年回国。1938 年到延安，入鲁迅艺术文学院学习。1940 年到华北联合大学任教，开始新诗创作。1949 年任中央人民政府情报总署东南亚科科长。1953 年到中央文学讲习所任教，先后出版诗集《回声集》《涛声集》《回声续集》。1957 年去武汉任长江流域规划办公室宣传部长，创作《雾中汉水》等诗，受到批判。1958 年到福建省作家协会从事专业创作，后曾任该会副主席、名誉主席。1980 年出版诗集《祈求》，以后又有《双虹》《福建集》《生活的歌》《迎风》《醉石》《蔡其矫抒情诗》《蔡其矫诗选》及《蔡其矫诗歌回廊》（八卷本）等诗集问世。

玉华洞

一

稀疏的、细小的雨点
飒飒地落在红透的枫叶上，
寒风
吹动在荻花净尽的芦苇丛。

阴暗潮湿的冬天啊，
你不要将忧伤带给我！

我不爱任何
战栗畏缩的树，
也不喜欢恐怖的深渊，
我要航过生活最广阔的河
向着最自由的海，
欢乐的风为我扬帆。

这不是你，冬天的冷雨
护送我这一次行程，
而是你催开的河边野梅
和山苍子淡黄色的蓓蕾
用它们的清香
陪伴我的长途步行。

来到山下，仿佛有
什么东西在无言中等我
也许在大地的腹腔里
藏有什么秘密的书
要我去阅读？

于是我进入岩溶的地穴
带着人间的爱
来拜访你，玉华洞！

二

这是谁的住所

还用得着石将军把门？
从黑暗中
可以看见冬天的风
进洞的丝状痕迹
却吹不动挂在壁上石的渔网。

旁边一领石袈裟
和尚却只留一个头，
这里不是他的地方。

这里是完全的黑夜
虽然也有不发光的灯；
洞顶有烟熏火燎的遗迹
这是几世代的人
点燃松柴探看
掩盖了你本来的颜色。

三

这里有被描摹的自然
却都在停止的状态。

一片琥珀色的天空
低低地悬在头上，
这是可以抚触的天空。
一条彩虹分隔晴天和雨天
这边照着不闪射的阳光
那边布着不移动的雨云。

永不消逝的闪电

唯一可以捕捉的闪电

它从来不发雷声

被封固的暴风雨，

僵化的瀑布，凝止的雪崩，

死寂的浪峰，都似在梦中驰来。

银山傍着金山，

灿烂如丽日当天，

水晶铺满峰峦，

金粉落在巉岩，

露水经过无数世代

依然在树枝上闪光。

不可思议的石上脉络

形成天空中的地峡。

冰冻的湖

可以看见波浪中的盐。

高山上月出——

这是不发光的圆月。

正对着坍毁的塔

升起石的烟雾。

海岸不再浪涛滚滚

船在岸上过着干枯的生活。

四

向导对我说，那一片圆穹

镶嵌着八仙归洞的图景，

伸出的腿正好踏着一片红云。

陨石裂缝中的剑，

战将的头盔和锁子甲，

在那黑暗的水牢中

白衣的薛仁贵背着唐天子

从敌人包围中冲杀出来

被冻结的呼声留在张开的嘴里

痴心的情人，对坐相望

注视的泪眼一瞬不眨，

有谁能摘掉冰的泪滴

使这幽深的洞室

不再有悲伤的故事？

被捆缚的猛虎，

被蹂躏的花朵，

颠覆的锅，

无烟的灶，一切都表示：

不动便是死亡

停止便是毁灭。

五

啊！石头如果有语言，我求你

告诉我

这最悲惨的历史，

古老的洞穴呀

给我指出

那扇通往真实的门：

人对我说，那巨大的石棺

原是王妃的灵柩

因为生前贪心太大

为人神所共怒

死后被劈成两截

遗弃在这深渊。

玉华洞呀，告诉我

那传说中的王

是不是为无上权威弄得昏聩

相信自己的金口能创造

醉心于无声的秩序

使歌喉冻结

笔端凝止？

告诉我一切被掩盖的事实

那个孔雀般炫丽的妃子

为什么要剽窃玫瑰

每天变换服饰

向一切使节送媚

而对臣民白眼？

覆盖悲哀的沟壑呀

把你最深的痛苦告诉我

因为你是正直的，你不避权势

烟熏火燎的岩石呀！

六

生活在风暴的时代

轰响中也有静默。

玉华洞呀，要通过你
死了的嘴说话
这是不可能的！

我不向你苛求
让我们告别吧！

经过石头的暗夜
来到朦胧的黎明，
沿着人工的石级上升到地面
呼吸着雨后温润的空气
好像梦游人，我返回
生动的世界……

祈　求

我祈求炎夏有风，冬日少雨；
我祈求花开有红有紫；
我祈求爱情不受讥笑
跌倒有人扶持
我祈求同情心——
当人悲伤
至少给予安慰
而不是冷眼竖眉；
我祈求知识有如泉源
每一天都涌流不息
而不是这也禁止，那也禁止；
我祈求歌声发自各人胸中
没有谁要制造模式

为所有的音调规定高低；
我祈求
总有一天，再没有人
像我作这样的祈求！

波　浪

永无止息地运行，
应是大自然呈现的呼吸，
一切都因你而生动，
波浪啊！

没有你，大海和天空多么单调，
没有你，海上的道路就可怕的寂寞；
你是航海者最亲密的伙伴，
波浪啊！

你抚爱船只，照耀白帆，
飞溅的水花是你露出雪白的牙齿
微笑着，伴随船上的水手
走遍天涯海角。

今天，我以欢乐的心回忆
当你镜子般发着柔光
让天空的彩霞舞衣飘动
那时你的呼吸比玫瑰还要温柔迷人。

可是，为什么，当风暴来到
你的心是多么不平静

你掀起严峻的山峰
却比暴风还要凶猛？

是因为你厌恶灾难吗？
是因为你憎恨强权吗？
我英勇的、自由的心啊
谁敢在你上面建立它的统治？

我也不能忍受强暴的呼喝，
更不愿服从邪道的压制；
我多么羡慕你的性子
波浪啊！

对水藻是细语，
对巨风是抗争，
生活正应像你这样充满音响，
波——浪——啊！

白　刃

　　白刃（1918—2016），出生于闽南侨乡石狮小侨商家庭，以小说《战斗到明天》、剧作《兵临城下》闻名于世，但他的文学创作却始于诗。他14岁到菲律宾当学徒，勤工俭学。祖国蒙受苦难，当地人民生活贫困，激发了他的诗情，于是有了他的第一首诗《灵魂的呻吟》。1937年，他因抗日烽火的感召而归国从戎。出版诗集《铁脚团长》《前进的回声》《野草集》。

灵魂的呻吟

　　——深夜，我走过马尼拉街头，看到路旁睡着无家可归的人，听见他们的灵魂在呻吟。

我也是人，

也是母亲十个月生的。

为什么躺在这冰冷的路旁？

被风吹，受雨淋！

上帝呀！你怎么不怜悯？

我也是人，
　　也是母亲十个月生的。
为什么面包没有我的份？
　　早餐啃着香蕉皮，
　　晚饭咬着烂菜根！
上帝呀！你怎么不睁开眼睛？

我也是人，
　　也是母亲十个月生的。
为什么总是光着身？
　　烈日烫伤我的皮肤，
　　蚊虫吸干我的血液，
　　苦难刺痛我的心灵！
上帝呀！你怎么这样不公平？

狂风卷跑我身上的报纸，
雷声把我从噩梦中惊醒。
高楼上飘来爵士音乐，
窗口旋过一对对舞影。
他们啃完鸡腿，嚼光猪排，
　　喝过威士忌，又吃冰激凌，
患了消化不良症，
　　拼命磨着脚后跟！
上帝呀！这些是不是你造的人？

彭燕郊

彭燕郊，本名陈德矩，1920 年生于莆田。1938 年参加新四军。1939 年因病转后方医院治疗。曾任《广西日报》编辑。1949 年后，先后在湖南大学、湖南师范学院任教。1955 年被定为"胡风分子"，到街办工厂劳动。1979 年到湘潭大学任教。出版的诗集有《春天——大地的诱惑》《第一次爱》《彭燕郊诗选》等。

最初的新中国的旗

最初的新中国的旗
出现在我们面前了

我像孩子一样
找来纸，找来颜料
把它描了又描，画了又画
把它画在墙上
画在我的每一册笔记本上
痴痴地将它吻了又吻
向它致了好多好多的敬礼

多少年来
我们就盼望着
就用自己的生命追求着
我们的新国家
盼望着
我们会有一面美丽的国旗
我们的国旗是红色的
那是先烈们鲜血的红色
旗上面有五角金星
发出战士们高贵人格的纯洁的光辉

我们的国旗
果然这样美啊
我们的国旗
果然这样可爱啊

我们有一个新中国了
我们有一个自己的中央政府了
我们有一面美丽的国旗了

在我们的中华人民共和国成立的那一天
在人民的广场
最初的新中国的旗
要在我们面前升起来了

那时候
不论你，不论我
我们每一个人
都要为欢喜而笑

而在笑的时候
免不了的，你会流下欢喜的眼泪

苦尽甘来
免不了的，我们会流出眼泪……
苦尽甘来
不用说，我们会笑得更加深沉……

尽情地哭吧，或者尽情地笑吧
哭我们那已经终结了的苦难的命运
笑我们翻身的日子已经到来

在我们自己的国旗下
把在黑暗的日子里被压抑的热情奔放出来吧
把在黑暗的日子里不能尽情做的工作
做得更好吧
再没有谁敢来阻挠我们了
国家是我们自己的
代表我们美丽的国家的这面美丽的旗
是我们自己的
我们是主人
我们不是奴隶了

最初的新中国的旗
永远竖立在我们心上了

郑　敏

郑敏，女，1920年生于北京市，祖籍福州。1939年考入昆明西南联合大学外国文学系，后转入哲学系。1943年毕业，先在一所护士学校教语文，后到中央通讯社从事翻译工作。1949年出版《诗集 1942—1947》，之后停笔三十年。1948年去美国留学，就读于布朗大学。1952年获英国文学硕士学位。1955年回国，在中国科学院文学研究所研究英国文学。1960年到北京师范大学任教，外语系英美文学教授。1981年与辛笛等合出诗集《九叶集》，后又出版《寻觅集》《心象》《早晨，我在雨里采花》等。

你是幸运儿，荷花

你是幸运儿，将

纯洁展示给世界

又被泱泱池水保护

即使被顽童践碎

你那肤色的粉白

你也是死于天真的摧毁

像地壳发怒埋葬了庞贝

有人必须每天把自己涂上

乌鸦的玄色，又像蝙蝠，只在

昏黄的天幕下飞旋

白天躲在阴湿的岩洞

倒悬着自己的良知

弓箭、子弹不会曲飞

因此并非致命的杀手

言语无孔不入

反弹在愚昧野蛮的意识之壁

从那扇荒芜的墙上飞溅向各方

直到死伤成片，成君，成山

而僵硬了的面孔

还挂着歌颂的笑容

感激的泪水已冻成冰

那没有来得及闭上的眼睛

映着水晶球内的梦想之国

垂幕放下，剧场已空

只余下混乱的回声

是怨魂们的嚎叫

和角色们的台词

疯狂了的乐队

在万古的宇宙间进行

不会消逝的演奏，迫使

我们一遍遍地聆听

不知如何才能将剧情扭转

打断角色的演说

噪音要滤去，寻求和谐

也许是人类的本能

然而只能是无数不和谐的和谐

希望没有熄灭

这也许是生存的另一个本能。

流血的令箭荷花

只有花还在开

那被刀割过的令箭

在六月的黑夜里

喷出暗红的血，花朵

带来沙漠的愤怒

而这里的心

是汉白玉，是大理石的龙柱

不吸收血迹

在玉石的洁白下

多少呼号，多少呻吟

多少苍白的青春面颊

多少疑问，多少绝望

只有花还在开

吐血的令箭荷花

开在六月无声的

沉沉的，闷热的

看不透的夜的黑暗里

开在五月的白蔷薇

死之哀悼

死之恋念

死之悬疑

死在春暮

死在黎明

死在生里

死的雕塑

死的沉寂

死的无穷

没有悔恨

没有犹疑

那最翠绿的枝

最纯白的小花

在死的祭坛上

等候无情的屠宰

开在五月的白蔷薇

世界的弥撒钟声

震惊了外空的星辰

惊问：

是人？神？天使？妖魔？

是嗜血的魔怪嚼碎了

开在五月的白蔷薇。

金黄的稻束

金黄的稻束站在

割过的秋天的田里，

我想起无数个疲倦的母亲，

黄昏的路上我看见那皱了的美丽的脸，

收获日的满月在

高耸的树巅上

暮色里，远山

围着我们的心边

没有一个雕像能比这更静默。

肩荷着那伟大的疲倦，你们

在这伸向远远的一片

秋天的田里低首沉思

静默。静默。历史也不过是

脚下一条流去的小河

而你们，站在那儿

将成了人类的一个思想。

石方禹

石方禹，本名石美浩，1925 年生于印尼爪哇。1926 年定居福州。1946 年入北平燕京大学新闻系学习。曾任香港《文汇报》记者、《长江日报》国际部新闻编辑、上海人民广播电台文艺组负责人。1952 年后，历任上海电影制片厂厂长、文化部电影局局长。20 世纪 40 年代开始发表作品。著有长诗《和平的最强音》。

和平的最强音

一

斯德哥尔摩传出来的声音
是世界上的最强音。

顿巴斯的矿工，
中国的人民解放军，
南美果树园的黑人，
挪威海边的渔夫，
我们是平凡的人，

华尔街的老板
从来听不见我们的
　　　　　名字，
而我们却把
　　名字
　　　　　写在
　　和平呼吁书上，
我们指着他们的鼻子：
不许他们用炮弹筒
舀着我们的鲜血
　　　　　解渴，
不许叫
　　密西西比河边的农夫
　　进攻乌克兰
　　集体农庄庄员。

我们是平凡的人，
但我们是
　　不可侵犯的人，
因为我们的名字
　　就叫
　　　　人民。
我们是世界上的
　　绝大多数；
我们的声音
　　是世界的
　　　　　最强音。
我们并不向他们
　　乞求和平，

而是命令他们：

"不许战争！"

二

要制止他们，
那些穿着
　　燕尾服的
　　　　强盗，
那些胸前
　　挂着十字架的
　　　　杀人犯！
他们以人类的生命赌博
用鲜血计算
　　财产的数字。
在华盛顿的五角大楼里
他们的军事地图
　　把太平洋画成
　　　　美利坚的内湖
把日本和菲律宾变成
　　B-29 的飞机场。
他们想放一把火
　　烧毁整个世界，
连同所有的图书馆，
　　所有的托儿所。
他们想把
所有的妻子
　　变成寡妇，
而可怜的母亲
　　将眼泪盈眶，

当她听见孤儿
　　哭叫爸爸。

要制止他们啊，
要制止这一切罪恶！

美利坚，
你的杰弗逊和林肯
　　今天在哪里了？
我曾经读过你给予世界的
《独立宣言书》，
　　　　马克·吐温的小说，
　　　　惠特曼的诗。
可是，美利坚，
当我把好莱坞的大腿画
　　和《草叶集》放在一起；
当我把《独立宣言书》
　　和杜鲁门的演讲词放在一起
我听见你的先人
　　在地下哭泣。

美利坚啊，
你耸立在大西洋边
　　自由女神手中的火炬，
　　　　已经熄灭，
你的绿色的草地
　　已经刻上魔鬼的脚印。
你的医院在培养
　　杀人的细菌，

75

第一辑　中国大陆闽籍诗人作品选

你的动物园

　　养着军用警犬，

你的物理实验室

　　在比赛杀人的武器，

你的报纸登着

　　夜总会的舞女用接吻

　　　　引诱男人去当兵的图画，

而在遥远的太平洋岛屿上，

　　没有在第二次大战中死去的兵士

正把头枕在冰冷的石块上，

　　做着回到加利福尼亚州的甜梦。

美利坚啊，

你不能这样，

你的人民向你警告。

不要从婴儿嘴边

　　抢走最后的一口牛奶

　　　　去哺养成千上万的老鼠

为的是要把鼠疫细菌，

　　撒布在鸭绿江两岸，

不要把毛茸茸的黑手

　　探进失业工人的口袋

　　　　夺走最后的一片面包

为的是要养肥外交家

　　　　让他在国际讲坛上讹诈。

不能叫你的年轻人

　　死在

　　　　异国的山野，

不能用一具尸体

去换取

　　　　一块金元。

我的耳边还响着

　　　那个白发老妪的号哭，

当她听见

　　　军队开到朝鲜去，

她用头撞击

　　　白宫的圆柱，

要她的总统

　　　交回她的

　　　　　独生子。

美利坚，

你的大山必将爆发，

假如杜鲁门和马歇尔

　　　胆敢杀人放火，

矿工便要从矿穴爬出来，

　　　带着采矿用的炸药，

铁路工人要把所有火车头

　　　开到华盛顿，

兵士要带着武器

　　　从前线回来，

黑人要愤怒地唱着歌

　　　砸烂电椅，

家庭主妇要冲出厨房。

假如今天战争，

美利坚啊，

你的人民

明天将进攻
　　白宫和五角大楼，
就像第一次世界大战的末日
俄罗斯的工人
打开冬宫的大门。

三

风在呼啸，
海水在翻滚波涛，
太平洋到处是暗礁，
美利坚，
你那海盗的船
必须回头。
塔鲁克的好汉们，
已经在菲律宾的树林里
为你挖好坟墓；
胡志明和武元甲
将把你的尸首
跟法国兵
　　埋在一起；
富士山的火浆
　　会冲破头顶的白雪
　　　把你烧死。
假如你敢
　　侵入中国，
在这里，六亿人民
　将像打死一条狐狸
把你的皮剥下，
　　当作

战利品。

杜勒斯放的一把野火
正在燃烧朝鲜的麦田；
朝鲜的山谷旧的血未干
　　　新的血又淹上去。
当 B-29 飞过去后，
婴儿伏在母亲的
　　　血肉模糊的身上，
吮着从乳头
　　　沁出来的
　　　　　血水。
在汉江边，
在万山峻岭间，
朝鲜人民
排山倒海地涌过来，
游击队从乱草里钻出来
朝着你
　　　开枪，
农民举起锄头
　　　敲你的脑袋。

人民，
在华盛顿的军事课本中，
从来没有过这个名字；
但，这就是人民，
他们昨天刚在
　　　和平呼吁书上签名，
今天就在侵略军面前

举起自动步枪。

人民给战争挑拨者

　　两条道路，

向和平投降，

　　或者

　　　　向战犯法庭低头。

人民向全世界

　　庄严地宣言，

谁要听不到这声音，

便要在自己烧起的

　　最后一把火焰中

　　　　　葬身！

不许战争，

旧金山码头响彻

　　送夫别子的哭声！

不许战争，

儿童在睡梦中

　　还被希特勒的啸声飞机惊醒！

不许战争，

叫吃人的马歇尔计划

　　和联合参谋总部

　　　　滚出西欧！

叫所有美国兵

　　连同偷来的联合国旗帜

　　　　滚出朝鲜！

叫第七舰队

滚出台湾海峡。
不许战争，
朝鲜广播电台向全世界
　　播送美军俘虏的呐喊；
驻在日本的美国兵，
　　丢下手里的武器
　　　　成排成连地逃亡。

不许战争，
为了无数家庭骨肉团圆，
为了星期六的跳舞晚会，
为了我们的工厂，
　　我们的学校，
　　我们的农庄，
　　我们的戏院。

不许战争，
让无数的丹娘继续念中学第九班，
让刘胡兰活到今天成为劳动模范。

不许战争，
人民选择了拖拉机和麦穗，
而不是原子弹和科罗拉多甲虫，
不许战争啊！

让杜鲁门和丘吉尔
在和平的最强音之前发抖，
野蛮的迫害，
不能掩盖他们内心的恐惧。

在三 K 党和警察的面前，
在催泪瓦斯和铁甲车的面前
和平的战士，
把你们的旗帜举得更高，
要为世界
　　　拯救和平！

纽约的码头工人，
当你的眼珠被打掉
躺在医院里的时候，
人民念着你的名字，
因为你在保卫和平。

大马士革街头的女学生，
当你被抓进警察局去的时候，
你手中的和平呼吁书
要在更多的人手中传递。

维也纳的母亲们，
当你在美国大使馆门前
　　　高喊和平而被逮捕的时候
你们可曾听见巴黎的母亲们
　　　也在同样的建筑物门前
　　　高喊同样的口号！

安哥拉的和平领袖，
当你们在军事法庭被拷问的时候，
在土耳其的乡村和城市，
和平的组织像春天的鲜花开放。

和平的战士，

更勇敢地战斗吧，

用和平的名义

向战争宣战。

四

为了和平的事业，

全世界人民

　　携起手，筑起一座

　　　　坚强的万里长城。

人民的眼睛

　　闪着希望的火花

　　　　转向苏联，

像大旱的天气

　　看见一道彩虹

　　　　出现在天边。

苏维埃的旗帜

燃烧着多少人民的战斗意志；

克里姆林宫塔尖的钟声，

鼓舞一切渴求和平的人们的信心。

让战争贩子记取历史的教训吧，

在这一块古老的土地上，

像潮水一样汹涌过的

是年轻的瑞典王查理十二的大军

但是在波尔塔瓦地方，

他的败绩也像退落的潮水，

遗留下的遍地贝壳

是十万雄师的残肢骨骸。
拿破仑曾经站在
高入云霄的阿尔卑斯山顶
　　扫视被践踏的国土,
但是在俄罗斯的雪地上
他那驰奔千里的大军,
就像迸裂的火山
化为点点碎土。

唉,这些古老的历史
早被希特勒忘记;
但希特勒的兵败身亡
却还是新的记忆。
今天,苏维埃的英雄
站在和平的前列,
谁敢从东方偷袭,
西伯利亚的森林
　　是他们的墓碑;
谁敢从西面进犯,
汹涌的波罗的海
　　将是无底的墓穴。
苏维埃的国土,
曾经浸透
　　侵略者的鲜血,
十四个国家的干涉者,
用钢铁火浆的大雨
向初生的共和国倾泻;
法西斯匪徒
　　也用同样的大雨

向强大的共和国倾泻；
但今天像乌拉尔山一样高的，
不是堆积起来的
　　钢铁和火浆，
而是无数仓库的粮食。

让一切好战的人们记住，
从察里津的年代
到斯大林格勒的昨天，
苏维埃人民永远不可侵犯
假如哪一只野兽
　　胆敢随意乱闯，
它就不免
　　粉身碎骨。

让战争贩子记住
　　这一切教训，
让他们记住斯大林格勒
　　那血肉的城，
　　钢铁的城，
　　英雄的城，
　　和那里的
　　英雄人民。

而那里的英雄们
　　已经脱下戎装回去，
沙布洛夫营长没有死去，
他带着伤愈的安娘
回到学校去当历史教员，

当月亮爬上树梢，

他们俩一同走在

灯光辉煌的大街上，

到芭蕾舞戏院去

看一出《天鹅湖》。

伏尔加的河水长流不息，

让伏尔加为这一切作见证：

斯塔哈诺夫的英雄们

拿起枪杆，

就是斯大林格勒的保卫者；

青年近卫队的队员们

在德寇的机关枪前面

唱着《国际歌》从容就义，

当和平一旦来临，

他们就立刻投身建设自己的城市。

全世界人民在听

从苏维埃土地上传出的声音：

那是工厂马达的奏鸣，

集体农庄的田野上

拖拉机的转动声；

那是人民在歌唱新生命，

伏尔加在呼唤和平。

让和平给予

劳动人民，

给予伏尔加河

和它流过的一切地方；

让和平给予古比雪夫

和斯大林格勒的水电站；
让和平给予电流，

　　给予热，

　　给予光；
让和平给予城市和乡村，

　　给予一切人类善良的愿望
让和平给予人民

　　创造性的劳动。

五

啊，
我今天又一次这样地激动，
当我读着

　　莫斯科传出的电讯，
我恨不得跑向大街，

　　向夜的城市高喊。
把工作了一天

　　呼呼入睡的人们唤醒，
让他们早一些知道

　　德聂伯尔河水电站的消息

　　乌克兰和克里米亚运河

　　还有那灌溉工程的消息。
他们将和我同样地欢喜，
因为这里的人民

　　已经把苦水交给历史，
把汗珠和创造

　　留给未来的年代。
这里的六亿人民

　　正在忘我的劳动中

建设年轻的共和国。

叫敌人在我们面前颤抖吧，

让朋友为我们拍手欢呼，

在我们的土地上，

　　翻天覆地的事件

　　　　正在进行。

一年前人民共和国的诞生，

宣布了战争阴谋

　　在东亚大陆的破产，

和平的人民

　　用鲜花和万岁的口号

迎接地球上

　　四分之一的兄弟。

我的祖国

　　像东方升起的太阳

　　　　光芒万丈。

我爱我的祖国

　　她多难，她美丽，

　　　　她的前途无量。

祖国的阳光是这样温暖，

正因为她过去

　　长夜漫漫，

　　　　阴风惨惨；

祖国人民今天

　　这样地尽情欢笑，

正因为他们的昨天

　　灾难重重。

在我的故乡，

旱灾跟着水灾，

农民吃完草根树皮吃观音土，

十八九岁的大姑娘

没有一条裤子穿，

老年人死了没棺材装，

青年人从乡下逃到城里，

又从城里逃到海边，

从此他们的名字便叫"猪仔"

成批地填满

挂着外国旗的轮船的四等舱，

到南洋或是旧金山去"出番"。

他们用鲜血

养肥了异国的橡胶园

和阴暗的矿坑，

就默默地死去。

故乡江面

停着像黄鱼一样多的日本兵舰，

白天陆战队的皮靴踏过大街，

夜里响着囚徒的锁链。

我每天和小朋友们

成群结队地上小学校去，

只为了提防

日本领事馆里的野孩子

会突然向我们袭击，

用削铅笔的刀戳我的小肚皮。

日本的军舰刚被打走，

故乡的江面

又来了美国军舰。

就在人们庆祝日本投降的夜晚，
喝得烂醉的美国水兵
用威士忌酒瓶
敲烂了黄包车夫的脑袋，
从此故乡的街道上
美国装甲车翻滚灰尘。

在这些阴暗悲惨的年月里，
我也曾经看到
黄浦江里更多的美国军舰；
美国的飞机
遮满上海的天空。
在风雪交加的夜晚，
警察向被美国兵强奸的女学生
勒索美金。
我也看到居庸关城头
挂着两颗血淋淋的人头；
在浩荡的长江岸边，
爱国志士
被装进麻袋沉入水底。

但是，中国人民
并没有被吓倒，
在那些战斗的岁月里，
我们拿起一切
可能应用的武器，
向敌人冲击。
我们的子弹
射穿敌人的胸膛；

我们的钢刀
涂上敌人的鲜血。
前面的人倒下了，
我们接过他的枪支
继续向前。
在我的家乡，
十年前拖着两根鼻涕
跟日本野孩子隔着大街
抛掷石块的小学生，
都跑到山里
举起步枪和手榴弹。
我们流过血，
也曾经痛苦地
掩埋同志的尸体，
为的是要依照
人民自己的意志
建立自由的国家，
让万代子孙
永远过和平幸福的日子。

啊，祖国，
你的江河流过人民的血泪，
你的青山埋着烈士的白骨，
你洒过英雄儿女鲜血的土地
已经开满朵朵红花。
你的长夜已经过去，
你的白昼日暖风和。
我愿我能活满一百年，
看我的祖国岁岁壮大；

但我也可以在下午拼死战场，

假如早上敌人来侵犯。

我们的人民

从来喜爱镰刀和铁锤，

但是当我们被迫拿起枪杆，

我们将像虎狼一样勇猛。

我们要求和平

并不是因为我们软弱，

而是因为

我们是无比的强大。

昨天的奴隶

刚在今天翻了身，

有谁胆敢前来侵犯，

我们会给他安排一条死路。

我们的箴言就是：前进，

在我们的面前，

只许敌人倒下，

不许他狂妄。

祖国，我因你的名字

满身光彩，

因为我是属于这一个

不可战胜的民族。

假如我感到自己

有什么可以骄傲，

那是因为我生在

新中国的时代，

让我跟千万人一起

在祖国辛勤地耕耘，
把满园林荫
留给世世代代的子孙。

啊，祖国，
你的儿女将像山鹰一样
守卫你的海洋和边疆，
把和平给予你的
新开垦的农田
和冒烟的工厂。

给我们和平啊，
为了打破一块公家的玻璃
我们都会难过；
我们不许任何强盗，
把我们的城市和乡村
毁于大火。
我们的赵桂兰
宁可让雷汞在自己手里爆炸
只为了保全
人民的工厂。
我们的农民
正在喜庆丰收；
人民解放军
拿着枪杆，又拿起了笔杆；
我们的火车从满洲里
一直通到南海的边疆；
我们的桥梁
将横跨长江，

从汉口到武昌。

我们的人民，加油干啊，
在这里，
每一台机器的飞转，
每一棵麦穗的生长，
每一列火车的奔跑，
每一艘轮船的运行，
每一双粗糙的手的劳动，
每一滴汗珠的升发，
都是对和平事业的贡献。

我要的
就是这一切，
它的加法的右边
就是：
和平！
我从来不会唱歌，
但是我要永远歌唱
和平的最强音。

陈侣白

陈侣白，1925 年生。厦门大学毕业。离休干部，福建省作家协会原秘书长，编审。中国作家协会、中国音乐家协会、中华诗词学会会员，中国音乐文学学会主席团荣誉委员，福建省音乐文学学会名誉会长。20 世纪 40 年代常在上海《诗创造》发表作品，属九叶诗派。50 年代起，除诗作外兼写歌词、散文、影剧、评论。出版作品集十种。多次在全国及省级获奖，并获中国作协"从事文学创作六十周年"荣誉证书、省文联"福建省老文艺家成就奖"。主编"福建四十年诗歌选"与"福建五十年诗歌选"等。

曾经……

曾经把你的眸子
比作海水，
因此愿将此去的生涯
寄托给海的彼岸。

海的彼岸，
有暗蓝色的岁月；
而暗蓝色的岁月

不正好点缀
年少的悲哀吗？

也许会在梦中重来，
越过那沉默的海，
到你淡绿的窗帘下，
为你悄悄奏一曲小提琴，
——在一个有微风的
春三月的夜里。

少年情

当三月末梢的晚风
拂动歌榭的丝帘，
薄薄的衣襟上飘曳着
祝福时的酒香。

绯色年华的憧憬，
伴着忧郁季节的红杏花，
轻轻地落在
繁星闪烁的窗外。

恋歌和缥缈的海韵
溶进少年的杯底，
于是，青春的祈愿者
步入神秘的南国梦了。

流荡在幽暗中的音乐，
憔悴的思念的诗篇，

堆积在春意朦胧的
迟眠的夜里。

当三月末梢的晚风
拂动歌榭的丝帘，
薄薄的衣襟上飘曳着
祝福时的酒香。

琴　声

渐渐地飘来
又渐渐地远去的，
是夜街怨抑的琴声——

永远像是在追怀些什么，
忏悔些什么，
又祈求些什么。

从什么时候起，
世界上有了悲哀，
又有了盲人的琴？

流着血的是谁的心啊？
全人类的生之惨痛
在一个孤独者的弦底迸落了！

沉重的九月之夜，
黄叶敲在窗上，
没有灯花……

陈文和

陈文和（1927—2007），笔名雷枫，云霄县人，曾任福建省作家协会主席团委员、中国散文诗学会理事、漳州市文联副主席兼《芝山》主编，中国作家协会会员，著有诗集《野趣》《神州凝眸》和散文诗集《诗的花瓣》等。

"华东屋脊"

——黄岗山是武夷的一个主山，海拔 2158 米，被誉为"华东屋脊"。

时时迷失于云海狂涛
缝隙中偶尔露出一截"屋脊"

白云　黑云　黛云　彤云
轮番把万古神秘锁住

猿猴无法爬到山顶戏耍
山鹰一次次撞折了翅膀

啥时峰顶传来一片繁响

铝锅把撞落的星子煮沸

探测仪拴住风的长鬃
避雷针直捅到云深处

有谁站在"屋脊"上高喊
黄岗山因我增加一米八高度

惠安女

走出风沙飞卷的海隅
走出灰黑的古城墙
踏歌而来的
是尖顶的黄漆竹笠
是花头巾包裹的
红扑扑的瓜子脸
衣襟特短
短得露出一截肚白

闪亮的银腰带
螺旋纹的银手镯
叮叮当当
沿用闽南古老的装饰
却不忘戴上梅花表
追赶日头的脚步

锤凿在手
竹杠粗绳在手
走上画家的宣纸

走上摄影家的镜头

粗犷犷的一把青竹子

斜出历史

经得住风雨摇撼

鼓浪屿日光岩

经不起日光的

诱惑

不知哪一天

你从沉睡亿万年的海底

一跃而起

浪雨飞洒处

会像出浴的水芙蓉吗

风的手指

日光的手指

都钟情于你

海底不是温床

你再也不愿沉沦了

岩石据说还在上升

是欲与天试比高么

让星星都落在肩上

站在铁栏圈住的高台上

抬起的手臂成了桅杆

我悠悠晃晃

感觉你是条游艇

正在向太阳驶近

周美文

周美文，女，1929 年生，笔名梁吉。江苏常熟人。中国作家协会会员，曾任福建省作家协会秘书长。著有组诗《围垦农场诗草》等。

致港口

不要把目光停在我的白发上，
惊讶和怜悯会把我炙痛。
　　巉岩上采来的野菊花，
　　湍溪中拾来的鹅卵石，
　　不是荆冠是奖章，
　　不是遗失是收获。
何必去寻找旧时模样，
今日风采，岂不更加潇洒从容！

沙滩上又撒下两行脚印，
已经不是无邪少年的憧憬
但从来没有失落过，
　　那贮满风浪的贝壳，

连同灿烂的梦。

大海的呼唤，

　　一声声飞越高高的山峦，

　　　震响在我劳作的林中；

我用亮晶晶的汗珠和它应答，

爱慕和追求，在心底涌动。

祝福我吧，

你看我少了几分轻率，

　　多了几分持重！

欢迎我吧，

让我列入你的船队，

　　成为它们的弟兄。

我禁不住要唱一首歌，

赞美我和你的重逢，

你问我，为什么嗓音如旧？

只因为，我的帆涨满了风！

致诗友

黄昏时分，感谢您

为我点亮了一盏灯

我若高高挂在窗前

在灯光的抚爱中遐想凝神

我便辜负了您一片情深

我要答谢您一首乐曲

但美好的心音何必奏出

只愿深深地、深深地珍存

我听懂您无声的语言
披上风雪衣，擎着它
去走完开拓者的旅程

呵呵，感谢您
为我点亮了一盏灯
在这黄昏时分

谢 冕

谢冕，1932 年生，福州人。曾用笔名谢鱼梁。北京大学教授、博士研究生导师、北京大学中国语言文学研究所所长。1948 年开始文学创作，曾在《中央日报》等报刊发表诗和散文等。20 世纪 50 年代开始从事中国现当代文学的研究以及诗歌理论批评。著有学术专著《湖岸诗评》《共和国的星光》《文学的绿色革命》《新世纪的太阳》《大转型——后新时期文化研究》《1898：百年忧患》《论二十世纪中国文学》等，散文随笔集《世纪留言》《永远的校园》《流向远方的水》《心中风景》等。主编《二十世纪中国文学》（十卷）、《百年中国文学经典》（八卷）、《百年中国文学总系》（十二卷）等。现为北京作家协会副主席、中国当代文学研究会副会长、中国作家协会全国委员会委员，兼任《诗探索》主编。

夜 市

五光十色的霓虹灯照耀着这
不夜的城，追求狂欢的醉生梦死的一群：
大腹便便的商贾擎着算盘，罪恶提起血淋淋的刀

玻璃橱窗中的小型照相机，尼龙丝袜，盾门汽水，白兰地——

对着橱窗外垂涎的人狂笑——狐媚的女人，高视阔步的少爷，进进出出

一大捆的钞票换来了大包的奢侈品，这，二十世纪文明进步的产物！

在阴暗的角落，灯光照不到的"世外"
可怜的妓女在勾搭顾客，出卖血与灵魂，以最低的价格
被迷弃的人们在有规律地呻吟，乞求过路行人的恩赐
这，二十世纪文明进步的产物？

电气公司的马达在飞驰——
人们各寻快乐去了。电灯此时也黯然失色，惨白的脸孔
照耀着踟蹰街头的幽灵

告诉我，思想是什么

告诉我，思想是什么
告诉我，天上悠悠的云朵
是梦中的急雨，野马山丛中驰过
是海面的狂澜，月下春江的柔波

告诉我，思想是什么
告诉我，雨后虹霓的彩色
是草尖的珠露，短笛奏着牧歌
是燃烧的旗帜，山谷深处的微火

告诉我，思想是什么
告诉我，它是痛苦抑是欢乐
是折磨心灵的正义，又青又涩的苦果
静夜酿造丰收，它是一架台灯的寂寞

告诉我，思想是什么
请你告诉我，解尽我久远的疑惑
什么时候开始，它带来阵痛
而人们却习惯了它的死亡的缄默

做梦都想跳芭蕾的李月

十一岁的李月左腿没有了
做梦都想跳芭蕾的李月没有左腿了
虽然跳芭蕾总是单脚尖着地
可是没有左腿的李月怎么走路呀

李月去年才开始学芭蕾
她想用美丽的芭蕾装扮她美丽的青春
现在她失去了左腿
这美丽的理想可怎么实现呀

那是五月的春深时节
正是繁花似锦的时候
突然间天塌地陷
把花季的李月埋进了严冬

无情的石板压住了她的左腿
尽管李月是一千个一万个不愿意
叔叔阿姨为了救李月的生命
他们还是含着泪锯断了李月的左腿

就这样，做梦都要跳芭蕾的女孩
从此失去了跳芭蕾的左腿

十一岁是开花和做梦的年纪
可是十一岁的李月就断了她的梦想

我的孙女也是李月这样的年龄
所有这样年龄的女孩都在做梦
彩色的铅笔盒、芭比娃娃，还有明天
还有将来跳芭蕾的美丽的双腿

可是李月却失去了她的左腿
也许从此无法实现她那美丽的理想
我和那些不忍而又狠心的叔叔阿姨一样
也是一千个一万个的不忍而又狠心

和我的孙女一样美丽的李月
因为你的不幸我双眼含泪
未来漫长的岁月等着你
等着你学习、创造，还有战胜

失去了左腿也许不能跳芭蕾了
经历了苦难你会更加坚强
人生本来就有无数的机会和选择
除了芭蕾还有更多的幻想和美丽

生活中有幸福也有不幸
有缺憾乃是人生的一种常态
经历了苦难你将迅速成长
经历了苦难你会更加美丽

在巴黎街头捍卫火炬的金晶姐姐

只能用眼睛说话的邰丽华姐姐
她们的人生都有不幸和缺憾
但全世界都承认她们最美丽

十一岁的李月左腿没有了
做梦都想跳芭蕾的李月没有左腿了
但是她的心依然充满了幻想
她一定会成为世上最美丽的人

曾 阅

曾阅，1934 年生，晋江人。晋江市文化馆退休干部，曾任晋江市文联副主席、民盟晋江市委员会常务副主委等职。中国民间文艺家协会会员、中华诗词学会会员。著有诗集《姿势》《绿梦》《迷圈》，民间文学作品集《望夫山》《闽南谚语》，人物传记《诗人蔡其矫》《宰相曾公亮》及其他文集《曾阅散文选》《曾阅书法作品专集》《〈全唐诗〉河洛话与闽南方言选录》等十多部，主编《晋江历史人物传》《晋江古今诗词选》等。有多部作品分别荣获福建省优秀民间文学作品奖、福建省民间文学作品荣誉奖、福建省优秀文学作品奖暨黄长咸文学奖等奖项。

沿海沙滩

一

前面的浪涛
如同酗酒后的惺忪
而你平静，纯净
画家描摹的两种悬殊的性格
透明如果被视为空虚

波动岂不成了疯狂

送走毫无意义的推敲

以光裸，天真，坦白

守护在深渊的边沿

二

也许你对存在是陌生

　　是单调

也许你是深沉，是纯洁

　　无人注意的热情

也许你是忏悔后的沉默

　　歌唱间的休止

你是线条的颤动

　　——当海隐藏

　　阳光流动

三

无风的早上

晨曦用彩色的钥匙

启开这里的秘奥

浪潮正在仓皇退却

大海吐露一个

犹如涂蜡的舞池

从它的边沿慢慢出现

　　没有伪装

　　没有垄断

　　没有污积

大脚蟹、花蛤、沙螺……

都得到希望

贝壳袒露刚刚磨洗后的胸脯

向着初射来的光辉

一切有生和无生

无顾忌地歌唱

包括上空的流云……

李 贽

——参加全国首次李贽研究学术讨论会而作

压抑是仅有的享受

躁动是无价的痛苦

你两者都囊括

纵有热情，一出口

便被寒气冻死

一生没听到你的笑声

同僚诵法孔子，你说

"鄙儒无识，俗儒无实

迂儒未死而臭"

遵循别人的希望

不如遵循自己的希望

剃了头发，留了胡须

允许挟妓听讲佛法

都说你是异端

都说你是叛道

你欣然受命

浪翻今古是非

借《焚书》撞樊篱

一把剃刀　足够

让仰首凝望

低头沉思

孙绍振

孙绍振，1936 年生，祖籍长乐。1960 年毕业于北京大学中文系，在北京大学任助教。1961 年被重新分配到华侨大学中文系。20 世纪 90 年代先后在德国特里尔大学进修，美国南俄勒冈大学英文系讲学，香港岭南学院客座研究员并为翻译系讲课。现为福建师大文学院教授、博士生导师，并任中国文艺理论学会副会长。1953 年开始发表作品。1983 年加入中国作家协会。著有诗集《山海情》（合作），散文集《面对陌生人》，论文集《美的结构》《孙绍振如是说》《文学创作论》《孙绍振默文集》《论变异》《幽默五十法》《美女危险论——孙绍振幽默散文选》等。

觉醒的一代

序 曲

天安门广场，多么像海洋，
奔腾而来的是历史的长江。
"四五"的凯歌像风一样浩荡，
十月的阳光像蜜一样流淌。
在假日清晨，在节日晚上，

多少人在这里把往事回想。
金水桥下可有当年的风云？
轻轻走来吧，来凭栏凝望，
一片碧水映透那万里新天，
历史已翻过崭新的一章。
是谁在人群认出当年战友，
惊喜的呼唤就像风中白杨。
当年的战友啊，命运怎样？
历史并没有把你们遗忘。
诉说吧，在这历史的前沿，
你们怎样负伤，怎样成长。

一个男青年：

十年前在这里戴上红袖章，
十年后在这里把手铐带上，
拷不住的是那悼念的诗行。
用刀刻在背上火烙在胸膛，
我的诗和我走向胜利前方。
面对那滴着鲜血的棍棒，
我的诗在唱像火中凤凰：
"一个阶级如果靠棍棒挽救，
正说明政治上它早已绝望。"

我尖细的嗓音喊过多少"打倒"，
我曾经信奉过那个"女皇"。
是谁让我看出：这女人很脏？
是谁给我笑对棍棒的力量？
也许我们曾遭遇在武斗战场，
用语言和棍棒作过殊死较量，

后来又为什么臂膀挽着臂膀，
把热血一起洒在花圈的海洋？
为了寻求这历史的奇妙答案，
我常常独自漫步在金水桥上。

　　　一个女青年：

推动我们的是历史逻辑，
唤醒我们的是他们自己。
当然，答案不能这样简易，
让我说一说我感情的经历。

我和我的共和国同样年纪，
一降生掌声就把我托起。
我用微笑问候每天的晨曦，
微笑是五星红旗给我的权利。
成长吧，伟大的事业在等待，
每天我都在拼命催促自己。
学习顺利，我笑得多么甜蜜，
遇到难题，我用笑鼓起勇气。
我笑，总是引来四面凝视，
因为笑容里有共和国的秀气。
直到我举起长征串联大旗，
我的笑更充满了青春朝气。
即使在宿营地梦见了妈妈，
笑声也打断了问好的梦呓。
革命就是一杯通红的蜜酒，
对生活我也下过这个定义。
可是谁想到我深夜啜泣，
日记本让泪水模糊了字迹。

不是因为爱情别致地赌气，
是因为不满意别人和自己。
做不完的检讨受不完的蒙蔽，
还是无法欣赏造反派脾气。
是谁把红缨系上野蛮的棍棒？
为啥政治上要屠杀阶级兄弟？
折磨肉体丑化了我们的主义，
野蛮行径窃取了革命的名义。
英雄戴着高帽被关进牛棚，
小丑在凶残地审查着真理。
云集的将星乱纷纷地坠落，
为什么连总理也无能为力？
眼望我们星球上繁华的大街，
一个中国人怎能不日夜焦急！
要知道什么是人民的情绪，
你最好去买鱼去忍受拥挤。

多少朋友灵魂沾上了污泥，
爱情选中了走后门的才气。
要学会抽烟和笑着说谎，
"知青"向弟弟传授生活真理。
姑娘的笑有时比哭还难看，
用媚笑和礼物买回城的权利。
生活啊，竟变得这样无理，
公共汽车上毫不脸红地乱挤。
活着的雷锋好像都已死去，
大家忘了英雄，只为了自己。
莫不是一代人精神有危机，
我学会了对着墙壁叹气。

我老了，在这样的青春年纪，
我倦了，我的感情需要休息。
我把世界关在房门外边，
我哭泣为了人民也为自己。
在爱情的巢中我找到慰藉，
枕套上我绣着心房和痴迷。
孩子的微笑给我多少欣喜，
我好像和革命永远地离异。
可空虚为什么向心灵进逼？
生命为什么这样漫长崎岖？
我曾埋怨没有把长征赶上，
我惭愧没在烽火中血染红旗。
我担心当我活到白发苍苍，
对后代不能讲些什么事迹。
人说我多愁，我眉头蹙起，
人说我幸福，我轻轻饮泣。

就这样我发现感情受伤，
我慢慢养成了沉默的习惯。
偶尔发一些精致的牢骚，
又带刺又不易被抓住小辫。
我好辩，但又懒得发言，
不掩饰我蔑视堂皇的宣传。
我不知道是我变得很坏，
还是有些观点已在霉烂。
对责难我也曾抗议呼喊，
后来对关切也连连长叹。
对批评和表扬都打哈欠，
越是流行的花样越是厌倦。

我爱真理，厌恶满口谎言，
尽管谎言能提供人身安全。
可谎言是一根精神皮鞭，
深夜里抽得你不能安眠。
最好的办法是闭住双眼，
可又忍不住骂自己混蛋。
祖国的命运有多少艰险，
清醒的儿女便有多少苦难。

我不敢相信我自己，我不敢，
我觉得有些东西要推翻，
尽管它眼下堂皇而庄严，
我早已产生痛恨的情感。
祖国啊，如果我思想荒诞，
我就该接受人民的审判。
如果真理就躲在我心间，
又如何推翻这渐浓的黑暗？
难道历史需要我奉献自己，
像先辈从容走向雨花台前？
可如果戴的是红色的镣链，
人民又会怎样把我评判？
我该怎样面对围观的视线？
是低眉回避还是昂首向前？
探索是痛苦的，行动更艰险，
我惭愧不能担起时代重担，
可沉默却是更大的苦难，
不爆发就可能慢慢腐烂。
我开始埋怨祖国过分忍耐，
超过历史上任何民族的祖先。

九亿人惨遭几个小丑蹂躏，
这样的忍耐实在叫人惊叹！
我的探索注定这样孤单，
深夜伴我的是油灯一盏，
同志间是这样戒备森严，
和真理在一起最不安全。

一个声音插进来：

我的探索可不像你孤单，
朋友们相聚便放下窗帘，
不管窗外是无边的黑暗，
窗内的思想可照人肝胆。
有时在火车上也有谈伴，
一个传闻便把心电贯穿，
谈笑间只要把神采察看，
就知他心头翻什么波澜。

那个女青年：

可是我也不真正孤单，
当我翻开《共产党宣言》。
仿佛年轻的马恩来到面前，
抚着肩和我亲切地交谈。
"是的，有些东西要推翻，
'封建的社会主义'最近重版。
革命原理变成了神学教条，
不过又贴上了吕后的标签。
反修的口号偷运着王权，
强加给政治局以出土的皇冠。
愚昧的神学窃取领袖的权威，

清醒的启蒙才这样地艰难。"
应该怎样感谢天安门风雨，
广场的哭声使我灵魂震颤。
花圈如海啊，如海的花圈，
人民的抗议在无畏地展览。
觉醒者并不如晨星这样孤单，
成熟的红心如丰收的果园。
愚昧和迷信正在被推翻，
伟大的革命已经不再遥远。
诗行像闪电划破戒备森严，
四面八方原来是同样肝胆。
高举着悼念的诗文和挽联，
绝密的思想化作公开的宣言。
沉默的祖国发出了呼喊：
广场爆发了九亿座火山。

许多青年人的声音：

用刀刻在背上火烙在胸间，
我的诗和我一起英勇向前，
祖国啊，是光明还是黑暗，
人民啊，是幸福还是苦难？
伟大的民族请咬紧牙关，
快到这里经受决死的考验。
迷航的到这里校正航线，
怯弱的到这里坚定信念，
幼稚的到这里变得老练，
衰老的到这里变成青年。
受骗的一代，觉醒的一代，
到这里清洗灵魂的污染。

一旦人民到这里大声交谈，

历史的小丑就心胆俱寒，

哪怕它使出马王堆的刀剑，

历史也不可能倒退千年。

那个女青年：

谁说一代人精神发生危机，

我们民族的灵魂多么灿烂，

谁说九亿人的忍耐无限，

我们在前线多么的勇敢。

活着的黄继光前仆后继，

尖端武器就是锋利的诗篇，

不死的董存瑞奋勇出击，

悼词比炸药包更叫敌人胆寒。

我发言，人民把我举上历史讲坛，

我呼喊，用黄河长江的语言。

不许用袈裟蒙住人民的双眼，

迷信和盲从是十足的野蛮。

我好像化作一道光明流泻，

我好像化作一道凯歌飞旋，

直到我被一根大棒打翻，

他们问：为什么还在呼喊？

我笑了：是爆发就不会中断，

是真理就不能停止宣传。

我笑了，我已看到未来的胜利，

甚至闻到鞭炮齐鸣的硝烟。

我又变得年轻，天真烂漫，

我又笑得满脸通红弯下腰杆，

敌人迷惑，我笑得甜蜜，

敌人狂喊，我笑得更加勇敢。
后来我听说有人说我们很蠢，
我就笑得眼泪流出双眼，
究竟谁是愚昧冥顽的蠢蛋，
历史早就作了严峻的宣判。

尾 声

生死与共的战友万万千千，
不同的命运，共同的忧患。
尽管你当时不在天安门前，
心灵也经历过同样的苦难。
到广场来吧，来漫步闲谈，
在节日夜晚或出差有空闲，
来研究一下这胜利的经验，
来探讨一番那悲剧的根源。
为了新的长征还有万水千山，
为了我们思想再解放一点，
让我们到天安门广场来吧，
有许多东西需要讨论、钻研！

刘登翰

刘登翰，1937年生，1955年参加工作，历任厦门日报社记者，三明市报纸副刊编辑、中专教师、中共地委办公室干部。1969年下放到明溪县劳动，后任三明地区文化局创作干部，1979年调任福建社会科学院文学研究所，历任副所长、所长，福建台湾文化研究中心主任、研究员，福建师范大学中文系及华侨大学中文系兼职教授、博士生导师。享受政府特殊津贴。1996年被评为福建省优秀专家。著有诗集《山海情》（合作）、《瞬间》，散文集《寻找生命的庄严》，报告文学集《钟情》，专著《台湾文学隔海观》《文学薪火的传承与变异》《彼岸的缪斯》《中华文化与闽台社会》《台湾文学史》《香港文学史》等。

蓝色而透明的土地

白天
太阳撒下万点黄金
夜晚
月亮泻满一海白银

清晨霞，黄昏云

都落到海里

海起伏着胸脯

炫耀她的富裕

快拉起网啊

趁着潮水正起

浮标在报告着

这里有鱼！这里有鱼！

金子一样的鲷鱼

银子一样的鲳鱼

跌碎了的云彩化作红对

蹦跳着都注入我们网里

拉呀！网网都是丰收

网网都是欢喜

海呀，我们的粮仓

蓝色而透明的土地

我的焦灼便是我的温存

假如我冷漠

假如我的心结满冰凌

假如那颗罪恶的子弹

穿过我的胸膛，它不流血

假如人们心灵的呼声

拥进我的耳膜，它无回应

假如我无异于一头牲口

习惯一桶饲料的诱惑和头上的鞭影

假如我是人家棋盘上

一枚勇于冲锋却无头脑的士兵

假如这一切假如

都证明我是一具化石

徒有生命形态，却无灵魂

——那么，谁将高兴？

因为我痛苦

　我才清醒

因为我有太多太多的憧憬

因为道路的泥泞

使我振奋的脚步，变得迟滞

因为墙角阴冷的目光

在我初晴的心上，又堆起乌云

因为三千个淤积起来的日子

不是秋天的落叶，可以随便扫走

因为结痂的怆口

还时时战栗痛楚的神经

因为刚刚放样的蓝图

不许再驻起对抗的工事

因为走在世界缤纷的大街

我有自尊，却无骄矜

因为这一切因为

都使我的爱情满含着热泪

痛苦变得深沉

——所以，我的焦灼

便是我的温存

闽 江

我是船民柔软而波动的家
孩子们的爱，老人的泪
轻柔的思念和记忆
我是江上人家耕犁的土地

我是这山川的魂魄
流动的生命，蓝色的血液
我是峰峦的俊秀，峡谷的静谧
写进蓝天的枝叶才这样美丽

我是诗人心中的琴弦
画家的色彩，歌手的旋律
我是一部交响乐最初的动机
演绎着一个古老而永恒的主题

他们不能没有我：那些老人
孩子和俯身舱板擦洗的妇女
我是他们的命运，他们的祈冀
强健的肱三角肌在风浪里搏击

我又是他们的灾难，一代一代
谁也不敢轻易把我离弃
我是这缓缓流动的历史，一条柔软的锁链
捆绑着他们渴望飞翔的羽翼

这是我的荣耀，还是我的悲剧

十六世纪的木船，创造二十世纪的神奇
当梦幻变得混浊，为什么
没有气垫船，击起清清涟漪

没有七彩的水下公园
让孩子们幻想、嬉戏
没有水轮机，吹奏一百万千瓦的浪花
像我吹惯了的一只叶笛

我曾梳洗过多少少女的衣衫
秀美的乌发，像迎风飘动的墨玉
什么时候梳洗我的历史
像梳洗一个十八岁少女的魅力

什么时候给我一个崭新的生命
一幅焕发的容颜，哼着青春的谣曲
我在问你呀，匍匐在我身上的子民
我在问你——二十世纪

范　方

范方（1938—2003），本名范贞万，生于顺昌县。1957 年毕业于南平师范学校，1960 年调福建省文联《热风》文学月刊任编辑，1962 年下放沙县工作，1980 年调三明市文化局创作组，先后任三明市文联副秘书长、副主席等。中国作家协会会员、福建省作家协会主席团委员。1985 年以来出版《还魂草》《今夜星空》《剑魂蝶影》等诗集，曾三次获福建省优秀文学作品奖。

还魂草

死亡，就这样
把生日的蛋糕切成碎片

在伤口流血处
你忍痛重新播种，重新抽芽
重新酝酿
向远山近水迸射雷殛的
复生

东风尚未到达，你已举起万管叶脉

宣示灵魂，推出生命的绿浪

千山万浔外，春天与冬天
正展开惊心动魄的战争
旭日在地平线下
隐约可闻到
焦味

舞　梅

吹箫成雪
上下一片白茫茫
想那人以泪铸剑
几缕寒光留于空中
箫声缓缓

势在高崖
舞一树蜡梅
清纯与高洁
看那些墨迹
传说都是一些瘦骨
骨子里都是暗香

山梦一帖

一颗松子落地　惊起几颗星星
几颗星星落地　惊起大片月色
大片月色落地　惊起众山鸟鸣

山里山外　诗句随鸟翼扑向星空
自床前　自一颗松子落地的原因

蒋夷牧

蒋夷牧，福建省作家协会副主席。历任福建电影制片厂厂长，福建省社科联副主席，福建省文联副主席，福建省政协常委、人大常委等职。主要文学作品有诗集《为今天发言》、散文集《蒋夷牧散文自选集》、人物传记《生命的辙印》、随笔集《快乐人生》以及编著《王亚南与教育》，主要影视文学作品有电影《小城春秋》、电视连续剧《郑成功》等，散文诗《启示》和散文《仰望的快乐》入选中学语文课本。

拥有开始

我们诞生
于是，就有了一个
美丽的开始
从此，开始就伴随着我们

春天是开始
新年是开始
每一个早晨是开始
每一阵钟声是开始

十七岁是开始

七十岁也是开始

开始是永恒的

开始是最美好的

它是弯腰撒下的种子

它是刚刚展开的蓝图

它是爱情的第一次默默的注视

它是命令出发的起跑线上的枪声

它是通知黎明的海天之间的太阳

它像纯洁的白鸽

是从我们手中放飞的展开了翅膀的

一万个心愿

开始是最神圣的

它是婴儿献给世界的第一声欢呼

它是奥林匹亚山上燃烧的圣火

它是昨天对今天的嘱托

它是今天对明天的承诺

它是心灵的——

一次宣誓

一次燃烧

一次喷薄！

啊，开始

生活中最好最好的一个字眼

只要我们呼吸着生活着工作着理想着

就应该拥有开始！

多好啊，拥有开始
我们就拥有了今天和明天
开始是永远不会迟到的
一次美丽的开始
是生命的一次日出
岁月的一道辉煌

不要把蹉跎留给过去
不要把悔恨送给未来
拥抱今天的太阳
珍重每一个开始
让我们挥手向昨天告别
然后，转过身来对自己说
开始，开始吧
从现在开始！

圆

太阳是圆的
月亮是圆的
星星也是圆的

也许世上有太多的缺憾
造物主才创造了一个又一个圆
我们居住的地球
就是圆的

天上喜欢圆满
人间也喜欢圆满

希望是圆的
那弯弯的月亮
就在无数次的希望中
无数次地长成了圆

爱是圆的
男人是半个圆
女人是半个圆
合成一个生命的圆满

团聚是圆的
那高高举起的酒杯
斟满的就是一个个玫瑰色的圆
甚至，笑的时候
那张开的欢乐
也是圆的

思念是圆的
重逢是圆的
当我们拥抱的时候
就有一个温暖的圆
当我们手拉着手的时候
拉起的总是一个圆

你完全可以不说

——写在张志新烈士的遗像前

你完全可以不说，
在那个正义被通缉的年代，

忍耐，决不会受到任何责难；
你完全可以不说，
在那个真话被捕杀的岁月，
沉默，也并非可耻的缺点；
你完全可以不说，
你只是一个普通的党员
又岂能力挽狂澜？
你只是一个平凡的妇女
又岂能女娲补天?!
你完全可以不说，
既然盲从被认为美德，
既然思考被视为异端，
既然运动来自"司令部"的部署
既然理论来自党的文件……
你完全可以不说呵，
长夜里，等待总不是错误，
高压下，委屈也情有可原。
何况按照最"实际"的观点
"革命"少不了你一个，
历史也总会有今天……
你完全可以不说呵，
就算十次的受"蒙蔽"吧，
你也还是一个无罪的党员。
哪怕十次的"检查"思想，
十次的"端正"路线……
呵，你完全可以不说，
心，是最安全的世界，
任何射线也无法透视
你心中的观点。

你尽可明哲保身洁身自好，

你尽可人云亦云冷眼相看，

你尽可把风雨关在门外，

且自拨响自己的琴弦，

你尽可随波逐浪，

扯起顺风的船帆……

呵，你完全可以不说！

你是女儿，

理应陪伴母亲的欢笑，

你是母亲，

有权保护女儿的摇篮，

而你还有着一副天生的歌喉

难道不怕给魔鬼卡断喉管？

呵，你有一千条一万条理由

——完全可以不说。

但是你，说了，说了！说了！！

凭着至高无上的信仰，

和人的尊严，

你说了呵，说了……

在万家墨面的中国，

在于无声处的昨天……

陈瑞统

陈瑞统，笔名晓帆、黎声，中国作家协会会员、冰心研究会副会长、泉州市文联副主席、泉州市民间文艺家协会名誉主席、泉州市文化局调研员。著有散文集、诗集、文艺评论集二十多部，部分作品入选中学语文课本及艺术院校教材和五十多种文学选集。编撰《古刺桐港》等电视片四十多部，在海内外电视台播放。

故乡的榕树

村道旁、井台边，海岸上、山谷中……
到处都可以看到你古朴魁伟的身影！
墨绿的树冠，像一朵长青的云，
阳光透过浓荫，筛下满地透明的梦；
长须飘拂，有如鹤发仙人垂地的长髯，
轻风荡漾，摇响一串情韵深沉的乡音。

在闽南，有榕树生长的地方，
便有醉人的叶笛吹出无穷的怀想！

也许有过太多的苦难和坎坷的经历，
苍劲斑驳的躯干留下累累的伤痕。
夏日黄昏，我曾坐在凉爽的老榕树下，
童心印满美丽的民间故事和仙女的温存；
半夜里突然被一阵凄厉的哭声惊醒，
江边浮动寻尸的渔火，涛声呼唤着冤魂！

在闽南，有榕树生长的地方，
就有一部催人泪下的历史埋藏！

伤心的《行船歌》洒落滴血溅泪的音符，
出洋谋生者留给沙滩一行最后的脚印，
伫立的老榕树犹如悲苦失神的母亲，
牵衣拭泪，一任冷雨凄风吹乱蓬鬓……
难怪海外游子一眼望见故土的榕树，
不禁想起慈母的养育之恩和殷切叮咛。

在闽南，有榕树生长的地方，
游子走遍天涯海角总会回首眷恋故乡。

温厚慈祥，为避雨的乡亲矗起巨伞；
刚韧挺拔，暴风中护卫侨乡的安宁。
枝头有彩霞在舞蹈，树顶有繁星在筑巢，
更有关于未来的辉煌传说在绿叶间传颂。
那无数像长龙般向四方延伸的虬根，
紧紧地拥抱着大地深处那一颗腾跃的心！

在闽南，有榕树生长的地方，
便有永恒的春天和不朽的希望！

泉

那是从神秘的青崖翠壑间
从浑圆而秀丽的峰峦
汩汩流出的清泉
带着青草和野花香味的清泉

那么晶莹　那么纯洁
每一颗水珠都像迷人的珍珠
那么透明　那么温馨
一泓清泉宛若一串宝石项链

这是大自然的玉液琼浆
酒一般醇美　蜜一般甘甜
定然蕴涵质朴深沉的爱
它才日夜涌流倾吐情意绵绵

颠踬于人生旅途的跋涉者
掬起一捧清泉解渴继续赶路
被权势与财富折磨得疲劳不堪的人
来到泉边　方知欲望是痛苦的深渊

淡泊以明志　宁静以致远
古代哲人的格言来自清泉的灵感
当疯狂的世界更加利欲熏心
清泉呵　谁能像你如此纤尘不染

仿佛从圣洁女神的酥胸
流出甘露般的乳汁
滋润大地　滋润生命　滋润春天

给求索者以智慧给拓荒者以信念

穿越悠远的岁月
穿越历史的梦幻
哦　流过我心灵的清泉
你是春之源　爱之源
美之源　诗之源

跳海石

在故乡的海边，有一块跳海石，
喧腾的涛声唤起我深深的回忆……

——题记

嶙峋的巨岩拔地而起，凌空矗立，
像一部历史，记载着渔乡的血泪！
阵阵涛声恍如无数渔女的冤魂，
诉说着当年惨绝人寰的悲剧……

呵！多少个没有星光的黑夜，
三五成群的渔女用绳索拴在一起；
最后望一眼家乡，洒两行酸泪，
含恨从跳海石上，跳下去，跳下去！

残暴的渔霸扼杀了渔女美丽的青春，
吃人的礼教把多少美满姻缘葬入海底，
可怜的姑娘只能用集体自杀发出控诉，
大海叹息着，用浪花淹埋柔弱的躯体！

谁愿在豆蔻年华选择死神作为伴侣！
为什么奴隶殉葬的制度沿用不息？

看看几千年封建专制留下的遗迹吧，
跳海石——原来是用如山的白骨堆积……

呵，岁月的风雨终于洗去了深重的苦难；
跳海石上，成群的海鸥尽情地追逐嬉戏，
晨曦里，渔家姑娘伫立石台对海梳妆，
朝霞如霓裳，轻轻披上丰盈健美的身姿。

阳光和春风凝聚在渔女脸上，
幸福和欢乐蕴藏在渔女心底；
螺号声中，渔女像一群春燕展翅，
从高高的跳海石飞进大海的怀里……

不是到海底追寻当年姐妹的踪迹呀，
也不是表演荡人心魄的跳水绝技；
潜入碧波，渔女采撷成熟的珍珠贝，
露出水面，浪花缀一身晶莹的宝石。

辛勤的汗珠化为一颗颗海底珍珠，
爱情的明珠也在渔女心中闪射光辉；
月光下，故意把渔郎推进翠浪呀，
海一样的深情，让他到海里去取……

跳海石下，万顷蓝田铺金镶玉，
帆影云集，渔轮欢唱青春新曲。
呵，阳光在笑，春风在笑，渔女在笑，
笑靥如渔乡的春天，那样明丽、甜蜜！

林德冠

林德冠，长乐人。1966 年毕业于厦门大学中文系。1975 年后历任中共莆田地委书记秘书，中共福建省委宣传部文艺处负责人、办公室主任，福建省文化厅副厅长，福建省广播电视厅副厅长、党组成员、纪检组组长，福建省文联党组书记、副主席、书记处书记。中国文联第六届全委委员，福建省第八届政协常委，福建省文联顾问。中国作家协会会员、中国民间文艺家协会副主席、福建省民间文艺家协会主席。1956 年开始发表作品。著有诗集《大地情思》《心泉》《多彩的乐章》《林德冠诗歌自选集》等。

想念一个人

在党的生日　我更加想念一个人

——摘自手记

陌生的因您而熟悉
熟悉的因您而情深
花朵般少年听您的名字而肃然起敬
历尽沧桑老人听您的名字而眼眶湿润
虽然您离开我们已近半个世纪了
但您的名字仍时时激荡我们的心灵

尽管没有纪念碑特地刻下您的名字
但您的名字比任何碑石更加不朽长远
尽管没有专门场所供您长眠安歇
但您的名字却托举在江河大地之上
尽管您身后没有留下一个子女
但多少人把您当作最亲的人深情呼唤

一月的哀思无法挽留您生命离去
松柏枝头冰雪比不上世事沧桑寒冷
当人们塌陷的眼眶忍住了太多泪水
祖国大地容纳了您与山河相连的生命
您把自己的一切都献给了人民
人民心中怎不闪烁着您的灵魂

呵，当祖国大地笼罩着沉沉的黑夜
您与战友们瞩目东方的曙光
漫漫长征路上留下您坚实的脚印
社会主义基石中凝聚您的心血结晶
丰收的谷穗里溶进您辛勤的汗珠
海边的防风林里旋进了您生命的年轮……

我忘不了您睿智眼神中隐藏着忧郁
我忘不了西花厅您不眠的灯光
我更忘不了在那风雨如磐的年代
您步履维艰的瘦削身影
鞠躬尽瘁，死而后已
您那支撑人民共和国大厦的铁血脊梁……

想起您啊，我情思无限
想念您啊，我心潮逐浪
您正是一面偌大的明镜啊

可以映照出我们脸上的污垢
可以帮助我们正衣冠
也可以洞察我们的心灵

今天，我们的祖国繁花似锦，天高地广
我们怎能在鲜花丛中醉意沉沉
今天，我们的时代日新月异地向前发展
我们怎能不倾注汗水扎实苦干
我们怎能为一己私利啊
沦落为贪婪人民血汗的罪人……

想起您的名字，我们要净化自己的灵魂
要以洁白来谱写自己的人生篇章
一笔一画勾勒出无愧于心的文字
一言一行要抒发人民心中的声音
俯首甘为孺子牛
人民公仆就是要为人民流血挥汗……

岁月悠悠，历史的烟尘淹没不了您的名字
长途漫漫，您的名字把未来世纪泽润
在又一个党的生日到来的时刻
我怎能不想起您的名字，一代伟人呵
我仿佛看见您在挥动受过伤的右手
面带微笑，正与我们共圆美丽的中国梦……

感　动

尽管我到过不少的名城
但任何繁华都缠不住我的目光
客居他乡，即使夜已深沉
我依然会倚在窗口把你眺望

仿佛唯有你特有的福气
才能给我最美好的幸福时光

秀丽的三山两塔蕴含着灵气
如画的闽江水流淌着吉祥
甚至连别具一格的三坊七巷
也使我甜蜜地陶醉和舒畅
仿佛这里的一切似乎都太寻常
但寻常的一切却那么令人遐想

如今雄伟的蓝图正在这里铺开
辉映榕荫下一张张欢乐的笑脸
新的追求呵新的跨越
是那么美好，是那么令人神往
一切都使人感到惊异和欢乐
一切都像珠宝似的熠熠闪光

民生优先注入青春活力
先行先试开创广阔前景
环城高速带来新的旋律
高楼绿窗闪烁着生活的温馨
创造之歌充盈天地之间
秋天的太阳呵又大又红

注目这里发生的日新月异变化
我感到从未有过的激动
有福之州在拓展新的天地
仿佛热血又在我胸中滚滚奔腾
我感动你的发展目标是地平线
共建美好家园的和谐胜景……

亲 吻

电视屏幕：深入抗震救灾第一线的胡锦涛总书记，亲吻着一个刚被救出的小孩的脸……

让冰冷的脸颊
发热
让惊恐的眼神
宁静

一双温暖的大手呵
抚摸着一双颤动的小手掌
一道热切的吻印
印在孩子的脸上

孩子刚从地震废墟里救出
含泪的眼里注满惊恐
虽然幼小身上还沾着烟尘
但终于重新获得阳光和生命

她是多么不幸呵
但又是多么幸运
解放军叔叔刚留给你手上的温暖
慈爱的胡爷爷又来到你的身边

热切的注视呵
蕴含多深厚的亲情
轻轻地亲吻呵
留下多炽热的爱心

孩子，尽管你失去了亲人
但你却拥有无数的亲人
胡爷爷就是你最亲的爷爷
温馨的爱滋润着你第二次的生命

孩子，这是伟大的党在温暖着你呵
使你生命的航程充满阳光
这是总书记在亲吻祖国的未来呵
多少双注视的眼睛闪动着万语千言
望着屏幕上动人的瞬间
忍不住的热泪沾湿我的衣襟
博大的胸怀呵大爱无声
爱抚着多少幼小的心灵……

陈志泽

陈志泽，泉州市文联原副主席。中国作家协会会员、中国散文诗研究会副会长、福建省作家协会主席团委员、泉州市作家协会名誉主席。著有诗集、散文集、传记作品数十部。

遥 望

又是他来到海边遥望吗？

海认得他——是的，是他！

朝着海峡，他的双眼眯成一条缝，那目光有无穷的穿透力！风拍打的龙裤，旗一样飘舞……

他在把谁等待？

多少年了，海浪在他的脸上留下越来越多的波纹，却把他的双眸洗濯得更加明亮。

旭日升起在他的凝眸，又在那两滴不会滴落的泪里熄灭了；

明月悬挂在他的凝眸，又消融在那两泓深不可测的清潭里。

他常这么站着，站成一座灯塔，要照见归帆远影！

他常这么蹲着，蹲成一块岩石，岩石不朽，他的想望弥坚……

147

第一辑 中国大陆闽籍诗人作品选

弘一法师的告别

风拍打着门扉，跌落的晚霞在门槛下的泥土路融尽。

大师躺于窄窄的床上。缀着许多补丁的蚊帐没有放下——他的脸颊消尽了血色，饥饿的蚊子已远远逃离。

大师稀疏的山羊胡也躺下了，不再垂挂世间的杂音。那捣出了丝的柳枝"牙刷"好些时候不用了，在桌角那个竹筒里垂头而泣。整齐的牙齿却依然洁白如玉。

适才，大师写下"悲欣交集"。冰冷的叹息在纸上行走，墨迹却有余温。

他对弟子说：门掩着，三天后你们才进屋来。

他累了。风也累了。有一阵最轻柔的风抚过大师的脸颊之后，他闭起了双眼……

最早的鸟声

向着暗夜，鸟鼓起勇气一次次发问。怯生生的鸟声从浓密的黑幕钻出来。黑夜无言以答，在鸟声中一层层蜕化。

鸟被暗夜包裹着透不过气来。鸟用它小小的喙，把黑幕啄出个洞来，黎明的光亮就透了出来，早晨的气息在天空中流淌了……

曙光中，群鸟的欢叫热闹、动听。最早的鸟声也被淹没了。

潘　秋

潘秋，福州人，福州市第六、七、八、九届政协委员，上过山，拉过板车。成名作《蚯蚓之歌》曾获得福建省首届文学奖和全国其他奖项。近年来转向长篇小说创作，在凤凰网首届原创文学大赛中，《穿越十八层地狱》《阴差阳错都是"爱"》两部长篇小说分别夺得排行榜第四和第七，点击率分别突破150万和120万。

蚯　蚓

命运的选择，
把我抛入地层。
上帝没赋予我翅膀，
我不想上天。

我习以为常褐色的压抑
和炭墨色的埋没。
尽管我到处碰壁，
尽管潜伏的盘根错节，
撒下万千束缚的绳索，

但当春色从土缝里挤出
我仍作纵横交叉的耕耘
用我柔弱的身躯，
去疏松板结的土层。
纵使有一天，
突如其来铁的声响，
把我分裂成几段，
我还会繁衍更多的生机！

我是蚯蚓，
沉默不是我的静止
位卑不是我的悲哀。
我有我的自豪——
我默默地
作曲线的探索，
尽管泥土里没有现成的路！

电　杆

经历枯干的沉默
又把根扎入母亲的怀抱
在新辟的道路旁复苏；

忍受分裂的痛楚
被粉碎的岩石
又团结起来，为了新的崛起

是踮起足尖的远望
挺拔伟岸的身躯

使天变矮，路提高
夜疏远，心贴近

孤立，但不孤单
千丝万缕的柔情
串起了颗颗遥远的心

突起的形象
修改了生命的法则：
曾经倒下的，重新扎根
生命将再度崛起

甚至于没有生命的静物
也能闪光发热
当燕子站在电线欢唱
是它把生命的琴弦提上天空……

秋　雁

命运注定我难寻一寸落脚之土
注定我难得一瞬的安逸
注定我生命带血的呐喊
只能是草书般殷红的诗行……

我只能选择天空
越是飞啊越飞不到尽头
越是飞不到尽头越是要飞
越是飞高啊越秋高气爽
越是秋高气爽越感到空旷

越是空旷啊越感到空虚

越是空虚越感到渺茫

越是渺茫啊越感到无边无际

越是无边无际越感到

茫茫的前程没有封顶

飞翔的高度没有封顶

搏翼的冲劲没有封顶

突破命运的至高没有封顶……

我是秋雁

冲刺是我唯一的穿透力

拍翅是我面对封顶的撒手锏

一旦我不全身心地舒展

就会瞬间一落千丈……

当我和落叶齐飞

我的啼血与秋霞同色

谁能破译

这横空的一道天书……

孙 新 凯

孙新凯，福清人。中国作家协会会员。著有诗集、歌词集多部。曾获福建省百花文艺奖、福建省优秀文学作品奖、中国首届音乐金钟奖。

竹山人家

山卧池塘里，
云飘小桥下，
重重叠叠的竹林，
隐隐约约的人家。

土筑黄金墙，
竹围玉篱笆，
融融的春色围不住，
看，院里又漏出几朵花。

田蛙篱外唱，
蜜蜂院里答，
落叶几片戏绿水，
乱了门前一群鸭。

竹桌上，摆满了富，
竹壶里，泡香了话。
爹说：鸡栅鸭栅太小，
娘说：酒碗茶碗太大……

哪村姑娘的山歌，
顺着竹溪流到屋檐下。
月牙悄悄爬上墙头，
不知想进谁的家……

对崖村

对崖村，崖对崖，
绿的围，翠的匝。
山那边，五六户，
山这边，七八家。

院对院，窗对窗，
小溪挂在屋檐下。
几朵云彩飘过，
山这边拉来当门帘，
山那边扯去贴窗花。

隔山不隔邻，
隔崖好拉呱。
晨有甜丝丝的歌，
晚有缠绵绵的话……

簸扇几把摇疏星，

竹箫一曲逗月牙。
山这边，梦儿慢慢香，
山那边，鼾声渐渐大……

竹山客栈

密密匝匝的绿，
重重叠叠的阴。
蓝天只剩半口井，
大山仅留一条径……

"同志呀，你为四化上竹山，
我为竹山迎客宾……"
云里雾里酒味醇，
是谁说：到了杏花村……

竹桌竹椅竹柜台，
竹盒竹碗竹花瓶。
蒲扇悠悠送清凉，
山泉泡茶胜人参……

香菇木耳炖羊肉，
山鸡野兔炒冬笋。
叽叽喳喳的锅声里，
竹也炒香，水也焖醇。

隔山是谁吹竹箫，
小曲绵绵更醉人。
店家隔铺说年景，
圆了床前月一轮……

吴凤章

吴凤章，泉州人。1967 年毕业于福建师范学院中文系，曾任福建省文化厅厅长、党组书记，中共厦门市委副书记。中国作家协会会员、中国书法家协会会员、福建省文学艺术界联合会顾问、厦门大学兼职教授。中学时代开始发表作品。组诗 1982 年获福建省首届优秀文学作品奖，1991年出版诗集《寄远》。近些年来主编《新时期福建戏剧文学大系》（八卷本）等多部著作。

寄　远（组诗）

暮

最怕思量　最常思量
当薄暮里鸟雀归林的时光

连夕阳都在匆匆赶着路程
归帆的喜悦染成了金黄

这石径上真该有你的足音响起

三十三年别离化作大梦一场

倚着门闾　我默默地向海峡眺望
任凭记忆的溪流淌在心上

炊　烟

又是一行无言的相思
被淡淡的炊烟写到天上

喧闹的浪花变得安静了
大地又沉入深深的怀想

有牛群踏着晚霞归来
一支悠长的歌谣穿街过巷

这深情的曲调你可曾记得
还有这黄昏　炊烟像轻摇的臂膀

玉兰花香

从水一般清澈的月光里
缓缓地浮来了玉兰花香

又想起那个泣别的夜晚
你将花朵插在我鬓上

多少岁月花一般凋落
半生别离已教人两鬓如霜

终有一天你会归来
我执着的信念常如花蕾开放

七　夕

遥远的天河里星斗璀璨
想必有一幕团圆发生在天上

那鹊桥是否从此变作通途
受阻的灵魂再无须隔河怅望

静寂中仿佛有仙乐的片断传来
一弯月牙正挂在潮水之上

今夜的梦境又有月光照耀了
漂泊的小船会在梦里返航

陈慧瑛

　　陈慧瑛，生于新加坡，祖籍厦门。中国作家协会会员，曾连任五届厦门市作家协会主席、文联副主席，连任四届厦门市人大常委、侨台外事委员会主任。现为美国东洛杉矶学院荣誉教授，英国剑桥、美国 ABI 名人传记中心咨询委员会委员，厦门大学兼职教授，厦大东南亚华文文学研究中心研究员，福建炎黄文化研究会副会长。福建省优秀专家、国家级有突出贡献专家、首届享受国务院特殊津贴专家。已出版《展翅的白鹭》《月是故乡明》《厦门人》等二十一部文学著作。诗《盼香港回归》获国家文化部文华奖，三百多篇作品被选入大、中、小学课本和两百多种文集。

恋（三章）

潮

一

我爱听月光下潮水的呼唤，
它叫人想起年轻时光……
记得从前每次相会，都在涨潮时分——

一朵一朵的雪莲，开了又谢，谢了又开；

一叠一叠的月亮，圆了又缺，缺了又圆。

娓娓的潮声，不倦地，如歌如诉，如丝如竹……

执着的、缱绻的潮水哟！

二

"听见了吗？海潮呼唤着海岸……"

"你可也听见？我的心潮呼唤着……"

海风把话吹断。

从此，我们也被涛头打散。

大海的潮水，把双双脚印淹没，

岁月的潮水，将你带往天国；

而我，像只苍白的贝壳，

让台风抛到了远离海洋的荒漠……

多么怀念故乡大海的呼唤——

可是，即便梦中潮汐，也是一片缄默！

三

当暗淡的足迹洒遍十个枯黄的年轮，

我终于——回到海边、回到长风鼓浪的生活。

阳春三月，风柔日媚，

滚滚银龙金蟒，欢腾呼拥而来——

啊，我又听见了，听见了声声撼人心魄的呼唤……

它唤回了我的青春、我的热血、我的爱和希望。

生命的春潮，再一次迈上了海岸！

茶之死

也有壮烈而缠绵的死吗？

有的，那便是茶之死。

当初，在青山上，在朝晖夕岚里，

她是怎样一位幸运的女儿哟！

盈绿的青春，妩媚的笑靥，自由，洒脱……

不也可以选择嫁与东风么？

她将舒坦平静地花开花谢，叶落归根……

可她却甘心把万般柔肠、一身春色，全献与人间。

任掐、压、烘、揉，默默地忍受，从无怨尤；

在火烹水煎里，舒展蛾眉，含笑死去……

她的心中，不也有一滴苦涩的泪吗？

这滴泪，却酿就了人世永存的甘甜清芬！

茶呵，海隅天涯，

但有人迹处，何人不思君？

倘若你是黄叶飘零、空山寂寞的死，

谁会记取你的芳名？

煤之恋

或许，那只是一次偶然的失误——

一次意想不到的地壳冲突，从此，

我的绕满常青藤和三色堇的绿色的、亭亭玉立的生命，

便在山村里消失……

青春和爱情，从此埋入深深的地底……

也曾有过万千回的挣扎；

也曾有过千百次的呼吁；

地老天荒，光阴无情，亿万年过去，

我那一度美丽的生机，早已无人记取……

岁月的风风雨雨，也已叫我面目全非。

只有那一段未了的痴情，难以割舍，

只有那一颗灼热的心，始终如一！

我等待着、等待着、苦苦地等待着——

倘若他有下地狱的勇气，

倘若他有明潮暗汐的忠诚，

倘若他有大海环绕青山的专一，

我呢，纵使粉身碎骨，也甘心以身相许……

有一天，他终于来了——

跨过曲折漫长的历史之河，

跨过幽深阴暗的地狱之门，

迎着我来了！

"我取了天火，来举行婚礼！"

相逢的那一刻，他高高举起矿灯，热切地说。

过于浓烈的欢喜，

让我流下了沉甸甸的黑色的泪滴！

虽然，为了那片刻的恩爱，

我必须像陨星，燃烧了自己。

然而，我死而无怨！

那一瞬的相聚，对于我——

便是青春和爱的复活，

便是生命的最后归依！

煤和矿工，两颗忠贞不渝的心，

一起在火中涅槃，

终于化作烛照人世永恒的光明！

朱谷忠

朱谷忠，本名朱国忠，出生于 1947 年，莆田人。1985 年加入中国作家协会。著有《乡野情歌》《五彩恋》《酒吧小姐》《红草莓的梦》《回答沉默的爱》《笑傲黄金》《朱谷忠散文自选集》《花开的声音》《走八闽》《人与山水的相约》等诗歌、散文、报告文学十余部。现为福建省作家协会副主席，一级作家。

瓷之魂（组诗）

读　瓷

从泥土到瓷器
从孤寂到沉默
我始终相信
有一种灵魂在闪烁

闪烁幽远的时光
闪烁线装的史册
一切都源自内心的温度

还有未忘的爱的轮廓

何必苛求什么永恒
前世和今生皆是过客
凸现晶莹的部分就够了
心湖澄静　才是最美的时刻

泥土能燃烧出灵魂
瓷器能显示出品格
在时间的滴答声中
我分明已摸到世间的脉搏

对视一只残破的瓷碗

无法搭起宋词的栏杆
只能席地而坐
面对一只残破的瓷碗
在半帧红尘的意境中
默默交谈

窗外　流浪的风
说闯就闯进了房间
它不知我的心事
轻薄我的衣衫
让瓷碗发出一声轻叹

甭管啦　我与碗
就这样对视着狭窄的空间
从一团泥巴到一个古窑

从一个故事到一个宿缘
窥出了千里云烟

词语开始拍打着我的内心
一会儿是秦汉
一会儿是长安
感觉一种细致的柔韧
早让我梦绕情牵

而今　谁人新塑瓷的梦
犹挥七彩　欲描江山
心　终于泛起了翠微
不问相见何由
尚慰交谈甚欢

德化瓷器

我写不出你的洁
也画不出你的纯
描不出你胎质的致密
绘不出你釉层的莹润

只知道你被窑工一再梦到
只知道你被世人一再收存
许多赞美你的绝句
也像梵语一样弥漫芳芬

我能嗅到你微微的气息
我能感觉到你丝丝的体温

我能听到你发出清脆的乐府
惊艳的一瞥　最是那月影黄昏

德化水土　实是天地独钟
一城瓷色　教四季纯美绝伦
面对你　我不得不暗暗羞愧
因为至今我还未找到适合你的诗韵

黄文忠

黄文忠，本名黄文宗，1947 年生，南平人。当过知青、兵团战士、供销社职工、文化馆创作员、记者。出版诗集《山的足音》《万木林》，多次获福建省优秀文学作品奖、施学概诗歌奖。南平市文联副主席、作协主席，福建省作家协会全委会委员。二级文学创作职称。

万木林

——万木林在建瓯房道乡，面积 189 公顷，原为一片人工林，已有 600 年历史。

一

一片郁闭的森林，
构成一座圣殿。
阳光和月光，
以及风与雨，
在这里细细地
雕琢了六百年。
所有美丽的虫与鸟

以及大、小动物，
都由大地安排
在这里获得自己的空间，
人，自觉地站在圈外，
把严厉对着自己，
每一根树枝，
每一根草，
都有无上尊荣。

二

沿着一条平缓而又曲折的小径，
我们虔敬地走入万木林，
仿佛正在排练的剧团
骤然凝止，密布舞台上
所有演员都向我们侧目而视：
仿佛置身于剧情的某一瞬，
有巨大的力量震撼心灵！
你好，木荷、苦槠、虎皮楠，
你好，冬青、肉桂、红豆杉……
你好，你好，不知名的朋友！
不要让我们的脚步
惊扰你们的梦，
让黄鹂和画眉的歌声，
把我们引进更深远的故事。

三

在一樽酷似老妪的树根前，
向导停下，向我们讲述
万木林的由来。

所有善行都源自怜悯，

以植树代赈，

帮助村民度荒，

是杨氏宗爷的创举。

前人种下的漫山松杉，

如今几乎不见其踪影。

这片人工保护的山地，

密匝匝的都是野生阔叶林。

说不清这六百年间的

某一段空白，

也许自然选择更强有力，

人的意愿并不每每与天相契合。

然而，人应永远记着，大自然对人滴水之恩，

总是涌泉相报；

而当人忘恩负义，勒索无度，

大自然的报复也必然冷酷无情。

四

本应是普普通通的事情，

山应有密密的树，

就像人应有密密的头发。

如今却要跋涉多少的路程，

才能见到一小块心的绿地。

注视着老向导——老护林员

树皮一样皱的脸，

思想盘桓在浓云一样的树冠。

没有树一样忠实的人，

绝不会有成功的事业，

时间，绝不会收留虚假。

五

一株株笔直的乔木，
展开深绿色的大氅。
像无数群巨大的鹰，
扑扇着翅膀追逐阳光。
踩着软软的土径，
好像自己也是一只蹦跳的鸟。
温暖而带潮味的空气，
水一样飘浮野花的眸子。
目光凝视苍藤，
草书一样费人琢磨，
万木林在我面前，
翻开一万页书。

陈志铭

陈志铭，1966 年夏毕业于厦门一中高中部，1969 年 3 月 7 日发表处女作《革命青年的心愿》于《厦门日报》，翌日上山下乡于上杭古田公社。1976 年夏调回厦门任小学教师。1978 年春考上厦门大学中文系。1982 年春毕业分配于中共厦门市委宣传部。1988 年夏调到厦门市文化局工作。2007 年 8 月在副巡视员岗位上退休。中国作家协会会员。出版《春梦有痕》《水仙魂》《烟雨微尘》《岁月深深》和《别梦依稀》等诗集、散文集。

第一次下田

满山遍野银装打扮，
我们谈笑风生来到田旁。
一双冻得僵硬的手，
把裤筒卷到大腿之上。

还需要什么踌躇犹豫，
社员们是最好的榜样。
我迈进冰冷水田，
像战士雄姿英发走上战场。

第一锄太过用力、匆忙，
锄刚落地田里就笑声哄然。
哦，多少眼睛注视着我，
连泥水也爱上我这学生衣裳！

老贫农忙做示范，
我红着脸认真模仿。
我做了贫下中农的小学生，
这是我一生的荣光！

柔嫩手掌磨出了血泡，
青春的激情在胸里激荡；
一定要让双手长出厚茧，
把新锄柄磨得乌黑油光。

到时候我可以自豪地讲：
古田是我青春的摇篮。
我还要说出一个伟大的真理：
低温也可以炼出优质纯钢！

包袱布

——古田会议纪念馆里，一块红军包袱布，写着"六项注意"。

越过月月年年，
穿过炮火硝烟，
行军时它贴着战士背脊，
住宿时它挂在战士面前。

它时时提醒战士：把人民记在心间；
它飘在人民心头：像红旗一样鲜艳。
它万丈长哪千丈宽，
覆盖冰天雪地的祖国，给人民温暖无限！

它使我想起锦州的苹果，
想起无数美好的诗篇，
光荣的传统源远流长，
人民和子弟兵血肉相连。

历史曾锈断多少将帅的宝剑，
时光曾毁坏多少帝王的金殿。
红军包袱布写着党的宗旨，
永远在史册上放射光焰！

记　忆

记忆是一本书，
在无风的梦中
随意翻动。

记忆是遇到石头的水流，
在石头边沿
开一朵白菊。

它是梦的浮桥，
让人走回逝去的岁月：
老妪变成回眸百媚的少女，
满地落红重回枝头；

老头又成风华正茂少年，
挥霍着金子般的光阴……

它还是太阳神船呢，
可上天堂，
可入九泉，
让人和作古的亲友相聚……

记忆是梦之书，
缺乏条理，
没有书名，
却常让我泪眼盈盈。

秋 筱

秋筱，女，本名刘玲卿，1947 年生，泉州人。曾获福建省优秀文学
作品奖。

心灵憩息的绿荫

一

那一句话，有如激荡的涛，
涌到唇边，却又成退回来的潮
啊，我心中的一片汪洋，
翻腾着甜甜蜜蜜的烦恼……

二

不让月光窥视我的幸福，
我伸出双手，把脸庞捂住；
蓝色的夜雾呵，你浓点吧，
我怕羞红从指缝里漏出……

三

相爱相亲，像蛋黄和蛋清，

珍惜吧，这珍惜要分外细心

它是一碰即破的椭圆形，

也是能长出翅膀的生命……

四

女友都不知道你的柔情，

我便平添了许多欢欣，

但愿这秘密直到永远

为了心灵赖以憩息的绿荫……

意　象

泪，溢出心灵的小窗，

由于一个浮雕般的意象——

在未来一个平凡的清晨，

依然是这间低矮的小房；

你梳理我斑白的头发，

仿佛在梳理青春的时光；

我轻轻地叫唤你的乳名，

——如在遥远的岁月里歌唱……

当你衰老的时候

风吹来，我看到：

你光秃似的头。

坐下来，我看到：
你打盹似的眸……

我还是这样爱你，
没有悲伤，没有忧愁，
如果你已经打开坟墓的门，
你的心，将永远属我所有。

丁临川

丁临川，本名丁仕达，博士，第十届福建省政协常委，中国作家协会会员，福建省诗歌朗诵协会名誉会长。著有诗词集《撷英集》《百花词画》、诗集《诗情画意》《千古名媛》《窗外》、朗诵诗《惠女情愫》《土楼春秋》《一路风情》等十余部。

土楼夯歌

捧上一抔泥沙
洒下一身汗花
带着黄河远古的气息
不辞万里南下

南下，南下
几经风霜酷暑
辗转到此安家

选一处风水宝地
冥冥中早有心底的图画

红糖熬成粘胶

糯米拌着泥巴

一块块条石打牢墙基

一滴滴汗水和土夯下

夯下；夯下

夯它几万个来回

厚墙一尺又一尺长大

夯墙的都是汉子

挑土的都是女娃

木梁根根筋骨

尺寸丝毫不差

为子孙后代造福

竭尽全力夯下

夯下，夯下

夯它几十万个来回

客家的筋骨更硬

就像土墙一般铁打

荷　塘

池塘里　一汪碧水

撑起了

一片摇曳的伞盖

探问远处吹来的徐风

可否有喜讯带来

等待啊

等待
一个个焦急的等待
水中那婀娜的倩影
为何今日不再

荷叶上　一颗莹珠
闪烁着
耀眼的明快
探问小荷歇脚的蜻蜓
可否有佳讯到来
感慨啊
感慨
一个个惆怅的感慨
荷塘边那难忘的约会
总是让人期待

多彩深秋

秋风从林中刮过
一片片树叶飘下
落叶的豪壮
诉说着生命的伟大
一个多愁善感的深秋
总是把思恋飘洒
走过了多少艰辛的路
吃过了多少酸甜苦辣
大半辈子相依相靠
迈出的是坚贞的步伐

大雁从蓝天飞过

一片片深情洒下

白云的纯洁

闪耀着爱情的光华

一个多姿多彩的深秋

依然盛开着鲜花

经历过一段蹉跎岁月

珍惜那短暂青春年华

后半辈相濡以沫

共同描绘绚丽的图画

陈进俊

陈进俊，长乐人。曾任福建省人民政府财检办副主任、福建省财政厅调研员等职务，高级经济师。出版诗集《心湖的桨声》《纸上的梦痕》。作品入选《福建文学创作 50 年选》《福建优秀诗歌选》等多个选本。多次获省级及全国性文学奖项。

乡村的鸟声

无拘无束地鸣叫
这些行云流水　动听的
乡间音乐
使四野明媚

乡村的鸟声
也是农谚一种
融入庄稼汉生活
晴天听鸟
脆啼早早划破黎明
锄声跟着下地

至于雨燕呢喃

牵出赶雨赶春的蓑衣竹笠

则是水乡的一道美景

最是农历里飞出的

那只布谷　如火的呼唤

转眼之间　便催绿了

半个江南……

倾听乡村的鸟声

有时会听出农家的心跳

他们的欣喜或忧伤

乌鸦的悲啼不去细说了

单看那喜鹊登枝

三两声　就把农家心底的

欢乐　逗上眼角眉梢

泰晤士河的黄昏

在陌生河流的眼睛里

我看到暮色中众多鸥鸟

慌乱的身影

夕阳正加速冷却

像一块烧红的生铁浸在水中

河水行色匆匆

与梦幻般的十里繁华绮丽

擦肩而过　与伦敦

仅仅打了个照面

我一样　也是偶然的过客

只是暂时还在泰晤士河边

看风景　涛声在渐渐加重

带着不断上升的冷

晚归的游船开始增多

一艘接着一艘　疾疾地

从雄伟的塔桥底下穿过

拉长的汽笛声像是打老远

就抛出的缆绳

急于抓住码头　抓住

回家的路

昙花静静开

妻子钟爱昙花

我家小小阳台　她一下子栽了三株

当今秋陆续开花时

妻子高兴之余

却感叹：那么美的花

偏偏都在夜里开

芳颜几人知呢

最好能发明一种技术

让它们白天也开

我说　要那样的话

就憋屈它们了

昙花喜欢夜间静静开放

应该跟我喜欢静静写诗一样

不图什么　舒心快意而已

在尘世行走有谁不累的

岁月静好呵

夜深无人时分　如果昙花正好在开

就让我们一起走进阳台

此刻暗香浮动　它们徐徐绽放的声音

仿佛是从我们心底发出

我们相视而笑

也是两朵　刚开的昙花

谢春池

谢春池，1951 年生，厦门人。1967 年初中毕业于厦门第四中学（大同中学），1969 年插队上杭县湖洋公社，1979 年至泉州华侨大学工作，1989 年调回厦门，在《厦门文学》编辑部工作，2011 年退休。

走向梅花山

汀江九龙江闽江，三江之水源于此；
汀州漳州福州府，三府富饶此为先。

　　　　　　　　——引自清人《闽都别记》

一

汀江的水，龙江的水，闽江的水，
没让我想起这块高高的山地；
汀州的树，漳州的树，福州的树，
没让我悟到这片天空的翠绿。
当生命和爱情，
在城市的大峡谷几度迷失，
我们开始寻找自己。

头上，只有云把高度显示。

城市风景在瞳仁里跌落，
幸福被灯红酒绿窒息。
于是，那片天空下的那块高地，
以她最美的名字，
让我的双眼即刻亮丽。

二

我们确实一无所知。

两亿年前，大海的处女浪，
如今已退为东南三百多公里的潮汐。
贝类、菊石、珊瑚不再嬉戏，
无数自由的生命，
凝成考古化石。
蓝色星球还没有梦播种，
海岸线突然下沉也突然耸起，
花岗岩忍无可忍构成磅礴山体。

呵呵，十八洞，十八洋，十八里，
里里有把金交椅。
一只民谣像不死鸟飞了千年，
埋下异常宁静的谜，
待谁破译？

我们确实一无所知，
我们与我们的源头过于远离。

三

二十世纪，各种肤色的脚，
不断踩在酷热里。

非洲的撒哈拉大沙漠、阿拉大沙漠，
还有印度大沙漠——
大自然心窝毁灭之火一堆堆燃起；
生命不时遇到死亡之地，
欲望的洪水淹没崇高和美，
拜物一族用金钱装饰最流行的主题，
我从此不再徜徉光怪陆离的街市。
回到人类的根，
或是今生的唯一。

聆听远方的某一个传唤，
是否福音降临？
闽西，闽西，我的闽西，
和大沙漠同一纬度的梅花山，
那片天空下的那块高地，
——回归荒漠带上的翡翠，
巍峨千古却默默无闻
突然给这个世界辐射不逝的惊喜。

四

不从某种地貌踏入景点，
不从某个地质年代获取契机，
无法抛弃城市的人，
痛苦的光辉绝无自然的美丽。

简简单单，一路随缘，
从自己走向自己。
碰上华南虎是一种福气，
碰上金斑喙凤蝶是一种情趣，
碰上詹彩臂金龟是一种禅意。
不碰上也不遗憾，
和满山珍稀植物结识，
即使暮年时节只剩几缕记忆，
那贵族般傲岸的长苞铁杉，
也会使我枯槁的躯干挺直！

与不尽的山峦逶迤，
不尽的绿韵是我的呼吸。
抑或黄昏，抑或清晨，
静坐。以我的百会，我的劳宫，
叩接上苍的恩赐，
不寻常的气感，灌顶的体验，
我成了一棵盘腿的树，
一块跳动心脏的岩石……

感谢母亲的梅花山，
一百倍纯净的爱，甚至一场大雨，
都让我们的灵魂再度受洗。

我终于走遍自己的身体。

五

名声开始远播，依然默默无语，
依然慈祥，依然宽厚，依然把万物荫庇。

拂却滚滚红尘，
原始的回归才找到本我的巢穴，
幸福就是不必去权衡俗世的利弊。

在人类的家园，
我们是否还在寻找自己？

带一片真正的云回到城市，
带一掬真正的泉回到城市，
带一坛真正的梦回到城市，
带一个真正的我回到城市！

把弥漫的铜臭咀嚼，
而后，流入一种澄净的境界，
把污染的日子过滤，
而后，皈依一个平和的终极。

呵，闽西，闽西，我的闽西！

感谢母亲的梅花山，
让我在生命的第二个子宫里重新孕育。
为新世纪加冕当是我再生的时辰，
请听我中年的哭声嘹亮，
有如长笛！

邱滨玲

邱滨玲，中国作家协会会员。出版过诗集《再度诱惑》《半边鱼》，作品曾获两届福建省优秀文学作品奖。

半边鱼

你们吃吧
你们可以挖我的眼
扯我的鳍
撕我细白的肉
你们不要翻我的身
我另半边什么也没有

如果你们还嫌不够
可以发动你们的舌头
杜撰我的故事
讥笑我的丑陋
但你们不要翻我的身
让我保留完整的尸首

民 工

你想读懂民工这部书吗
让我先为你解读目录

干涸而沉滞的眼睛是序言
作者是他们不出名的父母
干涸揭示贫困的背景
沉滞积淀无奈的痛苦

手是这部书的主要描述
虽然粗糙但内容丰富
十指展开跌宕的情节
老茧刻画苦难的插图

脚是这部书的压卷之作
沉稳厚实且脉络清楚
弯弯的路线是奔波的曲折
深深的脚印是日子的感悟

嘴巴这一篇可有可无
城市没让它有太大用途
耳朵这一章不可跳过
所有训斥都在里面记录

看完目录你得随他们上路
民工故事要在劳动中阅读
瞧瞧钢筋如何被坚强压弯
看看水泥如何把廉价浇铸……

好了，当你读完民工这部书
请你告诉我：在叹？在哭？

反季节蔬菜

十六岁的姑娘指导姐姐谈恋爱
七十岁的爷爷打扮比孙子帅
估计这不是家庭内部的问题
想来想去想到反季节蔬菜

主人作贡献练摊八小时外
仆人作报告端坐在主席台
估计这不是河东河西的问题
想来想去想到反季节蔬菜

孙子的财富现在拿出来卖
今年的孩子去年已生出来
估计这不是先来后到的问题
想来想去想到反季节蔬菜

张三的命运李四去安排
李四的错误王五去担戴
估计这不是发扬风格的问题
想来想去想到反季节蔬菜

领导对我的毛病诊断很明白
说不懂辩证法是问题的所在
如果再学不会一分为二的经典
自己就是不合时宜的反季节蔬菜

林 祁

林祁，北京大学文学博士。中国作家协会会员。曾出版诗集《唇边》《情结》、散文集《心灵的回声》《归来的陌生人》、论著《禅与诗——严羽的诗学论》《"风骨"与"物哀"——二十世纪中日女性叙述比较》、译著《望乡》等。长篇纪实小说获日本新风舍出版大赏头等奖。

旅程幻想

在消亡的时空的漫游中
所有的诗人都是盲人
　　　——题记

诗人　你终于把我的眼睛
唤回它出生的地方

夜是一块肉感的草坪
乌鸦声荡漾黑暗的静寂
樱花落进春的墓穴
我从大雪夜走来

人间已被踩出很多很多的路
谁能引导我

逃亡是一种摆脱宿命的狂奔
真想拽一束光
为弱女子的拐杖
目光沉重地落回自身
空洞的身躯像苍穹
任语言的流星宰割

风　滑过百年流水
赤足踩响漂泊的季节

生　日

命运选择酷暑
你从七月末颠簸而来

白天与黑夜的边缘
是那朵樱花美的瞬间

曾一手拥住我
窒息了我的一生

于生与死的临界点
成人再次选择诞辰

聆听雪花轻轻绽放
终生的诗篇由岁月的深处浮起

你足以溶化一座冰山
叫才思如江河横溢

即便大朵大朵地衰谢
也有热泪淡淡地穿流四季

只是　爱每每
严寒一般刺骨铭心

亲爱的　请以壮实的臂膀
替我挡一挡来自感伤的酷刑

那最初的大雪夜
是我们共同的生日

空　船

从什么时候起
我在你望海的眼里
成为港口

其实是座荒岛
起源于某种昨天的情绪
四面夹风　不设城墙

是漂泊的空船
不拒绝开始或终结
让灵魂冒险

惊异泪水竟如岛国绵长的雨季
女人一旦写诗
便被多情淹没
只在瞬间软弱得如此幸福

听凭淅沥听凭沉浮
任两极冰块的撞击声
于两乳回旋

女人为爱活着
男人活着为爱

感谢你情深似海
涌托我再度出发

舒　婷

　　舒婷，1952 年生于龙海。1967 年厦门第一中学毕业。1969 年到福建
上杭县插队落户，期间开始新诗创作。1972 年回厦门，先后做过泥水工、
挡纱工、浆洗工、焊锡工、统计员。1980 年调入福建省文联从事专业创
作。1982 年出版诗集《双桅船》《舒婷、顾城抒情诗选》，后又出版有
《会唱歌的鸢尾花》《始祖鸟》和《舒婷文集》等。现为厦门市文联主席、
中国作家协会主席团委员、福建省文联副主席、福建省作家协会副主席，
一级作家。

致橡树

我如果爱你——
绝不像攀援的凌霄花，
借你的高枝炫耀自己；
我如果爱你——
绝不学痴情的鸟儿，
为绿荫重复单调的歌曲；
也不止像泉源，
常年送来清凉的慰藉；

也不止像险峰，
增加你的高度，衬托你的威仪。
甚至日光。
甚至春雨。
不，这些都还不够！
我必须是你近旁的一株木棉，
作为树的形象和你站在一起。
根，紧握在地下，
叶，相触在云里。
每一阵风过，
我们都互相致意，
但没有人
听懂我们的言语。
你有你的铜枝铁干，
像刀，像剑，
也像戟；
我有我红硕的花朵，
像沉重的叹息，
又像英勇的火炬。
我们分担寒潮、风雷、霹雳；
我们共享雾霭、流岚、虹霓，
仿佛永远分离，
却又终身相依。
这才是伟大的爱情，
坚贞就在这里：
爱——
不仅爱你伟岸的身躯，
也爱你坚持的位置，足下的土地。

双桅船

雾打湿了我的双翼
可风却不容我再迟疑
岸呵，心爱的岸
昨天刚刚和你告别
今天你又在这里
明天我们将在
另一个纬度相遇

是一场风暴、一盏灯
把我们连系在一起
是另一场风暴、另一盏灯
使我们再分东西
不怕天涯海角
岂在朝朝夕夕
你在我的航程上
我在你的视线里

祖国呵，我亲爱的祖国

我是你河边上破旧的老水车，
数百年来纺着疲惫的歌；
我是你额上熏黑的矿灯，
照在你历史的隧洞里蜗行摸索；
我是干瘪的稻穗；是失修的路基；
是淤滩上的驳船
把纤绳深深
勒进你的肩膊；

——祖国呵！

我是贫困，
我是悲哀。
我是你祖祖辈辈
痛苦的希望呵，
是"飞天"袖间
千百年来未落在地面的花朵；
——祖国呵！

我是你簇新的理想，
刚从神话的蛛网里挣脱；
我是你雪被下古莲的胚芽；
我是你挂着眼泪的笑窝；
我是新刷出的雪白的起跑线
是绯红的黎明
正在喷薄；
——祖国呵！

我是你的十亿分之一，
是你九百六十万平方的总和；
你以伤痕累累的乳房
喂养了
迷惘的我、深思的我、沸腾的我；
那就从我的血肉之躯上
去取得
你的富饶、你的荣光、你的自由；
——祖国呵，
我亲爱的祖国！

林登豪

　　林登豪，著有诗集《通过地平线》、摄影诗歌集《拥抱瞬间》等。散文《成长心路》获中国新闻学会1996年度文学创作二等奖，报告文学《一种青春元素的飞翔》获1995年度华东地区地市报好作品一等奖，《边缘空间浓似酒》荣获由中国现代文学馆主办的中国当代优秀散文诗作品集奖和福建省第十一届优秀文学奖，组诗《李商隐三题》《老猎户》《与古典灵魂如约》分别获第三、七、九届福建省施学概诗歌奖，《陌生之城》荣获2010年度（第四届）中国散文诗天马奖。

感觉都市

居住一座都市
又常常令我遗忘都市
每当想及城市的面孔
似在摆弄短裙的浪漫
能延伸内核的力量吗
我想起最近上演的舞剧
还没来得及去看看
序幕已经改写

大雨逼我步入电话大楼
掏出 IC 卡找朋友
只听见话筒的喘气声
又是占线，拿到刊物
有关都市的几页文章
已被撕掉了

有一所大房子里
已为我备好了热咖啡
从洗手间出来
我又找不到这个人

一种灵气拂过
我突然测出
自己与城市的关系
似广场上一幅油画
与我的距离
又产生了几多误读呢

生 存

钢铁撑破田间的小路
落地窗的茶色玻璃
明亮电脑演绎的生存
城里人　地下室旅社
快餐店　夜总会　高速公路
相融为声声信息爆响

新产品新闻发布会

"全球通"的手急敲豪华之门

寻找现代派的秋香

街头拥挤着算命人

著名的纯文学作家

忙着制造笑料的连续剧

一种文化乡愁

为"拜金主义"的秋风所破

一个又一个私人聚会

旋转传销者的精明

婚姻的噪音

惊动昔日的摇篮曲

科学的激光翻一个跟斗

穿透人性的堤坝

最现代化的证券交易所

碾破股民的发财梦

又似藤蔓越缠越紧

阳光穿过

高高在上的窗口

浑浊的空气无孔不入

是谁突然发问——

我是谁

一些人随着影子走来走去

为海举杯

一叶方舟

引进男人和女人

人类伫立地球上

凝视大海的无垠

感悟船的模样

路　延长了一次又一次的季风

船　终于诞生了

路　越走越长了

太阳的鲜红和大海的蔚蓝

调配成指南针的色调

江河悄然穿过群山

的船帮声中

几多憨拙的山民

踏上冒险家的历程

妻子开始失眠了

心灵紧拥航线

狂风暴雨中

赤足瘠峭

古铜色的双膊

颤动成变形的口音

潮水的节奏

越来越急促了

钻石和香料低回

惊厥礁石的美梦

洞穿公元前的故事

失踪的船骸

孤寂于大海深处

漂流的残片

拼成招魂的画面

又一群人蘸着海水

写出咸腥的续篇

阳光挑逗沉默的帆
海水不敢嫉妒
铁锚只好裸露
锈迹斑斑的躯体
一登上船头
生命就交给大海
同时拥抱船的魅力
陶醉水的灵动
苦涩的浪花流动嘴边
惊醒另一种运动方式

在欸乃的橹声中
艄公老去了
惊涛骇浪狂摇劲舞
磨出铁壳船
放达的柴油机声
犁出吃水线
岸边光屁股的小孩
惊奇雀跃似只只海鸥
地球上有了文明
有了经济　有了速度
生存意识与船同速
在得意的日子里
男子汉酒杯溢出豪放
浑和了大自然
站在风干的船舷旁
静观浪花释放的秘密

一条条晶亮的水路
荡出所有写海的诗
抒情　幽默　哲理
汇成文化峡谷
南腔北调的声音
披着一片又一片的海浪
踩着冲浪板
掀起新的较量
一则则民间传说
在嘴中发凉又发酸

站在黄浦江口
站在青岛码头上
站在大连不冻港中
只见巨轮林立
声声汽笛
沾了一些精血灵气
在第三浪潮的冲击下
又要开始
新的一轮马拉松
背景上的高楼大厦
涌出一腔腔滔滔热血
甲板上的反光
忽徐忽疾
从陆上走向大海
在立体的意境中
漂走了多少人与事
航海图荡成
蓝色的火焰

起落澎湃的潮音

舵手　水手　海军
游动海上
大海又有了新的内涵
伫立舷窗
透视千年梦中的光点
只想与海共舞
我扪心自问
此时此刻
全世界上的船
都在干什么
心潮突然荡漾
站成海洋中的岛屿

蔡芳本

蔡芳本，原供职于泉州晚报社，现为中国作家协会会员、福建省作家协会全省委员会委员、泉州市作家协会副主席。著有诗集《天上的爱与人间的爱》《逆飞的荆棘鸟》《只有你的声音》及散文集多部，曾获福建省优秀文学作品奖等多种奖项。

哲学家的思辨

流动的水是稳定的
一潭死水也是稳定的
射出去的箭是稳定的
插在箭壶里的箭也是稳定的

鸟儿关在鸟笼里
鸟儿在蓝天上翱翔
你说，什么是稳定

人各自驾着自己的稳定
当然，有人骑的是活马
而有人则坐在玩具马上

有人进行不稳定的跋涉
甚至被荒野吞没
当然，另一些人
只在不稳定的旋转椅上
用稳定的口气
讨论着稳定
贯彻着稳定

甲骨文自叙

我只是甲骨一片
是谁编出这么多文字
我只是一些笔画
谁说有那么多意思

世界就这么有趣
很多人制谜面
很多人猜谜底
很多人被人制造
很多人被人复制

我只是甲骨一片
我不必谁来认识
人呵，目前最重要的
不是看清别人
而是看清你们自己

看茶艺小姐泡茶

我曾经将朋友的一个茶室命名为知音

我的意思是说，茶是你的知音，茶

毫无怨言地让你摘下揉搓发酵烘烤

茶承受滚烫的冲击，帮你舒筋活骨

帮你上下贯通，帮你提神。你神清气爽

你能活出一个人，茶是你的贵人

你喝了茶，找到了可以诉说的人

你活得像一个人

你向那个人一诉衷情

那个人成为你的知音

那个人为你泡茶

你听到泡茶的声音像是为你弹琴

弹到了高山流水

弹到了烟笼寒水夜笼沙

弹到了桃花潭水深千丈

海内存知己，天涯若比邻

弹到了夜泊秦淮近酒家

现在我找到了茶

我不再哀叹这世界找不到真情

我就在茶水里浸泡

我就不明白，我浸不出香浸不出韵

在这满大厅的每一个角落里

我都会看见一个人玉洁冰清

没有一丝灰尘，跟茶一样

经得起岁月的入侵，在一个个山头

一年又一年，层层叠叠，叠叠层层

这个茶艺小姐，不吐不露不卑不亢

绝对是茶中的铁观音

郑其岳

郑其岳，永春人，中国作家协会会员。诗《抗战老兵》、散文诗《人与山》、歌词《龙山之歌》等作品获国家级和省级奖。出版作品集九部。

抗战老兵

一大早
他在鸡鸣狗吠中携着晨曦
向城里的一所小学走去
弯弯曲曲的山路
在他满脸的皱纹里蜿蜒
路边挺拔的树木
已扶不起他弯曲的腰
一阵鸟鸣
融入他眼角迎风流出的泪珠

坐在礼堂的讲台上
望着红领巾汇成的海洋
他仿佛看到了昔日那面招展的军旗

而他的脸也就红得像高粱一样
于是他就激情飞扬地
讲述着六十年前
一个个浴血奋战的故事

他从干瘪的身体里
掏出一块块依然闪光的弹片
那里有一串串生离死别的细节
当所有稚嫩的目光向他聚拢
将他的手势淹没
他庄严的神情
连同迷漫的硝烟
在一阵阵暴风雨的掌声中
分解

已有相当一段时间里
他把那些枪林弹雨
连同一枚枚军功章锁进箱底
压进记忆深处
今年是抗战胜利六十周年
他抵挡不住一波波盛情邀请的热浪
于是又穿上那套已经肥大的旧军装
频繁地，走上讲台
一遍遍复述出生入死的
往事

只是回到小村静寂的夜晚
在昏暗的灯光里
他白天兴奋后的倦意

就陷入自己深深的影子里

和历史的影子里

寻找故土

方格纸

一如故乡的山水

任我遨游

只是

缺乏那幢老屋作背景

结果总是空洞

那一阵风

把我从故乡的枝头飘走

叶脉

指向源头

却被海峡隔绝

寄望泪水

弹向根部

等待落叶摆渡

自己的一把胡子

如气根

纠缠记忆

唯愿等待

家乡那把镰刀切割

然后落地生根

重逢泪

泪与泪之间
横着四十二年风雨
你以乡情
我以相思
共同涂抹这段空白

你眼角的纹路
深一脚浅一脚
踩痛我的往事
我把你的话语数成落叶
你把我的长发数出归途

四颗瞳仁
飘过千山万水
海峡这岸与那岸
本有着不可分割的风景

所有的血液瞬间凝固
泪滴滴穿心事
走向无语

张冬青

张冬青，浦城人。中国作家协会会员、二级作家，曾任福建省作家协会秘书长。著有文集《山精》。

一点红

我愿是你手指间的一点红
黑暗里给你放松
只要你用心把我点燃
我就会融入你的心胸
无论夜有多深
白昼是否朦胧
我都要把我的体贴
留在你的指缝

我愿是你呼吸间的一阵风
攀登中为你加油
只要你用情把我呼唤
我就会和你一起涌动

无论山有多高
道路是否畅通
我都要用我的激情
吹送你的成功

当你的嘴唇不再鲜红
当你的牙床开始松动
我依然是你
手指间的一点红

一条逆水而上的鱼

桃花如雨
一条逆水而上的鱼
遵照母亲的嘱咐
赶在清明之前
到雪线之上的崖壁去产卵

每一回向激流瀑布发起的冲击
都是一次幸福的交尾
都有无边的快感和战栗
尽管连绵阵痛　遍体鳞伤
不知道季节有多远　潭水有多深

她听见花朵次第打开的声音
梦见精疲力竭赤裸苗条的自己
通体舒泰躺在雪花遍地的岩草丛中
被一只苍鹰凌空掠起
带往更高更远的天际

真想做一只小鸟

真想做一只小鸟
从不知道什么叫烦恼
每一道飞行的线条
都是一次全新的创造
不重复自己也不重复别人
飞升一层就会有新一层的气象和高潮
地面的生物永远不知道天堂的位置
神的光辉无时不刻在深远的上方照耀
所谓的工作无非垒窝做爱育儿捉虫
全体的羽毛都在迎风招展爱的旗号
快乐就展翅
想家便归巢
宽广的天空多么逍遥

真想做一只小鸟
从不需要跟谁卖乖学巧
每一声婉转的鸣叫
都是心灵自由的歌谣
不委屈自己也不算计别人
只要张口大多是爱的呻吟很少为了花招
所有音乐都试图诠释卵巢乍裂的初响
只有长空体会被温柔击中的战栗玄妙
羽毛和空气交流互通有无訇然有声
云朵也在周围推拉着长号鼓舞欢笑
春暖就布谷
秋凉就割稻
自然的歌唱多么美好

刘小龙

刘小龙，1955年生，东山县人。高小辍学，以渔为业。1985年调入县文化局工作，1988年任县文联驻会副主席，1994年至2015年任县政协副主席。已出版诗集《爱的宝石蓝》《蔚蓝的情怀》《蓝土地情歌》《海魂吟草》、歌词集《东方的龙》、散文集《奇石之魂》及诗歌专著《中国的武圣，世界的关帝》等。作品被收入十余种全国性和地区性文学选本，十余次获全国性和省级创作奖励。1986年出席全国青年作家创作会议。中国作家协会会员、福建省作家协会全省委员会委员。

大海自白

我生命的颜色
是最集中的单纯，叫作蓝
有时蓝得黯淡
有时蓝得辉煌

想象若一口大钟
在潮汐轮回中悠悠鸣响
也曾低沉

也曾高昂

云吻过
船吻过
鸥鸟吻过
我举柔情千浪
如多梦的少女满怀春光

也曾振鬃咆哮作雄狮一怒
面对邪恶的狻猖
风砍
雷劈
我自啸傲穹苍

管他是一脉涓滴
凭你是长河大江
清或浊
红或黄
伟大或渺小
高贵或卑贱……
我敞怀一纳更加浩浩泱泱
裸万爱之躯
成众心的磁场

有位歌者
拟将最后的头颅
搁在我的水平线上
做长吟不返的岛屿
浮也不喜

沉亦不伤
共我千秋万岁
一样肝肠！

渔村，有风浪的早上

有风浪的日子
是渔村最甜美的日子
那个珍珠般明亮的小妹
很早就在岸边的蚌居
织起炊烟

海，在她手里
被煮起浓浓的腥香

该叫醒那条船了
那条船出海了许多时日
总算被夜半的风暴
送回她的港湾

她很春光地转身
以一尾鱼的款款细步
游到赤裸的船边
从梦中被扣醒的船呵
是蓝土地最温柔的船
眼闸微微开启
暖潮便涌漫开来
擢住了鱼的魂魄

她是他最熟悉最疼爱的鱼
越晴朗的日子越不容易
相聚的鱼
岸上的渔事从来
就比海上更紧密
忍不住他又举起
湿漉漉的网具

被他一网罩住的鱼呵
是欢喜得不想挣脱的鱼
任他环拥任他覆盖
只有轻说细唤的喁喁

就这样一千朵一万朵浪花
灼烫在唇在腮在眼
一支狡猾的橹
渡入了神秘的三角海
在水渊深处撩拨火焰
激荡的鱼啊娇艳的鱼
已退下鳞甲星眸含欢的鱼
被浪刃剖开散开玉骨的鱼
幸福地游荡在
金亮雄伟的桅杆

三月的桃花汛
一排一排高高的浪头
涌撞着珊瑚岛的礁盘

终于，风暴渐渐平息

这船的宽厚胸脯上
一尾圆乳丰臀的鱼滑落下来
与他一起走向飘香的海

岩仔村

这小村名叫岩仔
是海岩和山岩垒成的
岩仔藏在大山脚下隐在大海浪端
雨再浇一滴它就全绿了
潮再涨一分它就全蓝了
它的几柱炊烟
就这样半蓝半绿地飘了千百年

岩仔人生来就是岩仔模样
赤裸裸、黑黝黝、红堂堂
岩仔女人爱耕爱种爱亲牛嘴巴
岩仔男人爱钓爱捕爱睡老船板
一年四季,家家的青花大碗
飘酒香鱼香,溢薯甜虾甜

南逃的宋天子想到这里偷安
跑得太匆忙
前一脚踩沉了南边的东京城
后一脚踩翻了北边的大路面
只留下一块石头的皇帝殿
让猴崽们尿着闹屙着玩

岩仔被海水封起来被岩石锁起来

岩仔人的脚尖磨了几代
才在浪劈涛剁的峭崖边
凿成出村的一线"小险""大险"

很少人到岩仔来很少人出岩仔去
岩仔古岩仔神云雾罩着岩仔面
只有太阳、月亮这两个野男野女
无惊无忧在此来往——

那红胡子怪汉每早从浪里跳上来
总要当当敲响岩仔的门环
把素美如蓝草花的岩仔女人
邀去屋后的水田间

那白脸小娘精每晚从礁缝闪出来
总是嘻嘻痴笑在岩仔的窗沿
把粗悍如大公鲨的岩仔男人
唤到海边的小钓船

有人说，岩仔的碎石小路
夜里常常变作小白龙抖动着鳞片
把到此猎奇的游客
迷迷糊糊地驮进水晶殿……

杨健民

杨健民，1955 年生于仙游，毕业于厦门大学中文系。中国作家协会会员，国务院政府特殊津贴专家，"全国新长征突击手"和"全国五一劳动奖章"获得者，先后被福建省委、省政府授予"福建省先进工作者""福建省优秀人才"和"福建省文化名家"称号。现供职于东南学术杂志社。著有《艺术感觉论》《中国梦文化史》《批评的批评》等学术著作多种，多次获福建省社会科学优秀成果奖以及福建省优秀文学作品奖。

树

楼下站着一排树，
我在楼上俯视它们。
其实，我并不习惯于俯视。

站在楼下，我只能仰望，
想想它们的高度，
我突然找不到自己的影子。

影子去指责树的高度，

夜里的阳光潜入树叶，
影子的梦被刺成斑驳。

树是大地长出的阴谋，
只有风的小令会摇动它。
风一裹挟，我的灵魂空了。

一辆车泊在树下，压着
树的根部。我听见年轮
青筋暴突，硌痛半个世界。

天低下来，覆盖树的心事，
树梢被悄悄封存在土里，
我叫不出它的一个角度。

时光永远被尘世雕刻着，
只有树，在我眼里默默爬行，
无论俯视，还是仰望。

不要叫出树的名字，
就像不再戳穿影子的梦。
阳光虽然热烈，却一直飘移。

只有树依然坚定，依然执着，
即便一枚叶片飘落，也要以
飞翔的姿势，归隐在地上。

此刻，我站在楼上看树，
树已经在楼下站了多少年。

这种俯视，只能是我的望断。

百花巷

走过这里，摘下一唇暗香
青花数盏，弄湿戏子和柳烟
半张老照片落满金粉
一世的承诺，轻轻荡出眼前

二月江南，孤独的悠闲
或许从未相见，或许尘心未眠
倚窗捉月，遥寄今生的皎洁
两世遗忘，刻下如昨的箴言

望断永远是巷陌的时间
谁家玉笛吹皱青石板的眷恋
目光走不出的依旧是荒芜
不如一起耗尽明日的流连

和一朵花对视

和一朵花对视
目光被多次授粉
所有鼻息都是一种途径
我却等不到她的凋零

只有蝶翅在煽动她
轻轻卸下一颗露珠
站不住的美丽与夜相扶

宁可死在自己的季节

折叠起感觉里那座村庄
把所有心事藏在院门里面
沉入词语,与过客无关
一节一节咬住梦的疼痛

和一朵花对视,在今夜
如同千里之外遇见你
如果我搬不出体内的伤口
就用孤独填满我的一世

宋　瑜

宋瑜，笔名余禺，1955 年生于厦门，祖籍闽东。曾任《台港文学选刊》杂志主编、编审。中国作家协会会员、中国世界华文文学研究会理事、福建省台港澳暨海外华文文学研究会副会长。出版有诗集《过渡的星光》、散文随笔集《拾箧集》以及文学论述《复眼的视界》。曾获福建省优秀文学作品奖，《小说月报》百花奖责任编辑奖和福建省期刊优秀栏目、优秀作品编辑奖等。

东山吟

一

如果我从一张空白纸上进入
身体铺开，如同一览无余的沙野
我将重新品尝阳光的意味；将拜谒
一个老者通常所做，他眯起眼睛的
无色表情，仿佛本来如此
一只孤鹭摆放的脚步述说了一切
把每个日子的影像排列在大地

当我探入到事物的内部试图捉取
从身体站立的塔屿岛的一端
向另一端，橡皮树肥厚的叶子
雕塑了欲望，我是否把什么点燃
就像鸥鸟涉足海面时指向天空的
翅膀？为什么曼陀罗把她
悠长的琴声细细地拉出，当她面对
巨浪，在那永恒的富足中抽丝剥茧？

把心里的许多东西告诉空无！
从车灯的光柱上认识夜幕
高高树上的栖居者，黑暗的守护是否
因为光源有时候被另一种绚丽涂抹？
就像我来自的地方，下沉往往
被上升的错觉笼罩；镀银的表面
器皿闪烁的光泽掏空了人的眼睛

变幻从木麻黄开始。在时间荒芜的
尽头，同样是神迹使神迹终止
诗人歇息的树下，铁锄和战戟
以它们行吟的音步唱到今夜

那么今夜的渔人又怎样把他们的网
撒向大海？当一只鲨也宁愿上岸
以它美味的肉喂食秃鹰。在
孤独的求福的长途，马蹄甲把生和死
一起围拢。凭什么说出骨殖——
在海上，那旷古的颜色已经陌生

二

我不知道从麻石陋巷怎样通向一副
银饰杯盏。高楼与平房，高高低低的
手指的列阵——跟谁下的一盘棋？
海上丝绸冒险和街坊间耐心的垂钓
商贾的路线远得不能再远
每一天的行藏，客居也不例外
——那简单的生命以及事实
一只腔肠动物缓解了逼进的悬案

但我喜欢站立山巅，即使在岛上
不高的礁岩。云霞出海曙……尽管
东天有时也难免像胭脂那般俗艳
美的扶桑，凤鸟来仪。那鸟组成的
最朴素的人字队形在车辇与铜铃之间
被一首渔歌浸润，被沙上的汗
镀上迷离的亮色以及血的双手折合的灰暗

我将抛开断樯和残楫，宁肯在星夜
在风和浪的睡眠中怀想：祖先最初的梦
和月照中洲的深意。过了沙数的年月
一个人低声吹螺，把取自海的都还给海
——都还给海，连同豪取本身
想大洋深处龙王的寝宫
迟暮美人也早该把珍珠玛瑙厌倦

离开膻腥，就是离开沦为鱼的宿命
还有一种离开，从石锛向岩壁上虚的图形

那幻美从一个人到另一个，到
万灵迷蒙的投视。一朵花，那唯一的
海上之莲，催开了心中愚顽的瓶颈
使清泉从里面出来，使玉、钻石
龙涎香、水晶和真金从里面涌现
这些以气显形的东西或者无形
于浊世之中、大化之内，等同于明矾……

可我为什么依然迷恋——
造物为我设下的全部感官?!

三

在季节之间，事物自云端幻化
如浴女在芦苇的黄昏。据说罂粟花
无比娇艳，使人不忍正视，仿佛
有谁窥探，心中不可泄露的隐情
不便说出的话，是否因为在树上没有
期待中可以描述的果实？为什么我看见
往低处去的也有明澈之水？

有时我从未来出发，朝向现在，看到
一路心念凌乱，时间打着皱褶
孤独的散步者，在湿冷的气团和
天际存留的微明之间，需要从
贝壳线那里划出边界。但足下淤泥
紧护，仿佛忠实而讨厌的侍从
情形又像海龟，有时不免被只大手翻动

这就是我不能在屋里静坐读书的原因

海上来的生物，我的眼睛是饕餮——
椰树、芭蕉，以及曲线玲珑的少女；
酒楼如钓的橱窗，吐掉食客臭烘烘的嘴
我怎不赞美海参、龙虾和锦鲑
当如山的标价在脑后遗忘
又怎不把珊瑚和花贝怀想
这岛，这亚热带形相从皮肤上滑过
我如何回复，如何辨明筋骨深处的火焰

如果我还能返回，向艄工借一瓢饮
清冽的淡水将使守护肩头的天使
变得坚定。但不避海鲜的美的倾慕者
当我接近熏鱼的香味，也就被鱼熏在那里

作为游客——粉嫩的一群
我的到来使自设的岗哨无比松懈
意识打开，即使在一团积雨云出现的
赭石上空，官能的盛酌也把其中轻软
一一饮醉。海啊，我是一卸红尘
回到你身边，还是以赤身的
狎昵再向你取得满满?!

四

或许我能到遥远的南太平洋原始的
岛屿，天赐的木菠萝供我为生
但谁又能把高高树上的采摘和渺渺
海上的捕获、市井的谋算和邦国的
韬略一一分清？当更多的人来到岛上
这地界已不胜其重

让意念停留于空白纸上还是涂抹
这一方的践履是拥抱还是放逐
家可以返回？当流徙为了家园而成了
永远，那故居的老树是否守身如玉

静默的是云端之上的一双眼睛
假如它存在，假如它不会坐视空气
被杀伤，岸边起伏的咸草将变得更加
柔顺。月朗星稀之夜我把自己看见
因为借助了光而浑身战栗　还因为
箫声呜咽——为清醒或迷糊的哭泣

请不要拒绝我的忏悔，不要甩手离去
尽管昨夜衔来的阳光海岸也把心事弯曲
我还信相思树依然相思，皂荚果
依然亲吻玷污的双手；还信拉网小调
仅仅取悦于大海，马达仅仅把鱼鳍模仿

——这一切没有效法诗歌。尽管
风景不如画，而我将携入市廛者
我必细心梳理，她真实的髭须

人子啊，
只要心念在天地之间
所谓家，就不是地方而是想望

汪国真

汪国真（1956—2015），祖籍厦门，1982 年毕业于暨南大学中文系。2005 年担任中国艺术研究院文学艺术创作中心主任。其代表作有《年轻的潮》《年轻的风》《年轻的思绪》《年轻的潇洒》《热爱生命》等。

感　谢

让我怎样感谢你

当我走向你的时候

我原想收获一缕春风

你却给了我整个春天

让我怎样感谢你

当我走向你的时候

我原想捧起一簇浪花

你却给了我整个海洋

让我怎样感谢你

当我走向你的时候

我原想撷取一枚红叶

你却给了我整个枫林

让我怎样感谢你

当我走向你的时候

我原想亲吻一朵雪花

你却给了我银色的世界

热爱生命

我不去想是否能够成功

既然选择了远方

便只顾风雨兼程

我不去想能否赢得爱情

既然钟情于玫瑰

就勇敢地吐露真诚

我不去想身后会不会袭来寒风冷雨

既然目标是地平线

留给世界的只能是背影

我不去想未来是平坦还是泥泞

只要热爱生命

一切，都在意料之中

假如你不够快乐

假如你不够快乐

也不要把眉头深锁

人生本来短暂

为什么还要栽培苦涩

打开尘封的门窗

让阳光雨露洒遍每个角落

走向生命的原野

让风儿熨平前额
博大可以稀释忧愁
深色能够覆盖浅色

李龙年

李龙年，2002 年加入中国作家协会。出版诗集《记忆的瓷瓶》《大山意识》《哗变的梨花》等。诗作被选入若干选本以及在欧美出版发行的英文版《廿一世纪中国诗歌》。另发表大量散文，出版散文集三部。现为南平市作家协会主席。

中国，我是你山里的孩子

我的目光庄严地掀开
《中国地形图》
中国，是一块高耸起伏的大陆
大块大块褐红的思绪
大块大块渲染着褐黄的绿色情感
令我流着泪
　　迎面拥抱我的
　　山坳上的中国

中国，你拥有地球上最巍峨最挺拔的山峰
中国，你经历了世界上最深重最漫长的苦难

那蜿蜒起伏　磅礴矗立的

是五千年的灿烂

　　五千年的沧桑

　　五千年的向往

而 1949 年 10 月 1 日　是中华民族心域海拔的最高峰

在秧歌舞和《解放区的天是明朗的天》的歌声中

在那位伟人——

　　你无数优秀儿女中的一位

粗大手掌划时代地有力一挥

和浑厚阔亮的湖南口音中

你的无数儿女

在中国，开始中国式的崭新劳动

这是轰轰烈烈　骏骥嘶鸣的时代啊

　　阳光金灿灿大面积奔腾流淌

在舒展历史和辽阔的家园

一个热气腾腾　众心激奋的民族

一个大汗淋漓　勤劳勇敢的民族

开始创世纪的壮越出发

北大荒大片大片的麦子思想般金黄了

一座座城市少女般丰满窈窕美丽了

红领巾时代就会唱《勘探队之歌》的我

新中国第一代勘探队员后代的我

面对稻谷般密集灿烂

流淌汗水的无数兴奋面庞

面对从课本走向我的灵魂的无数闪光形象

我，只能大声说：

中国，我来迟了！

不迟！中国大声对我说

不迟！《中国地形图》大声对我说

不迟！《中国地质图》大声对我说

如同绿叶饱含对春天的渴望

踏着父辈在远山跋涉出传奇的足迹

我走进中国山地起伏的向往

握紧那柄翠绿而沉甸甸的地质锤

（我庄严地想起一面铁锤与镰刀结合的旗帜）

背上那只翠绿而结实的地质背包

（我的身心充溢青春的激情）

中国，我是你山里的孩子

如同山的形象，我和大山站在一起

挥动地质锤，我对大山发出历史的叩问

夜色在地质锤声中大块大块剥落

裸露潮湿清新而宏阔的晨曦

一座座大山，在我们的锤声呼唤中醒来

走进《中国矿石名录》

走进《中国城市名录》

山巅，每天升起一轮新鲜的太阳

是我们对自身劳动

　　庄严的欢呼

中国，我是你山里的孩子

我的生命，是大山的生命

我的欢乐，是大山的欢乐

我的形象，是大山的形象

我的性格，是大山的性格

中国，我是你山里的孩子啊

是山，就有山的情感

山的骨骼

山的理想

山泉清澈，是我对你永恒的爱恋

山花怒发，是我发现时的笑颜

山鹰展翅，是我飞翔时的遐想

山峰入云，是我眺望遥远的故乡

山峦傲然，是我对冷眼的回答

山脉起伏，是我心中喷涌的岩浆！

中国啊，我是你山里的孩子

为了你的天空永远蔚蓝

鸽哨划过宁静的欢欣

为了你的地质图山缀满阳光

中国，不再有苦难

我跋涉

我愿，把我

　一个山里孩子的苦难踩在脚底

　使它们成为脚下

　一簇被踩烂的荆棘

　一柱被跨越的巉岩

而我的面庞　身躯

披着圣洁的星辉　明媚的阳光

在七月　那个火红的第一天

面对那面映红了我的脸庞的旗帜

我庄严举起右手

用我攥紧的拳头般有力而年轻的声音

　倾吐

　一个山里孩子的渴望与理想

是的，我是山里的孩子

天风吹糙了我的面容

群山泊远了我的思念

我的额头，被风雨侵蚀成一堵峭岩

我的身躯，被岁月挤压成沉积岩

我将衰老，或者

　在一次山的塌崩中失去生命

但是，我是山

站着，我是一株指示矿物的铜草

倒下，我是一座小小石碑，胸膛刻着：

这里埋着一颗

　山里孩子的心灵

即使是这样啊，这颗埋着的心，

我相信终究有一天，也会变成矿床

　变成　原油熊熊的燃烧

　石油冲天的呐喊：

　祖国——为了你的明天和崛起

　我愿意燃烧自己！

哦，

面对大比例尺的《世界的地图》上的大陆板块

和蔚蓝辽阔的海洋

我骄傲的情感，耸然如山：

中国，我是你山里的孩子

我要送给中国每座大山一张

中国青年地质队员的名片

我和中国的群山、乡村、城市

组成一幅

中国崭新辉煌的
　世纪形象

雪地乌鸦

雪地乌鸦于理论中存在
犹如　煤隐藏在地层深处喘息
乌鸦　白雪映照出你的孤独和黑
你的眼睛像煤
在夜的深处　比夜还要黑的地方
坚持　微小的沉静

春天　花草在乌鸦站立的地方
描画祖国的笑颜
而乌鸦的影子　深入至
煤的内心
——它渴望成为墨汁
留下字据：记录痛苦
或者　燃烧爱情

伊 路

伊路，1956 年生，一级舞台美术设计师。著有诗集五部和诗剧《蓝色亚当》等。诗作被选入多种诗歌选本、编入中学语文课本，有部分作品译文在美国、英国、德国等地的诗歌刊物发表。获福建省优秀文学作品奖、福建省百花文艺奖、中国话剧舞美设计"振兴奖"等奖项。现居福州。

鹰的黑影涂暗了风暴

那时　我的眼睛
在祠堂的窗洞里
鹰来了　在那么高的地方
把威慑的力量传下来

母鸡的翅膀木板门般打开
小鸡们从各处滚了进去
一只跑得最远的
被鹰的爪子拎了起来

后来　我在一座小庙里读书
庙外的旷野就是课间活动的场所
鹰也常来　在天顶一圈一圈地盘旋
俯视着仰望的孩子

如今　我居住的地方
已经没有鹰了
但有人在好几重山后看见它

鹰去的地方
总是有恐惧的心灵和蛮荒的事物
所有的现代文明都无法灌输到鹰的意识里
所有的科技革命都不能改变鹰

在世界不宁的背景里
鹰的黑影涂暗了风暴

观望瀑布

水从绝壁上失声叫喊下来
惊恐万状下来
散乱的魂魄般下来
不知道这里有绝壁吗
那么是一脚踩空

水更像是大笑着下来
露出全部牙齿的大笑
口沫四溅的大笑
永不会笑完的大笑

把什么都笑出来的大笑
这样大笑
越看越令人毛骨悚然

又像是在做游戏　在玩耍
绝壁的形状越奇特复杂
就玩得越兴奋起劲
越花样丛生
越好看刺激

又分明是被追赶着的
被自身的重量坠扯着的
停不下来　身不由己　不能慢一点
这就更让人目不暇接
生怕错过某个细节

却又像是被绝壁架在那里
展示展览　像一幕接着一幕的演出
像有无穷无尽的水在排队赶场
一次性　过了就过了

无穷无尽的水其实只是一道水
互相连接　密不可分
看得出每一份水都非常认真努力
好像它们知道在共同做着水似的
该如何做水似的

一个胸腔的力量太小

痛是一座大橱　大柜　大屋　大殿

有无数的隔层　抽屉　房间　门　窗　洞
全上了封条

痛是车水马龙的十字路口
卡车　小车　摩托车　三轮车　自行车
横来竖去　堵了
警车的红灯从烟雾里烧过来

痛是正在施工的大工地
打砖机　切割机　冲击钻　钢锯　电焊　钉　锤
齐上阵

痛得这样彻底却还没到底
痛得这样细密却没有痛透
痛得这样庞大却还在围困中
痛得这样繁杂喧闹却没有一点声音
痛得即断即裂即碎却坚如磐石

一个胸腔的力量太小
不够用于痛
用于痛的风暴　战争　大野大天
把旗帜插在
火山般爆发的心尖

不能使痛
回到小路　故乡
回到山崖边的鸟巢

鲁　萍

　　鲁萍（1957—2002），安徽芜湖人。原供职于《厦门文学》杂志社。
1978 年开始写作。曾编选《中国散文诗大系·福建卷》。

神秘的诗

——题布洛克《第二小提琴奏鸣曲》

雨细细地下着
门打开了
阳光继续藏在
棕色的琴盒里
风的手指
破坏了声的图案

时间敲击着地面
激起了晶莹的痛苦
玫瑰在暗处
轻轻地转动
空气很好

鸟还在睡觉

雨细细地下着
门打开了
空气真好
通往早晨的路上
整齐地排列着
最初的音符花

德彪西的月亮

——题德彪西钢琴曲《月光》

风很安静
岸很安静
轻轻擦过海的肩膀
鸟群也很安静

海神睁着眼看着
鱼美人睁着眼看着
看城堡从海里浮出
看月亮从海上升起

金色的城堡
德彪西的月亮
贴在夜的前额
贴在海的肩上
德彪西的月亮
法兰西的邮票

风很安静

岸很安静

月亮在流浪

德彪西在流浪

走向春天

——题图里纳《幻想舞曲》第一乐章

春天很近了

春天离我们很近了

春天真的离我们

很近很近了

多汁的音符

少妇乳房般丰腴的音符

从双簧管

精致的黑洞里流出

流成丁香花的颜色

流成春天的名字

阳光很好

阳光很温和

阳光像水

阳光把每片绿叶

都洗成春天的眼睛

冬天龟裂了

冬天凋谢了

冬天老了

冬天的背影
像个微驼的老人
让他走吧
但不用告别

黄锦萍

黄锦萍，女，福建省歌舞剧院一级编剧。福建省作家协会全委会委员、中国音乐家协会会员。著有诗集《桔黄色小伞》、散文集《预约想念》、歌词集《青春风铃》等八部，多次获福建省优秀文学作品奖和全国征文征歌奖。

停泊在玻璃窗

外面的声音嘈杂
我努力在心灵深处
植上一株翠苹
有空的时候呵护一下
草就不枯了

每个人总有许多
　　说不清理不顺的事
叙叙旧的时间都被省略了
老朋友寻找新感觉
　　老地方坐着新游客

偶尔拐进一条小胡同
四周都是绿瓦红墙
唯独这里的房子很破旧

我常常躲在属于自己的屋里
望着电视屏幕里的五洲风云
从百姓讲述的故事里
证明自己依然食人间烟火

原本习惯了的生活方式
长大了的下一代已经觉得落伍
就连停泊在玻璃窗上的
　　那只人面蜘蛛
也被新闻媒体不失时机地炒作
世界在夜很深的时候
才肯静下心来
静不下来的是手中的笔
我们的思维被空气污染过了
很少人可以幸免

幻想有一座房

幻想有一座房子
房子里住着许多舞者
大家互相都不说话
一切都用动作表达

这世界爱说话的人太多
做的少说的多

付出的少得到的多
沉下心来的少浮出水面的多

这让我羡慕起
每天都在挥汗如雨练功的舞者
他们练功时不许说话
只有快节奏或者舒缓的乐曲
在练功厅里小声地流淌
告诉他们该做哪些动作了

记得有一句古训叫"沉默是金"
观众只能透过舞者的肢体语言
走进他们的内心
因为不让说话
舞者的动作自然要做得卖力些

他们的腿伸得笔直
他们的腰始终挺拔
他们弹跳得比普通人高
他们还要做一些
常人根本无法做到的动作

让观众明白他们在做些什么
这已经足够
世间许多事是做出来的
因此我不喜欢说太多话的人

一棵不肯移动的树

别人忙着的时候我闲着
别人睡着的时候我醒着

别人在舞台上妩媚的时候
我总是躲得远远的

我把自己定位在幕后
因此出头露面的事与我无关
我把思维根植在
　　　生我养我的故乡
认定只有这一方水土
最适合我生长

有的人从南方挤到北方
有的人一次又一次告别爹娘
而我却像一棵不肯移动的树
任凭根须在土壤里
　　　自由地延伸

延伸的结果是更加牢固
一辈子只能做
　　　与方块汉字挑战的事情
做着做着就成为习惯
好像肚子饿了必定要去找吃的

人家说你总是这样
无休止地写呀写呀
　　　世间能看到的景色
大都被你的笔抚摸过了
但你依然把握不准
　　　肉眼看不见的东西
我知道他们指的是
长在胸膛里的心

于燕青

于燕青，做过执业药师。作品被多种选刊转载，出过两本散文集，得过若干省级散文奖。

无名指

他缺了一根指头，无名指
被车床吃掉的无名指，他是车工
太久了，他忘了钢铁嗜血的本性
零距离与负距离只在一念之差
休止符不能休止钢铁的意志
黑铁、血、肉，它们合力摧毁了我的心脏
留下这身体的一部分，无名指
它与它的血不被纪念

很多年后，他没有提起当初的恐惧与昏厥
他举手打趣说，反正无名，缺不缺席一个样

左手右手

你对我说，墙上的梅花倒了
一幅倒画的梅，我奈若何
调换方向吗
不是梅倒了，就是字倒了
倒着的梅花，它引出另一片坏色
倒霉
它的阴气侵占了我的骨血我的发肤我的灵魂
如水纹过身，染

梅与霉，一母同生
木、水、阴、阳，各有所属
像冷掉的致命
需要仰头，去看梅
白的、红的，人间两大色
阴盛阳亢，就像左手右手
本是同根生

手

举杯的手，无以回避的还在
所以，你来
内部的时光开满花
看不见的，有雪飘落
不擦肩
这样的软暴力近乎自戕

秘密的手指长出绿苔

以为不写诗

就能躲过诗人的宿命

十指连心，心比天高

我从来就没能把自己藏好

少木森

少木森，本名林忠侯，龙海紫泥人，现居福州。主要作品有诗集《花木禅》《谁再来出禅入禅》《少木森禅意诗精选99首》《给自己找个理由微笑》《少木森禅意诗精选精读》《禅意诗十家》《福建：诗与禅之旅》《八闽诗禅路》《读出的禅意：中国当代禅意诗选读》，小说集《少木森小说今选》，散文随笔集《谎言硌牙》《忧郁边缘》《少木森教育文化随笔今选》，长篇纪实文学《张圣君传奇》，12集光碟片《作文大革命》等。作品被选入多种年选、年鉴以及中国、美国的多种选本和教辅材料，获孙犁文学奖、福建省优秀文学作品奖等。

霜　降

有时候季节非常凌厉
像一个词：霜降
一朵花要想在这个时候
慢慢打开自己
需要足够的勇气

有时候季节只是虚张声势

也像一个词：霜降

一朵花就在这个时候

慢慢打开自己

我还是看见

一种神秘的微颤

处　暑

在处暑这一天

我父亲特别关心园头的草

毕竟这是一个过渡时节

最后的热量来了又去

水火博弈，险象环生

父亲学会了从这一天

被折断草秆的多少

预言——这一个秋天

收成的好坏，年景的吉凶

是不是遗传密码的作用

在处暑这一天

我也特别关心花和草

下午三点钟，我就说

听到秋天的声音了

那是雨夹着风……

不过，在城市阳台

做一株小花小草

很安全！风吹过来

它摇晃几下

没有腰杆被折断的痛
没有——落红纷乱
花季郧丧

因此，我有时
会用手摸摸它们的叶子
怀疑它们是不是真的
只是，无论怎么看
它们毕竟就是花，就是草
和我父亲关心的花与草
没啥两样
你能说它不是真的花草吗
看来，再不能用这样的花草
来预言秋天的吉与凶了

秋　分

秋分前后三天，叫秋彼岸
红花石蒜——开在秋彼岸期间
就被叫作彼岸花

我知道，此岸的我
以一种寂寞！守着
一些无法实现的承诺
在嘈杂喧闹的年代
写着一些诗歌！也就
被人认定——有一些可笑

而秋已过半，虫鸣渐稀

那些彼岸的花儿，又以什么心事
一束一束地开着——不避秋风
开得——像一首首诗歌一样
谁会说，这有什么可笑呢

彼岸的花——红花石蒜
红花石蒜——彼岸的花
秋分前前后后的几天
它就是能够开得那样
——不管不顾，灿灿烂烂
是不是真的像诗歌一样？

哈 雷

哈雷，创办《东南快报》、《海峡诗人》杂志，现任《生活·创造》杂志社编审，兼任《东南快报》社总编辑、《海峡诗人》杂志总主编。中国作家协会会员。多次获福建省优秀文学作品奖、福州市茉莉花奖、福建省百花文艺奖。出版《都市彩色风》《阳光标志》《平常心》《白色情绪》《纯粹阅读》《零点过后》《寻美福建》《寻美山水》《寻美人生》《寻美的旅程》《花蕊的光亮》《诗歌哈雷》《纯粹心境》等著作十多部。主编出版《映像·仙游》《映像·莆阳》《诗韵涵江》及"桂冠诗人丛书"三十位诗人个人作品专集。2012年被全国总工会、中宣部、中国文联、中国作家协会评为"下基层创作优秀作家"称号，荣获第五届福州"书香人家"称号。

搬 动

我搬得动一块巨石
却搬不动一个词
如托举不住的夕阳
在黄昏到来
沉入湖底

但我会赞叹一声

让我吐出豪情

洇红一片天

壮美一道山梁

岁月无息地远去了

我也老了

在又荒又长的芦苇深处

八月，竟然有点孤单

我搬得动自己

却搬不动跟随的影子

而我走在秋色之前

跟每一片叶诉说

比风更远，比诗句

更为苍茫

唱诗岩

真正的生活，完全来自于僻静处

被诗人踩踏过的石头，也开始有了灵性

那高冈上的月亮，夜的梦，光滑的风

从老农的衣袖里落下的谷粒

竟然还是唐朝的模样

只有那水烟里藏着春草般的现代思绪

冷不丁呛你一口，但更多的时候

它们吸入大山的肺腑，头上的青烟

将陈年的苦难，一股脑吹散

比诗歌温暖的还有泥土

比泥土更加光亮的是苦涩的泪

唱诗岩，寂静和瑰丽的灵魂

你唤起了我一次对遥远的风的吟唱

你那刚硬的头颅，像凝重的山

凝视着平静的海——

日复一日守着这片荒僻，并不理会

山海交界处，那些项目割开伤口

让岩石上的诗句感到疼痛

我相信了你原是海边的一个歌者

低垂着头，想念着波涛上的孤帆。当你寂寞了

便有情歌从紧闭的山峦传来

劳动和爱，生长的绿，汗水让生活不断完美

你也不断高踞起来，遁入了山野

给我黑夜的眺望

和对海的一片深情。让我在虚无的地方

找回生命的意绪，让石头的纹理深邃起来

然而秋天，却变得不知去向

沙坡头日落

孤烟直了，传说中王维的那轮太阳

就要下山了。落日

我的生命中最忧郁的使者

在鸣沙山，在黄河边

朗诵完一首怀旧的诗篇

等待最后的谢幕

沙湖安静下来时

显得格外诗意和仁慈

腾格里沙漠侧向东南的身子

越加倾斜，云彩

像是它卷起的衣袖

飘向落日

在我离你最近的地方

皮筏子探回岸边的芦苇

湖心岛玄秘的幽光四周荡漾

荡漾着九曲黄河古老歌谣

我还能倾听，但现在所有曲子都成了挽歌

就在和你分别的刹那

你熄灭了自己

去点燃众多的星星

我的仰望从此一览无余

并从那辽阔而遥远的沉睡中

辨认出那双贪恋天空的

眼睛

汤养宗

汤养宗，霞浦人。中国作家协会会员。著有诗集多部，获 2006 年度
人民文学奖等重要奖项。

船眼睛

她举起那双平时捏得渔汉子
骨子酥麻麻的手
　　左涂右抹
两只眼睛便明亮地睁在船头了
船　多情起来
海　多情起来
再野性的渔汉子被这双眼盯上
今后就该知道什么叫"女人"了

她说再也不用站在滩头等他归航
（她才不把自己站成望夫石呢
那晚她用头撞他礁盘般的怀
说等他在海上一死就嫁人

但今天　她在船头画了这眼睛）

渔汉子用缆绳和铁锚对付船

她对付他比缆和锚更管用

说有眼睛的船应该比小猫小狗更有灵性

说它过去不听话那现在起就该听话

说以后不要老是迟迟忘返

说也不要三天两头在梦里翻船

说从今起风暴会在他船头让路

说有这双眼美人鱼不敢来迷惑他

说她不再怕骗　她一切都会看见

说这是船的眼睛也是她的眼睛

她把一个年轻渔妇的心画在船头

风会理解　浪会理解

她用这双眼护着渔汉子的航行

船再也驶不出她的眷念

在汉诗中国

老天留眼，让我在自己的国度当个草民

让我在两条河流之间，看星星在树梢上摇晃

接受该来就来的雨水，也要和

脚下的蚂蚁说话，一些瓷器依然被我作为气体摆设着

街边，有人排着棋局，然后在一旁抽烟，直至天黑

村西有戏台，看戏的人将自己责难

墙角有花朵，片刻之后，就要放弃对谁的感激

在一切低处的物类中，有小脚不断踩到我

我认得一些汉字，会写诗

与自己祖国的母语一直热恋，对人说：

"哪怕你骗我，也幸福得要死。"

穿墙术

我将穿墙而过，来到谁的房间，来到
君子们所不欲的隔壁
那里将飞出一把斧头，也可能是看见
锈迹斑斑的故乡，以及
诗歌与母亲的一张床
"镜子在哪里？让我看看镜子怎么说！"
担负着
被诅咒，棒喝，或者真理顿开
我形迹可疑，又两肋生风
下一刻，一个愚氓就要胜出
一个鬼得到了一张脸
而我的仇人在尖叫："多么没有理由的闪电
这畜生，竟做了两次人！"

吕德安

吕德安，1960 年出生。1981 毕业于福建工艺美术学校。20 世纪 80 年代初期与诗人画家同仁创建诗社"星期五"，并成为南京著名诗社"他们"的主要成员，此间著有诗集《纸蛇》《另一半生命》《南方以北》。1992 年旅居美国纽约，以画谋生，创作长诗《曼凯托》。1994 年获首届"他们"文学奖，同年回国在福建家乡北峰筑居山中，创作长诗《适得其所》，同时大量时间投入绘画创作并参与北京牟森戏剧车间从事戏剧实践。1998 年再度出国。这期间出版诗集《顽石》。2011 年出版诗集《适得其所》，同年获云南高黎贡诗歌主席奖。2011 年参与创建"星期五画派"。2012 年兼职"影响力中国网"诗歌主持。2013 进驻北京工作室专业从事绘画创作。2014 获"十月文学奖"。2014 获"天问"诗歌奖。

一　月

从低沉的天空偶尔可以看见

鸟儿在努力飞高，双翅愈变愈小

但分辨得出，那是它在那里

一上一下地拍打，它在那里

游向更高处，无声地证实了你

以为是云的，并不是云

而是一块光的田畴；天有多高

没有意义——这个——它不会

与你一样尽量去弄明白，但是倘若

那悠闲的姿态一下子变得严峻而冷静

那黑色的一点，会让你在窗前预感到什么

于是心里也会因此留下一个印象：

"鸟儿已飞过天空，我迟早

也得从这里离开。"

草　坪

也许我的草坪还包括蜿蜒地

伸向北边的那块荒杂地

中间一条现成的小径

底下一汪池塘，三十平米见方

隐约可见，都在篱笆内

又几乎为视野所不及

而我踌躇满志，一样的不着边际：

"你可以在这里漫步，从早到晚。"

我看到了生活喜剧性的一面

它一会儿晴天，一会儿台风

刮得人心甫定；我甚至喜欢池塘

洪水过后留下的累累乱石

但这些都是冥冥之中的事

更好似在这荒芜的大自然里

存在着一个父亲，依旧和蔼可亲
而我必须听从这样一个死者：

"事情是每一天的"——这声音
依旧像三十年前的他，不同的是
那时他从裤袋里摸出一把钞票
恶狠狠地摔在桌面上，指使我

要不去偷去抢，或至少应该学会
如何成家立业。我并没有学会什么。
我只是望着自己的年龄。现在我
才突然觉得那是他平凡一生里

最智慧的一刻——之后再没有大声吼叫过
之后有着一个长长的空白
似乎叫人来不及理解
因而也不需要回答

今天，就在那条现成的小道上
虽然踩着相似的落叶
我的心里却充满爱：
我的草坪也许还包括蓝天

可爱的星星

如果这些可爱的星星不是星星
那又是什么？该如何称呼
那么高的一种现实？那么冷漠
一生都与我们若即若离

又让人去幻想和追求

有时我常常想，直到如今

星星不过是星星，你承认它

高高在上，冥冥之中

有种力量或什么寂静的知识——

而这些都还是我们自己的事情

我们知道它非人间之物

或只是天堂里的一种爱

但它引导我们不得不穷尽一生

去爱一些不能爱的事物

去属于它们，然后才去属于自己

王南斌

王南斌，永春县人。1960 年出生于永春蓬壶古街，当过教师、记者、文学编辑、电视策划与编导等。有《多情如你》《南方以南》《风的南端》等多部诗集出版，曾多次获福建省优秀文学作品奖等奖项，作品收入《福建文艺创作 60 年选》《中国当代诗库》等多种选集。现为中国作家协会会员、泉州市作家协会常务理事、永春县作家协会主席。

华清池

这一池肥肥的水
浸软了一个盛唐
浸长了一首长恨歌

那一披霓裳羽衣
以及附在妃子
荔枝般玉体的凝脂
让天子看到江山不外如此
他想成为仙人与她地久天长
也想同凡人一样让此情

绵绵无绝期
然而他的江山如同她的肤肌
渐渐衰老
这一池肥水
溶进太多的养分
也把他的魂魄消融

走出室外
用手心试试喷出地壳的
盛唐余温

闽南红砖厝

用火烧制
又用清水浸泡的砖
温润着厝内人火一样的
生活
这些砖来自泥土
当这些人的火熄了
也变成泥土

火让他们活着

而做了门槛的大理石
是大地的骨头
能跨过门槛的骨头
总比它高
走得再远也要把这把骨头
捎回来

石头一般守着故乡

这就是我的亲人

总有梦想要飞翔

就把翘脊做成燕尾状

梦就有了春天

一个疯子的壁画

在古街刷有白灰的墙上

都画着同样面孔的炭画

它出自一个叫宗的疯子

一个圆圈一个人头

眉目清秀

人们猜想这是他的恋人

他早先是个大学生

因了她离开他时的一个回眸

神经接错了脉络

便开始漫无目的地行走

他好像不是在寻找

一副漫不经心的样子

这是拥有的一种神态

他活在一个人的世界里

没了四季没了岁月

十几年下来一直是那个模样

口中念念有词

只有他听懂

她听懂

只要有木炭
只要有灰壁
他就画她
人们都读懂
这是他的寻人启事

颜长江

颜长江，晋江人。中国作家协会会员。著有诗集《浪游》《飘逸的行吟》《走过长桥》、散文集《晋江山川风物搜奇》等多部。

请到晋江嗦啰嗹

——晋江市的安海端午节"嗦啰嗹"民俗活动，美妙生动，古趣盎然，在全国遗风仅存……

——采风手记

一

原始的活力，粗犷的锣声
山风，海雨
酿出千年的酒
香飘三里街

故乡的歌谣，在屋檐下
谱成嬉笑声的诙谐
小镇唱起采莲曲

二

五月五的风情

在安海，檐雨声淅沥

流淌成丝竹管弦的清韵

走铺片的驿卒

撑旗呐喊

花婆的蒲扇

踩着"嗦啰嗹"的舞姿真美

为挥桨的男儿鼓劲

一杆艾叶

挥舞游龙的狂草

三

渔舟

午时的潮汛

喝雄黄酒的健儿，翻江戏水

古渡头犹存多元的遗韵

结伴同行

走过长桥交好运

安溪品茗

一朵雨云飘来

浸润峰峦的梯田，尖嫩的芽瓣

垄上有对唱的俚歌，诱我

走向茗香的茅椽

烟笼楼亭，雾锁斜径

夕阳滑过半弯虹彩

探幽树荫竹簟

却若新裱的旧绢画

不知剪自哪一柄文人的折扇

小瓦炉煮沸了

岩壑甜冽的笕泉

想起寒夜客来茶当酒很温馨

高山流水，升华一分缘

我蓦然逸出诗境

醉入铁观音焙芳的季节

揉青禅心灵感

然后，又是品啜

清峭彻骨的绿韵满园

金门诗旅

别样的醇香

来自遍野的红高粱

先辈辛劳的热汗，渗透土壤

我品味的那一种情愫

意蕴悠长

海峡月，以银色之水

酝制成满瓮的佳酿

料罗湾的帆影

催化郑藩东渡的英雄气

任我举觞

流火燃烧一腔赤诚

我用釉黑的海碗，豪饮饱尝

揭开半个多世纪的贮藏

斟酌感怀的舒畅

不怕寒风冷浪

搭一弯彩虹桥

浓烈的美酒，醉我于烈屿上

树梢的喜鹊声声

把梦唤醒，人在仙洲

还似回故乡

卢 辉

　　卢辉，60后诗人，祖籍大田，生于福州，现居三明。中国作家协会会员，三明市作家协会副主席，高级编辑，三明学院兼职教授。编著《中国好诗歌》，特约主持《诗潮》杂志"中国诗歌龙虎榜"栏目。20世纪80年代创立"福建三家巷"，参与《诗歌报》举办的全国诗歌群体大展。著有《卢辉诗选》等多部诗集。获福建省百花文艺奖、福建省优秀文学作品奖、《江南》杂志"奔马奖"、香港诗网络诗歌奖等。

从一粒盐出发

从一粒盐出发，前面
咸度所包含的影子
可在中午或是在餐桌上铺开

下锅。吃的。看的。
形形色色的菜肴
一粒盐
不会亏待任何一方
或者你就尝试着

这个夏天的汗滴

盐不会把精度
小到你连白色都认不出
在生活的周围，有咸度
我们彼此都互不猜疑

很好。从海边或岩层来的一粒
它懂得自卫
也舍得面目全非
不就在锅里，保持与日子
平起平坐

吊　瓶

在吊瓶里面，水是安静的
药，看似默哀
也不一定肃穆
它的归程十分传统
一般只在人的静脉里
慢慢
行走

一滴、二滴、三滴……
都具备穿石的本领
不停顿
不用指南
也不泛滥，只与心血交涉
与死活谈判

到了死，或者看到了活

这个边缘

像药水一样：多滴一滴

少滴一滴

也许惊天动地

饥饿的女孩

——为苏丹凯文·卡特同题摄影作品而作

兀鹫在饥饿之前，在毛羽之前

在蛋之前

只是一个比喻，比如

一个赤裸的女孩

在整个非洲都蹲下去的时候

死亡就在女孩的背后

一丝不挂

她弯下去的姿势，与非洲一样

不过几株茅草而已

走不动了

这段距离：被叫着饥饿的东西

都在兀鹫的嘴里

滋润开来

是午餐还是晚餐，因为这个兀鹫

使托盘而出的非洲

饿个明白

叶荣宗

叶荣宗，1961 年出生于长泰县。曾服役多年，上校军衔。现任晋江市政协副主席。中国作家协会会员、福建省作家协会全省委员会委员。著有诗集《爱意情怀》《生活就像这朵玫瑰》及散文集、纪实文学作品多部。

爱情三步走

谈恋爱的时候
我们一起走
她走在前
我紧跟在后
她边走边说
我伸长脖子听着
常常不敢抬起头
生怕把话儿听错

结了婚之后
我们一起走
她紧靠我的肩膀

我手握住她的手
旁若无人似的
慢慢走轻轻说
这时的爱像蜂蜜
甜在了心里头

年纪大了的时候
我们也一起走
这时我在前头
她老跟在我身后
不敢再手挽着手
生怕人家话儿多
没走出几步远
就早早地想回头

初　夏

春天
一场细雨为大地披上了绿装
踏青的人们还在旅途中徜徉

郊外野风习习
百花还在清纯地舞动时
夏已悄悄来临

初夏的夜空星光点点
树的剪影摇曳在小屋墙上
萤火虫紫色的光
跳闪在花丛草间

月光摇醉了湖面
小船做着百舸竞发的梦想

初夏播下一个心愿
却因这美丽而短暂

春的魅力

晨起时窗外多了一层
厚厚的浓浓的雾气
笼罩着整个的天空
覆盖着成片的土地
给人们带来了舒缓的心仪
给万物带来了勃发的生机
于是枝丫挂满了艳红翠绿
地面铺染出万千锦衣
花儿也频频献媚敬意
于是人们脱下厚实的冬服
踏入山川的锦颜秀色中
点亮了封冻干涩的眼眸
也点燃了发烧发烫的自己
是什么点缀了今天的美丽
是什么牵引着人们的脚步
是春的神奇
是春的魅力

田家鹏

田家鹏,重庆市忠县人,生于 1962 年,1983 年毕业于西南师范学院(现西南大学)中文系。大学期间开始诗歌创作,1983 年在《诗刊》发表处女作《继母》,获诗刊社当年优秀作品奖暨福建省第二届优秀文学作品奖,并被收入人民文学出版社《1983 年诗选》。1985 年以《冲浪者》获福建省第三届优秀文学作品奖。曾出版诗集《孤魂》。现供职于厦门日报社。

继 母

一

你是一个陌生的女人
为什么跨进了我家的门槛
没看见我的目光是厌恶的吗
没看见我的脸躲着你吗
你竟一把抱起我
跨进了许多天不冒烟的灶屋

啊,爸爸又结婚了

你是爸爸的第二个妻子
我又吃上了现成的雪白的米饭
而不是在伙伴被母亲唤回的时候
躲在门外啃烧得半熟的红薯
夜半醒来
又有人抱起我走向屋角的夜壶……

但是，当瘫痪在床上的奶奶
指着你让我叫"妈妈"的时候
我一声不吭，我躲开了
尽管我多么希望你是我的妈妈
但谁叫你不是我的妈妈呢

啊，你摊着水果糖的手
为什么哆嗦得那么厉害……

二

都说你是个有教养的女子
都说你是个有文化的人
你在山那边的学校里教书
教室里还贴着你写的大字

可是，你为什么要到我家来呢！

人们都投给你尊敬的目光
但我怕听那压得最低的叹息……
"多么好的姑娘
竟要找一个有孩子的！"
啊！我不知道该为你伤心难过

还是该为我自己感到委屈

我没有见过那么凶恶的老头
我不相信那就是我的外公……
当他瞪大眼睛骂你"不要脸"的时候
当他咆哮着要你跪下的时候
当他的双脚把楼板跺得咚咚响的时候
当酒杯和碗筷劈头盖脸向你砸来的时候……
我多么想一下子变成大男人呀！

啊！你为什么没有一滴眼泪
你为什么不哭……

三

爸爸回来了，爸爸回来了
向你摊开一张盖着大印的纸
你该笑，你该高兴啊
你的脸怎么变得比纸还苍白
你恨"自动离职证明书"吗
莫非它是你心上的阴云？

爸爸爱你，爸爸爱你呀
你为什么不让他回来陪你
他怎么忍心让你一个人受苦
他要报答你山一样重的情意
你默默抚养的
是他的儿子
是他的儿子呀！
你为什么那么固执呢

打开的背包又被你捆好
灯里的油已添了三次
你甚至让我扑倒在捆好的被子上
向爸爸求情
你要他去工作、工作、工作
你让他放心、放心、放心
可爸爸心里明白，我也亲眼看见
你肩上的担子有多么沉重
你脚下的道路有多么艰难呀

我终于捂着脸跑开了
我不知道拥护你还是拥护爸爸
在你和爸爸之间
我的心不能掰成两半啊……

四

我长大了，我当哥哥了
当我挎着书包上学的时候
妹妹也学会走路了

那是一个春天的早晨
阳光明媚、喜鹊欢唱
当我系好红领巾准备出门
你的手伸进了我的衣兜
啊！一股暖流涌遍我的全身……
你刚从锅里捞出来的鸡蛋呀
你的汗水和心血呀

我的生日，我的生日

我的从未间断过的
吃鸡蛋的生日哟

可是，当我转过身的时候
我看见了妹妹那双眼睛……
饥饿的眼睛，渴望的眼睛
诉说着企求的可怜的眼睛啊
我看见她因吃力地强咽口水
而鼓胀起来的脖子……

我不知道那是个什么样的年代
往菜锅里添一匙盐也那么艰难
这鸡蛋分明不该我吃的呀
你的目光为什么流露出嗔怨？

我转身把鸡蛋塞给了妹妹
可我没走出十步
妹妹怎么在哭？

啊！你为什么打她！你不许打她！
她是我的妹妹呀……

鸡蛋又回到了我的手里
鸡蛋为什么这样沉重
我的心啊，我的心啊
你为什么不也是一颗鸡蛋
假如它能止住妹妹的哭声……

五

你从不打我

你从不骂我

你从不对我的话表示怀疑

可是，在我自以为是大人了的时候

在我扛着犁头下田的时候

在我被牛尾巴刷得满身泥浆的时候

你竟打了我！就用我手头吆牛的竹鞭

啊，你站在田坎上

一手提书，一手提米

你要把我赶到学校去

你不相信学校会停课关门

你扶着犁头哭得是那样伤心

大地在你的痛哭声中摇晃啊⋯⋯

六

小油灯燃着慈祥的爱恋

你为我赶做一双布鞋

明天我要踏上一条崭新的路

向一个陌生的地方出发

真的，真的

你对我没有半点期望吗

你没有一句话需要嘱咐吗

啊，你只是默默地飞针走线⋯⋯

但我心里明白，我心里明白呀

当我跨出门的一刹那

你为什么会猛然背过脸去
你的两肩为什么那样剧烈地抽搐
当我回头举起手臂的时候
你为什么会如此大放悲声……

七

你的爱是点点滴滴的清泉
一点一滴都汇聚在我心间
直到我被船儿抛到这遥远的岸上
我才懂得
你心里藏着一个浩瀚的大海

如今，我是在这遍地鲜花的地方
在这夜晚像白天一样明亮的屋子里
读书，读书
像你替我向往的那样读书呀
可为什么在书本的行行铅字之间
会常常闪出你含泪的眼睛呢

啊！妈妈，妈妈
妈妈，妈妈呀……
我恨不得把二十年来积压在心底的呼唤
像冲出闸门的汹涌的洪水
倾泻给你，倾泻给你
倾泻给你呀
可千山万水，万水千山
只有这轻飘飘一张白纸

多指望这信笺是一叶白帆

载起我的心儿跟着长江回去

八

你是否掐着指头算我回家的日子
是不是倚着垭口那棵古柏
冒着刺骨的寒风在引领眺望？
你不声不响地为我积攒着鸡蛋
听说你还要卖掉那口肥猪
给我买那亮晶晶的手表
那城市里每个人都要戴的手表……

但我什么也不要
我什么也不要！
我只要你
我只要妈妈呀

我要向你献上一张大红的奖状
像我心一样红
像我心一样红
我是你永远忠实的儿子啊
……妈妈，妈妈
我亲爱的妈妈哟！

你
大概再也不会眼泪汪汪了吧……

黄莱笙

黄莱笙，1962 年生。中国作家协会会员、中国文艺评论家协会会员、中国民间文艺家协会会员、福建省文联委员、三明学院兼职教授，担任过多家文艺媒体主编，撰写出版个人专著六部，主编出版文艺类文丛文集三十多部，作品曾获多种奖项，并入选广东高中语文教材、多所院校学生试题和多种文学选本。现为三明市文联主席、三明市作家协会主席。

群　山

多少起伏的心事
积蓄了万古秋冬
而说出来的
只是细细的风声

背负着千年沉积的故事
相互间渴望着走近一步
而能够缠绵相依的
只有那缓缓蒸腾的缥缈云雾

恋佛

群山皆佛
尊尊打坐
裹一袭野林织就的绿袈裟
腆一肚浑圆鼓鼓的莽山坡
峰面上总露一弯岩崖有如笑窝

君若进山
莫忘先在山外的湖海沐浴更衣
然后沿山径走进经文
当身旁香飘众佛气息
便知大肚能容容天下难容之事

君若出山
莫忘牵一涧佛前圣水奔流红尘
净地何须扫空门不必关
看天涯海角鹬蚌相争
还当开口便笑笑世间可笑之人

长风习习
那是遍山诵经的梵音
一万座山峰便是一万尊佛形
群峦无边
众佛无边

桃源洞

桃源洞呵桃源洞
踏遍桃源何处可寻洞

漫野桃林春来便羞涩
一涧绿水四季皆销魂
横空峭壁
有如飞檐庇护着惊吓的梦乡
幽谷鹰啼
令迷朦的思念悠然开朗

桃源本无洞
祈祷一多心中就有了洞
洞开心扉
快活之时便是桃源
洞开情怀
天涯何处不桃源

呀
越是风景就越有心事
越是美丽就越能弄人

黄 橙

黄橙，中国作家协会会员。已出版旅游散文集《一意孤行》《私奔万水千山》《一路寻欢》《自游，自在》，诗集《命运中的邂逅》《黄橙诗选》等十余本文学作品集，并有《吃来吃去》《美味石榴裙》两本图文书在台湾出版。

贫　富

白天的穷人要上班
白天的富人要上班
穷人上班求温饱
富人上班为了不闲得发慌

穷人下班进市场
为便宜两角菜钱说得嘴发干
富人下班去宾馆
山珍海味自有妙龄女款款端上

穷人家的电视开到很晚

连广告也逮住不放

富人的家总坐着

一个孤独的女郎

她对丈夫的深夜不归只怨不叹

穷人有很多牢骚

可干起活来还是一如既往

富人有很多牢骚

说的是钱越赚越没用

男　女

一样的情窦初开

男是叶

女是花

叶总小心翼翼

花总恣意施展魅力

一样的家居生活

女是碗

男是筷

碗不断盛着佳肴

筷不断把佳肴送到嘴里

一样的命运负荷

男是肩

女是眼

肩总汗水涔涔

眼总秋波四溢

男的说下辈子要做女人
女的说下辈子要做男人
如果有来生
如果彼此的愿望能实现
懊悔的话又该重复一遍

保　姆

抱的
总是别人的孩子
到哪里
都是陌生的家

在城里
她学会了忧愁
学会了泡杯咖啡
在沙发上
　　品尝苦涩

没有感情的
　　慢慢培养
陌生的也渐渐熟悉
终于懂得爱别人的孩子
终于在陌生的家得到欢乐
就是没有人告诉她
　　这是一场人生的演习
　　体验了　更好
　　缺了　也没什么

灵 焚

灵焚，本名林美茂，福建人，现居北京，日本归国哲学博士（Ph. D.），中国人民大学哲学院教授、博士生导师。研究领域：古希腊哲学、日本近代哲学、日本汉学。出版学术专著、合著、译著、编著等多部。1982 年开始诗歌创作，"我们—北土城散文诗群"主要发起人之一，曾主持《诗刊》《青年文学》《诗歌月刊》等散文诗专栏，获得各种文学奖多次，已出版作品集《情人》《女神》《剧场》等。

越 界

我在越界处不准备越界

我在不能越界处练习越界
我在越界与不越界之间努力学习如何越界
我说服自己越界但无法越界
越界与不越界始终左右着我必须面对越界
世界在心中越界，我在世界里越界

越界是一种选择，不越界也是一种选择

我在选择与被选择中寻求选择

我是不该越界的夜色，我是夜色中应该越界的黎明

越界是草寇，不越界是君王，我是君王与草寇之间的臣子

无论哪一方都在统治我

我是被安排的世界

是关系的一部分，是命运的囚徒，是意志的仆人

我来到这个世界就是一种越界

我告别这个世界也是越界

我是不该越界的一种越界

我是该越界中始终坚持的不越界

我尚未出生，我已经死去，我是不存在的存在

如果这样该多好

听　石

——关于江山 *

兀坐自己的内心，从不过问究竟多少岁月已经走远

星辰滴落月色已经千年，依然养不活一朵历史的蹄声，该腐朽的必然
　腐朽

在石头里停留的只有那些花瓣充血的眼神，用流水

镂刻时间的纹理，成长沉默的肋骨

石头本来从不开口，历史，不能走漏一丝风声

---

* 贵州天台山，位于贵阳西南六十多公里处的明代贵州屯军后裔所形成的集落古镇天龙屯堡镇
　附近，山上多页岩。有一古寺构建在峭壁悬崖上，基座靠悬空垒石高筑而成，不用任何粘合
　材料历经千年而不坍塌，被称为建筑史上的奇迹。据传吴三桂在清初平定西南期间曾路过此
　地，在山上古寺禅住过数日。

而天台山、明朝

毫不相干的两种事物，一个男人的来访让石头张开了紧闭的双唇

我倾听：

一个王朝，因为错杀一个忠臣开始败笔

一段历史，由于一个女人从而改写

男人，本来就应该像天台山的岩石，宁可折断也不愿弯屈？

即使为了祖国而被祖国千刃饕餮，最痛的，仍然是他知道祖国比自己
　　更疼

而这个男人，却可以为了一个女人打开祖国的城门

他，骑上一匹朔北的风，宁可忘宗负祖，也要追回自己的女人

男人，当然可以浪漫，这个男人的选择与浪漫有关？

只是历史的逻辑与柔软的事物相遇

女人无罪，在女人的肉体里土崩瓦解的，只是

一座早已坍塌的江山

选择活下来的那个女人，从此与历史的香火错过，也许

普通得连最后的行踪也无迹可寻

易主求荣的这个男人，六百年前也曾在此听石？

或者曾与天台山的石头攀谈？

关于江山、版图、英雄、美人、功名利禄、爱恨情仇……

或者，他不再谈论柔软的事物

他只想与岩石比一比，究竟谁的心肠更硬、更加无动于衷

岩石的肌理源于时间的必然，人心的质地取决于选择的结果

前朝江山已经倒塌，新的君王仍然命悬甄别忠逆。历史，从来不曾远
　　离重复

我说天台山的这些石头噢，你在莲花台上禅坐千年

是否已经参透人世的此一玄机？

流星雨

是谁？把这亘古以来达成的默契撕成光阴的碎片
是谁？在那丛生月色的荒野追逐生命的流萤
穿越落日的山谷，河流融解为黄昏的表情
多少世纪了，钟声与忏悔之间
窗帘掩盖着情侣们玻璃般的时辰

追赶季节，云雨逃离上帝的果园
滑翔永恒的翅膀已萎缩成赤裸的手臂
常春藤般缠绕时光的枝头

抱拥是为了交换孤独
由于抱拥，升华与堕落将不可拒绝地面临
诅咒与创伤是无法超越的
即使水晶色的睡意里陶醉还在蔓延
荒诞的黎明已经逼近窗台

也许有人赞美那生之闪烁如何饱含苍穹的多情
也许有人叹惋那死之寂静如何展示宇宙的深沉
留在大地的梦境里，只有这生命与死亡在同样的时辰共舞

祝福的花朵往往在告别时捧出
致意的掌声总是为结束而汹涌
切断那千丝万缕的相约吧
交出永恒才会拥有时光的奢侈
那过去的日子将在这一瞬间复活

将来的岁月将为这一瞬间送行

今夜，所有的星座都扯起长风的幡幔

点燃祭奠的烛光

为了这场

轰轰烈烈的

天葬

吴谨程

吴谨程，现为晋江市龙湖镇侨联副主席兼秘书长、《石狮日报》副刊编辑。中国作家协会会员、晋江市作家协会主席、中国诗歌民刊收藏馆馆长、《中国诗歌民刊年选》主编、中国经典文化出版社总编。著有诗歌、散文、评论集八部。获福建省优秀文学作品奖暨陈明玉文学奖、泉州市刺桐文艺奖、晋江市星光文艺奖及多种期刊奖等。作品入选多种年度选本，部分作品被译为英文。

编年自传：2007

按照游戏规则：情节、人物、高潮或者性格
这些元素我早已熟悉。虚构点细节也属情理
故事应该从一场狂欢开始。那一夜灯影迷离
无非是 K 厅、红酒、慌乱的唱词
夜的女神开始出场，她有黑白两个面具
白色的天使，在此之前她身披一袭蝶衣
这个夏天要生产一些故事
具体的藤蔓，拼凑出一片浓荫的场景
她用眼睛阅读天空那空出的位置

我用诗歌俯瞰大地。其间隔着一片玻璃

我不得不提到大海和它的呼吸

潮湿的风，从六个方向把我包围

这些虚拟的故事，我可以闭口不提

一栋楼房在五月的风中拔地而起

它要在我的编年叙述中成为主题

在春天的风中种植勤劳的手指

赶在秋声里挂上一幅收获的写实

省道 308，他挺起一杆硬朗的腰肌

需要多少水晶霓虹和 LED

才能见证一个小镇的丰腴

朴素的外衣，足以滋养一首整齐的诗

我在临近春节的鞭炮声里自由地吐气

触摸之下尽是花香的纹理。我因此具备

安身立命，潜入诗酒风流或采菊东篱的意绪

南京总统府

我把自己想象成他们其中的一个

天王，国父，或者中正先生

他们之中，任意一个人的脚步要比我现在

悠然得多。多像庭中的花草

它们知道适时生长，适时就要凋落

晃动的影子，让我雄性激素鼓舞着的心跳

擂响一些枪炮的火焰。于是想到水

载舟覆舟的水，解渴的水，体内汪汪的水

想到喷涌的口号，汪洋一片

城头变幻着几多旗帜

我只关心墙面。这些黄渍，斑驳陆离

有些汉字要经过日文韩文注释

这样契合旅游者的认知。我不得不闭起双眼

想象一场暴风骤雨的演说，其中的谎言

潜伏在最隐秘的空格。想象一片刀光

从厚厚的外墙破门而入

然后循序渐进，一层，又一层

像水的波澜，漫过深藏不露的花草，力不吹灰

再次写到月华如水

再次写到月华如水。一个男人抬望眼

对月，犹如面对一场命运之水

一个男人在他的生日像月一样感慨万端

额上的皱纹，深刻得如同岁月的河床

这是秋天。月色从松间遗漏

轻如烟，白如丝，灰如此刻写在脸上的尘

他记得算命先生欲言又止的词：清，冷

癸卯年，辛酉月，戊寅日。吉日吉时，月华如水

他终于获知天命是怎样一种命

只要开门见海，看见海聚集多少阴柔的力

或者打开如常的生活，像打开任意一本书

水在脸上，月在心中，命在风中

于是他注定想到一株碧绿的浮萍

以水为家。秋天到来之前

它便要消瘦它的容颜，褪去它的芬芳

他不去想象桂花，这与他风中的追思有关

当所有的人都看到月明中秋

他只看到水，或者黑暗

程剑平

程剑平，1963 年生，莆田人，居福州。著有诗集《一场没有落下的雨》（二人合集）、《超度语言》、《世纪末·狗叫》、《新世纪·问医》。获福建省第十三届优秀文学作品奖暨第九届黄长咸文学奖以及其他诗歌评比奖。作品收入《2002 年文学精品·诗歌卷》《中国诗歌年选》《最适合中学生阅读诗歌年选》《福建文艺创作 60 年选》和《中国当代短诗三百首》等多种选本。

挥铁锹的人

工地上，一个挥铁锹的人
将泥土扬过自己的头顶
从早到晚，他挖着同一个坑
泥土，在头顶上稍稍停顿，而后
纷纷落了下来

他站着的地方渐渐隆起
那个坑，不见深浅，却有着
同一把铁锹挖不尽的泥土

夕阳西沉后又浮出云层

他用力地做了一个下插动作

仿佛最后一次。不是冲着泥土

不是对准已然事实的坑

我看见他头顶上团着一群飞蠓

久久没有落下

屋子与它的主人

这些年，越发频繁感到摇晃

倾覆离子时不远

可是我（你也一样）只有

这一间屋子

烟熏黑了四壁

灶台对着漏雨

拱梁，扶梯，灯架……

打榫头的地方都有些松脱

桌椅和卧榻还算安稳

它们离地面较近

年轻的时候串门访客

自作多情，落下强迫症，梦想

寄居篱下

后殿供我参观，门票

混在一堆分值的邮票里

世事难料却比以往明了

浑浊的是两扇窗牖

关闭的时候反而看清

水里一些蜉蝣之物

门闩已显多余

一扇小门

小门嵌在大门的左下方。许多时候，大门敞开

让你进入商场，工坊，剧院，会场……诸如此类

包容你消化你的公共场所

这时候，你看不见，或者说忽视小门存在

这时候，小门是关闭的，为的是自己和大门

保持一个整体，使得关闭和敞开保持一个整体

当你有一天从小门进入大门关闭的场所

那一定是要去寻找什么，自己的遗忘或者是他人的记性

多数情况下，你越往里面摸索，越发觉得往事空旷

往事夹在敞开和关闭的缝隙里，尚余一丝鼻息

林轩鹤

林轩鹤，1963 年出生于惠安县崇武古城。中国作家协会会员、泉州市作家协会秘书长兼诗歌创作委员会主任、泉州市文联艺术委员会委员。《泉州晚报》首席评论员。出版诗集《沧海为镜》等五部。1988 年诗歌《中国砖》获《诗刊》主办的全国诗歌大奖赛一等奖。作品入选《世界华文现代诗提纲》《中国散文诗大系》《中国散文诗精选》《2002 年中国精短美文 100 篇》《全国中学生最喜欢的散文诗》《福建文学创作 50 年选》《福建文艺创作 60 年选》等书。主编《坚韧的创造——惠安诗群 20 年》等。

石，大海的根

选择了棱角
风餐露宿的岩石
渔夫血汗的晶体　他
独守海岬　不露声色
栉风沐雨　冷眼沧桑

我从城市踏浪而来
船桨搅疼怀乡的愁肠

海　偌大的一颗泪

潸然流淌着先人的悲壮

面对岁月的漂流

于太阳骤冷的一瞬

成为漂泊的诗句美丽而凄楚

石，同志或者兄弟

他敲醒我生命的痛处

我开始伫立辽远的秋水之上

把自己想象成大喜大悲的英雄

并且为这朴素的理想泪流满面

被海水溅湿的心情

开始蒸发蔚蓝的梦想

亲近石　我别无选择

石的锋芒削去我的懦弱

其强身壮骨的精神

作为音符的影子

在我体内铿锵

石　不卑不亢的生活方式

成为我一生的标本

石的嶙峋

戳穿水的柔情和天空的虚无

石，把坚强的事物团结起来

只因石的磨砺

大海才百折不回

表情凝重而铁骨铮铮的石

使终生流浪的大海

不再随波逐流

先辈的血切入石的内部
石把力量给了我
其实，没有石就没有港湾没有岸

大海是我的家
石是大海的根

缘木求鱼

守住日出日落
为了这个美丽的
承诺
我是树上的一只鸟
翅膀在清风中张开
期待

我看见你
在海里游来游去
凉爽的海水呵
淡蓝色的陷阱
海洋博大的胸怀　为什么
垂涎你神圣的裸体
我看见你向岸边游来
从水的阴影中
尝试生命的另一种存在

为了这朴素的理想

你等到沧海桑田
为了这美丽的约定
我相信水落石出

茶　叶

指尖轻轻一掊
就释出一串轻盈的话语
就有了前世今生的约定
让我在醒来的清晨
开始慢慢回味

品一段远古的情愫
在岁月的脸颊，印上
你的唇香
溢出梦的颜色，把你解读
你的回眸，揉醒我眉间的温柔
一壶水，带我汹渡你的彼岸

倚一江春潮，抚一曲弦歌
寻找随风飘逝的花影
把今夜的梦，遥寄远方的你
让随风而舞的绿裙
招展自己生命的色泽

黄静芬

黄静芬，20世纪80年代初期开始写诗写散文，作品散见各地报刊，入选多种选本，入选中学课外阅读教材，成为多家名校高三联考语文试题，多次获得福建省优秀文学作品奖、厦门市优秀文学作品奖等文学作品奖以及各级各类报纸副刊作品奖。出版诗集《午夜的昙》、纪实文学《新男女关系》、散文集《青山看不厌》。现居厦门。

期待春天

温暖风里
我把自己摆成
期待春天的模样
抬眼望远
远的远
山青天苍

我的指尖
捻一叶绿草的光
我的眉间

停一簇白云的浅

我的心里

烧一束干净的火焰

我的左边

梨花带雨桃花艳

我的右旁

杜鹃娇柔樱花乱

我的前方

你徐徐徐徐走远

你走远

背影一点一点淡

我笑一笑已白发斑斑

彻底忘记了

我曾经赋予一滴露水

一个小小希望

把笑容调整到恰好明亮

费一点气力

把笑容调整到恰好明亮

用来妩媚密不透风的平淡

日子纠缠日子

轻易就看见了绿叶嗅到了花香

轻易就抱住了软风沐浴了霞光

轻易就沉堕于行云流水的幻象

宛若时光突然停顿在
丰盛完满

赶紧天真
赶紧任性
赶紧贪婪

赶紧温婉
赶紧潋滟
赶紧灿烂

赶紧快乐呀
水色圆润花朵饱满之清澈
万籁无声沉默有形之时段

费一点气力
把笑容调整到恰好明亮
用来照耀无边无际的缺憾

夜里有光

夜里有光
光里有我
这就够了

这就够我抬起头
以不动声色
仰望悬而未落的极乐
这就够我垂下头

以低眉顺眼

俯视萎地成泥的罪恶

这就够我教会自己

以娴熟技法

将厚厚哀伤涂上薄薄火热

这就够我送给自己

以巨大勇敢

把瘦弱梦境做成丰硕巍峨

这就够我平静度日

以不惊不惧

看花非花雾非雾我非我

刘伟雄

刘伟雄，1964 年出生于霞浦西洋岛，1985 年与谢宜兴共同创办丑石诗社并出版民间诗报《丑石诗报》至今。出版诗集《苍茫时分》《呼吸》《平原上的树》，编辑出版《丑石五人诗选》《作家笔下的霞浦》。作品多次获福建省百花文艺奖等奖项，入选《中国年度诗歌选》《中国年度诗歌排行榜》等多种全国性诗歌选本。2007 年 11 月参加全国青年作家创作会议。中国作家协会会员、福建省诗歌朗诵协会副会长、宁德市作家协会副主席。

小城黄昏

一条死去的河　永远
都是从历史漂出的味道
闻久了　也就没有差别
小浮莲张扬得让晨昏也有
肿胀的那份感觉

夕阳　曾经从瓦房上落下
现在　它从高楼的腰部擦过

尘埃里的飞鸽找不到橄榄枝

它只找玉米　那些广场上的施舍

黄昏的诗意便有了几分和平的景象

远处车站的钟声　报时的沙哑声音

不会是人造的磁性吧　她怎么没有

早年我听到的那份纯美　那时候

南来北往　匆匆而去的人流

都像被一条鞭子催赶的羊

暮色中　小城的华灯初上时

一些老人走出了家门溜达去

一些孩子放学在敲自家的门

有些垃圾被抛在了街沿

呼啸的机车使斑马路也在颤抖

新闻联播的音乐声里

我在这里茫然地四处张望

哪条巷子会走出我过去的亲人

乡　村

不觉得天天都行走在

《诗经》的世界里吗

那些叫小薇的草就长在脚边

那些叫荻的花开出纯银的声响

自然界没有任何改变的意图

我们的命名到了如何浅薄的分上

总是不厌其烦地把爱情

说得不像爱情

在故乡　你随便一走
就走进了古代　生物之间
美丽和繁茂的根系
存在于我们视野忽略的现实

演化了几千年　在村庄
还不是村庄的时候　来来往往的
眼神　就已经被叫作诗歌了

花　园

那一夜你喝了酒
葡萄架下你跳着舞
多美！神在看你
时间在等你

你一说话　花就开了
四溢的芳香　生命的每个角落
都光芒万丈
你唇边的绒毛
使梦有了质感

这一刻　一盏荧火
从夏天的深处飘来
主人　让所有的园丁退后
一朵葵花和月亮
悄悄细语

楚　楚

楚楚，女，1964 年生，祖籍山东荣成。中国作家协会会员，福建省作家协会全省委员会委员，福建省宣传文化系统"四个一批"文艺人才。出版作品集《行走的风景》《给梦一把梯子》《淡墨轻衫》《寂寞有一张脸》等七部。作品入选《新中国 50 年文学名作文库》《新中国 50 年诗选》《新中国 60 年文学大系》《百年中国经典散文》《三十年散文观止》等百余种选本。获国家级及省级文学奖若干。

蜡染午后

如果望不见你，这扇窗，用来做什么？

等远行的你回完最后一眸，我就掩上它。风景为全世界的眼睛而生。我，只为你。

你的鞋声宛然在回廊，你插的芦苇花犹自在青花瓷瓶里憔悴，你放上的低音号唱片，一直辗转到秦代也不肯回头。

不问归期，我怕听《大约在冬季》，我怕霜降前就老去，我怕你踏月归来已是我——不在的日子。

临行你将我托付斜阳照料，每当起风的午后，它就窃了树的背影，覆我一袭蜡染长裙。我遂挽长发成髻，斜簪一支金步摇，古典给谁看？相守的时光是一组曼妙的编钟，让我无你时，盘膝而坐，一一敲响。

据说在远方，有一双眸子始终朝向我白屋的朱红窗口，有一张返程车票，已经在那人的口袋里。那么：

谁在乎明天窗外的红砖道上是否有一地落叶？

谁又在乎一下午路过的遮阳草帽，都蜷回谁家的屋角？

给梦一把梯子

月亮的居处便是我的居处——

我以七尾月光砌一间屋，以星子引火，把夜雾烹煮成一盏茶。不饮，却禅坐于云烟之中，无所思亦无所不思，然后不再感觉。

有雨不约而至，把小屋搬得更空。我即破窗而出，解去心头衫褂，赤裸如雪，飘飘然悬自己于虚空之间。又在身旁稍远，画些许天籁禽音做伴，不即不离，无挂无碍。

及至归来，也无风雨也无晴。只有虹是湿了的小路，引你自尘世一路寻来。久候不遇，你独自饮干那盏冷茶，又翩翩然如鹤归去。我深深了解你的来意。只是梦醒时我已无头可回，无岸可望。

我本是三生石上的旧精魂，单薄的形骸早已脱胎为云，换骨为雨……

心清水现月

在梦与醒的边缘，焚一炷香，听雨。

千间瓦屋，千般曲调。有微尘不染的感动自后襟丝丝渗入，我眉睫泪水盈盈。

那茎洞箫细碎的长廊，那片绝望相思的冰雪情怀，已淡作忽风飘尘，遥不可辨。小情小爱很远，大割大舍大离大弃，两袖一甩，便是清风明月。

以泪洗心心空皎若琉璃，心性清明就是找到了自己的明月，让它在心灵的视野升起。隔着泪意雨湿，触探超凡的气息，解悟身外之身。若能处

325

烟尘而内心恒常清净如月，便是自在的人。

净土不必远，就在你心里。

从玄想中抬起头，触目是心光。但觉人远天涯近。无欲无求。

小　山

　　小山，1964 年生，本名贾秀莉，中国作家协会会员，鲁迅文学院第六届中青年作家高研班（儿童文学作家班）学员。已出版诗集、散文集、童话集九本。儿童文学作品多次被选入年度选本和少儿图书中。获冰心儿童文学奖第三届新作奖大奖、福建省第六届百花文艺奖一等奖、福建省首届启明儿童文学奖一等奖。

夜空这本深蓝的书

　　不去书店，我有一本
　　最厚的书——天天看也
　　　　看不完

　　不用我的小手翻动
　　书页总是干干净净的
　　——除了乌云来捣乱

　　每一页都是深蓝色的
　　不仔细看，好像

内容一模一样
只有好奇，美丽的名堂
才逐渐发现

一个字，一个金光闪闪
一堆字，就是一片璀璨！
认识吧，它们是：
土星，木星，金星
天狼星，天鹅座，天蝎座
昴星团……

嘿，哪本书比夜晚的天空还美？
哪种书，你怎么看
　　　也看不到结尾
哪本书是这样无边穹隆形的
哪种书要我老这么仰着脑袋看
　　　——还越看越有意思

我家的南山是一只大猫……

我家的南山是一只大猫
在刮狂风的夜里
酸脸皮地吼叫

有时流星吓得倒栽下来
有时峡谷的石头逃跑得像老鼠

白天，它盘卷身子狠狠地睡觉
享受太阳，它可真内行

还梦见自己卧在静静的蓝水湖旁

——哪管马尾松疯长在它大脑袋上
——哪管杜鹃花调皮地开到它尾巴尖上

一棵开放紫色花的圆叶草

我已经有了七片好看的叶子，
如果可能，我还会长出新的叶子
——谁知道多少！

今早我抖开了紫色的花瓣，
邻居的露珠照出我含羞的笑容。

没想到，我引来了蝴蝶和蜜蜂，
它们把我多余的香甜拿去，
给生病的小孩和老人酿制饮料。

我仰头看到一棵高大的芒果树，
哦，他如此伟岸！
这才是荣耀上帝的造物。

叶发永

叶发永，笔名朴树林，20世纪60年代出生。作品入选《中国诗歌年选》《诗探索年度诗选》《福建百年散文诗选》等，著有诗文集《多彩生活》（合集）。获福建省优秀文学作品奖、福州市茉莉花文艺奖和财政部征文一等奖等。

一口气的重量

后来，母亲就是在搬动
一口气

满身大汗，上气不接下气
却无法把一口气
从体外，搬到体内

费劲地张口，变换嘴形
想让一口气
好走些

时而，母亲用手
指指胸膛，再看看我们
一脸的痛楚

我知道，母亲需要帮助
但看不见的一口气，这时
却重得让我
无从下手

我眼睁睁，看着一口气
从母亲的手上
滑落

人的一辈子，可以搬动
一座大山，但最后
肯定搬不走
一口气

长草的老屋

找不到人
老屋就把草当作了自己的孩子

允许它们进屋
让它们住进卧室
纵容它们在起风的时候
光着脚，满院子跑

因为上了屋顶

一根草兴奋得手舞足蹈

老屋没有制止

更多的草似乎得到了鼓励

接二连三

在往老屋的身子上爬

老屋坐着

神态就像在打盹

后来，老屋睡着了

睡得很沉

身上盖满了草

奔　跑

这两年，老屋突然拔腿起跑

一路狼藉

满地都是它扔下的物品：

起先是瓦片，木条

接着是窗户，门框，柱子

到后来就把自己身子骨碎裂的声音扔下来

声响越来越大

有点像自杀

但老屋丝毫没有停下来的意思

扔的东西越来越多

跑的速度越来越快

似乎要一口气把自己扔出这个世界

或者，跑出这个世界

那一天，我想伸手拉一下老屋
却发现自己也已经在跑
而且，像老屋一样
越跑越快

萧春雷

　　萧春雷，曾用笔名司空小月、郭又惊、十步等，泰宁人。从事诗歌、散文、小说、艺评和人文地理写作。著有诗集《时光之砂》，散文随笔集《文化生灵》《我们住在皮肤里》《人类如果卵生：萧春雷艺术随笔》《阳光下的雕花门楼》《世族春秋：宁化姓氏宗祠》等十四种。多次获得中国新闻奖、福建省百花文艺奖，随笔被收入两种中学教科书（人教版和北师大版）。现为《厦门晚报》编辑。

我猜测我们越过了大限

我猜测我们越过了大限
今天早上　我看见清澈的
影子　落叶般归来
我全身每处关节
那些最饥饿最坚韧的绳结
被一种疼痛惊醒

那么多黑夜穿越我们
像流弹梳过稻田　无非是

死亡　或者无端端幸存
在一株草本植物的躯干内
我们循环　默不作声
保持自己的血

我猜测大限已经悄悄
扣过门　呼唤每个人的名字
然而恐惧让我们失声
寒冷的手术室
谁不曾在血泊中取暖
谁透过伤口呼吸

我们是这样脆弱
荣耀归于骄傲的头颅
我反刍自己的脱臼
没人能够理解　仅仅一粒
砂子　我的舌尖呼啸出成群
撕心裂肺的哑

我猜测当大限越过
晨曦清脆悦耳
历史的底座金光闪闪
然而还会有什么样的
破碎　藏在体内
我们活下来　无限深远

被贝壳含在嘴里

我梦想自己被一枚贝壳含在嘴里

在金黄的沙滩默默沉思或者叫喊

那里的纬度像帷幕一样低低垂落

昼夜如同潮汐轻轻拂过面颊

因此我来到海边　看着大海的手指

慌张地解开春情荡漾的皮肤

又迅速合拢　然而　我的大陆架

荒芜已久　我是一尾失去记忆的鱼

在我同永恒之间隔着一个大海

隔着　无边的风涛和血腥

谁敢投身于比生命更坚硬和漫长的水

谁的目力能够识破这么宏伟的秘密

海上的月圆之夜弯折成少妇的身体

时光迟疑不决　艳丽的情侣们

相互迷失　他们的指尖有沙

他们的舌苔回荡一个粗粝的海

在梦中大海蔚蓝的叶子缠绕我项间

整个夜晚我放牧辽阔的海水

我的生命已变成盐　在波涛中疾行

扑上另一片沙滩　被贝壳含在嘴里

谁在夜雾起时

那么　是谁在夜雾起时摸索你的眼睑

叫醒你　如同掰开死婴攥紧的拳头

又是谁在夜雾消散前打点行装

把清晨倒空　仿佛一只干净的碟子

那些坐在各自早餐前的人们询问着
他们和流亡在路上的人同样孤单
如果谁这时开始痛哭
悲伤就会流出血　压弯所有的树枝

老　皮

老皮，本名洪天来，1964 年 8 月生，现居漳州。作品入选《中国最佳诗歌》《中国诗歌精选》等百余种选本。曾获国际诗展、福建省优秀文学作品奖等数十种奖项。已出版个人诗集、散文集十一部。历任龙海市文联副主席、龙海市作家协会主席、漳州市作家协会常务理事。现为福建省作家协会全省委员会委员、《诗歌蓝本》主编。

黑夜里我行驶在高速公路上

黑夜里我行驶在高速公路上
擦肩而过的事物像时间
黑夜把黑夜甩得那么远，在黑夜里
我目光短浅，前程一片渺茫
高速公路高速地扑向远方
渺茫的前程多像我黑夜里
突然打开的思想

梦回大唐

要我说，还不如回到半坡
反正所有的日子过去了，就不再年轻
如同所有春来秋去的草木
凋谢，枯萎，卑微，平凡
而此时春水重又漫过了堤岸
一尾鱼纹，回到了最初的草原

正像每一条道路的起点都通向我的故乡
在路上，我把自己想象成一座寺院
稍微有所觉悟，就真的到家了

我不能跟着一首歌嚎叫：这个世界很脏
我看到时间的流水，一直在洗刷着大地的尘埃
路的尽头一定会有许多美好的事物
比如清风明月，比如小鸟歌唱
另一首虚妄的离歌，也会逐渐被人们遗忘

蔚　蓝

离我远一些的海浪如同梦呓
琴声悠扬的时刻　我取消了
瞭望　更远处是比蓝更深的蓝
再退后几步是三角梅最柔软的梦乡
六月前倾　黑白相间的细节
让我沙哑的歌声更加遥远
仿佛绵绵细雨对应了内心的渴望

但你不是一个守着相思树

就可以流泪的人

身穿印花蓝布的女子　暗香浮动

在私奔的无眠中想象白鹭亮翅的模样

而如今我已无力挥霍激越的爱

把最后的手势省略

就像另一种手势　一点一点地

从音乐深处　渗透出无限的

蔚蓝

黄 良

黄良，笔名黄河橹，1965 年生，晋江人。晋江市文化体育新闻出版局局长。中国作家协会会员、福建省作家协会全省委员会委员。著有小说集《人生误会》、散文集《人生平台》、诗集《人生漂流》、杂文随笔集《原来如此》。小说《石头记》获福建省第六届优秀文学作品奖并入选《福建文学创作 50 年作品选（短篇小说卷）》。歌词《春暖闽南》获文化部第五届群星奖银奖。被评为 2011—2014 年全国文化系统先进工作者。

南 音

袅袅的南音
从晋代中原婉约走来
在红土壤里生长
自成曲调
南音里有南朝余韵
唐宋风月
南音里有"孤栖闷"
南音里有"恨怨家"
有出洋的惊险

南音是侨乡生命的载体

是闽南的土特产

南音也开花

也结果

南音一开花女子的心就长满爱情

南音一结果男人的怀里就抱住婚期

红太阳蓝月亮都从南音里升起

每一个华侨都用血汗播种音符

每一个童年都被那些南音拉扯长大

台风可以扫荡暴雨可以洗劫

一年四季

都可能动摇

唯有乡间孕育的南音

年年岁岁流不尽唱不完诉说不老

在许多时候

在无怨无悔的晋江两岸

那一群群劳作在田野山头的村夫民女

本身就是一曲南音

晋江诗篇

从这醒来的红土地写起

汗是多情的墨水

犁是苍劲的笔毫

构思了卅个冬夜的田园诗

一下子澎湃着

涌上安平古道、金井新街

五店市

喜悦的眉梢……

农民撰写文章了
从春到夏
思路这般成熟
从秋到冬
落笔这般粗豪
——几架缝纫机
制作了英林的服装历史
小四轮和小闹钟
变换着陈埭鞋的节奏
罗山甜蜜蜜的食品
托起机场横空出世

猝然升腾时代主题
新楼房如雨后春笋
装点门面的磁灶陶瓷
竟是神气十足的标点符号……
啊，这并不是
大晋江一千二百八十三年
天造地设潮落潮涨的纪要
——其实只不过是一篇
无字句的民间传说
或者是悠长婉约的南音
在大都市在世界一些角落有人高声诵读
——晋江模式
——晋江精神
——晋江速度

围头港之夜

此刻的海星、珍珠贝、鹦鹉螺

此刻的海百合、梅花参都晕了

这些美丽的名称全都入眠

这就是大海劳累的梦么

听洞箫说　海上生明月

明月只是在她的岸边

谁面临着海使劲地呼唤

潮汐将她轻易淹没

即使你追逐在细沙滩

跃起的浪花也会嘲笑

因为那些蔚蓝色的憧憬

那些鸥鸟得意的翱翔

原来经历多少岁月沧桑检验

只有那时才理解为什么海水涩咸

那么再听洞箫唱海上生明月

她会低挂在夜航船的右舷

那么再对着大海呼唤

围头港也就有了真实的眷恋

道　辉

道辉，2007年加入中国作家协会。漳州市作家协会常务理事、漳浦县作家协会名誉主席、漳浦县文联委员。出版专集《大呢喃颂》《语词性质论》《无简历篇》等多部。获第二届北京《十月》文学新锐人物奖、2010年《诗选刊》第三届中国最佳诗歌编辑奖、2012年《诗歌月刊》年度诗人奖。策划主持首届八闽民间诗会等诗歌会议多次。主编大型诗丛《诗》二十一卷。部分作品被翻译成外语，在德国、美国等文学刊物发表。2010年创办天读民居书院。

春，出征

别去求饶——妈妈——那只是一片空白
那不是白鸽子从阳光中斜飞出的白
它们，鼓骚着翅，带着凌越城隍庙的鸣哨水
向北方飞去，南方离得更远了，妈妈，别求饶

那只是一次短暂旅途，路绕着石屋走
风雪像挨饿的银角兽，赶来心中驱寒
你只露出窗台的脸，望一眼太阳，在驱寒，妈妈

你心中的愁潭，别去求饶，那是一堆暗灰

在天上，那是飘动的永不可被剥夺的，撒播之云

星辰中耀眼的灵魂之花，妈妈：

你眼睛瞎了，就去摸另一只眼睛，那滋润

你手臂残了，就去抖动另一只手臂，那依傍

你的心向另一颗心敞开，获取相伴的慰藉，那炽热

流淌在内面的血和喷溅出的血互相照亮之间

比黑暗还恶毒的东西——白灰变成红色，需要这般漫长

变化这般迅疾，像结满罂粟花的树，像划过基隆港的一道闪电

也淌着咖啡蜜的反光，你别去求饶，妈妈——

在黑暗中你默默地忍受所有一切：

晨光又把旷野分隔成一边灶台，一边琴台，在伺候

而到下午，这演奏是变作黄金，还是什么？别求饶，妈妈

那无人理睬的世界已移近家的小窗前

时光在仰望中熄灭，时光，绽开的小花，一朵编缀一朵

编缀成星和钟，编缀成回家的白鸽，妈妈，别求饶

那是你还在生长的年岁和盼望，生活的忧伤还在其中束衣随行

乡愁，飘来的蒙蒙雨

你谈到了金子，飘来的太阳光，到嘴边

但拿不到手里

你也谈到原乡，那位族长，训话和胡茬

胡茬子扎痛皮肉，说话说到心里去

你站在那里，站在滚烫的光中，劳动衫加冕了长袍

光站在比你高一点的头上，思想着什么
风云时际，谈到生活变成一碗水

　　　一阵台湾来的雨，谈到生离死别浮出水面

你的嘴，失去两边唇的嘴，呢唤着什么
你的嘴含着船坞和铅笔擦
也含着栅栏，和醉了的升月
你的嘴中始终站着一个人
他，赤裸着全身，但被潮湿的金光包裹住

　　　飘来的油黑的海霞，像一套皱褶的军服被
　　　低头的寡妇在缝补拆散的丝线

你谈到针线活，就把蒙蒙雨缝进海峡的裂缝
海峡翻底，碉礁和红蜘蛛蟹浮上来
戴着大光荣花

噢，那些在光中打孔的人

我们无须再去光中打孔——
说我们即可以看见了透明，是的，透明
即是——取之不尽的请愿
即是敬献的身躯都已一尘不染，我们的身躯
已不是匍匐在地挖窟的影子
更不是黏附在旗面比血迹坚硬的飞尘
哪怕是恩怨掠起一丝丝的寒意和晦暗
即是——这透明的请愿所要包容进去的
即是——我们的身躯完全地融入光中那样

即是——那些在光中打孔的人

即是——在我们的身躯上打孔那样

即是——要在身躯上打出一个个透明可见的住巢

他们忙碌着，即是，要从这些孔眼

伸进手来，一直伸到隐秘的内心深处

伸进手来，即是要把心灵重又摸索一遍

伸进手来，即是要把像粉蝶的光放了进去

他们忙碌着，互相哀号着："看啊看，这里没有贵重的东西

只有血、肉、骨

炽热的血、黏糊的肉、坚硬的骨啊……"

"噢，唯有心灵之光在闪烁！"那，即是

我们现在所要需要的吗

但请别在上面打孔——透明之光

便会在心灵上面漏掉，在请愿和包容之间

会把虚光的罅隙愈拉愈大，大到即可

把雾水和草袋塞了进来——也即可

把高音喇叭和油轮铁锚塞了进来——那，即是

再炽热的心灵之光也抵御不了强大的虚幻之光

那，即是——隐秘之光

永远上升不至心灵之光那样

那，即是——那些在光中打孔的人

相等于在阴暗的身躯上打孔那样

即是，打孔，会打出鸟只和珍珠

即是，打孔，会打出篷车和广场

即是，打孔，会打出喷泉和蔬菜

即是，打孔人，把孔眼打在眺望海洋的瞳孔上时

即是，打孔人，把孔洞打在通往花园墓园的岔径时

即是，打孔人，把睡眠打成家的窗台

即是，打孔人，把世界打成筛子的孔洞……
那，即是——在光中打孔的人
头颅，终将被光串做孔洞那样
那；即是——在身躯上打孔的人
自己的身躯竟是一只巨大的筛漏子

噢，唯有自然之光掩盖了一切——即是
犹似透明之光给予名分那样——即是
那些在光中打孔的人
永不可获得血肉之光那样——那
举着锤梯之手已经疲惫无力——那
万众之手已垂落在石臼和星鹿奔逐处……

顾 北

顾北，1965 年生，反克诗群创会成员。作品多次入选国内优秀（最佳）诗歌年度选本、最适合中学生阅读诗歌年选、年度中国诗歌排行榜和《福建文学 60 年作品典藏》等，出版诗集《纯银》等四部，获福建省第二十五届优秀文学作品奖暨第七届陈明玉文学奖、《诗选刊》2015 年度优秀诗人奖。现居福州。

吟 唱

一定有什么落下，我们没有及时接住；
一定有信札摁响了门铃，我们没有听到；
一定有谁的喃喃细语，而我偏于耳聋；
一定是，是的一定是，从我们指尖疏漏
多么美妙时光……

人群中谁在呼唤名字，像冬天在我头上
扣顶温暖的帽子
一定是薄薄的光阴铺在细腻的掌心
一棵树睡在风中摇晃

呵，一定是有人喊我了
借我的肉体、肤发和怜悯之心
去爱人们吧，用火焰和流水
拍打翅膀和尖叫：在今天

我不停回望，春天的路还有多长
还有多少个夜晚可以挥霍：
秀美的肩胛和那阴影部分
只要你忍心松开另一端绳索

我是春天的儿子
正如你是春天的女儿那样简单

幸福的嗓子

必须有一篮碧绿的芽，容下飞鸟凌乱的身影
必须有一卷光芒的词典，检索所有人的艰辛
必须让前额高高扬起，让风抚摩粗糙的印记
有一件事尽量压低嗓音，却流淌着诗歌般的吟诵

知道你必然返回春天
对众鸟喧嚣的天空心怀感激
你在身体装上一对翅膀
衡量大地的尺寸，呼吸，目光，或花香

就寻找幸福的理由
那像冬雪般堆积唇边的香味
不经意就会溜走
而你挽留下了她们：没有契约，只有敬畏

呵，幸福的嗓子

在冬天可以造就许多诗人

阳光底下，沐浴茉莉茶的气息

涂着金粉的胭脂没有丝毫忧伤……

中年男人

中年男人

总是很顾家那种

理短发　戴塑料眼镜

饭后陪妻儿散步

到附近永辉超市

顺便带回一捆卫生纸

在门卫那里又跟邻居打招呼

说些机关今天发生的小事

多数时候他没有遇见朋友或邻居

独自像个称职的门卫

就那么沉默地坐着

直到楼道一盏盏灯亮了起来

刘少雄

刘少雄，笔名南河，1965 年生于上杭县稔田连四严坑村。中国作家协会会员、中国音乐文学学会会员、龙岩市作家协会主席、龙岩市文联副主席。著有诗集《有座红房子》，长篇报告文学《活力闽西》、《崛起的圣地》（合著）、《才溪世纪梦》（合著）和小报告文学集《世纪听涛》。

才溪女

一

作为女性
从来没有人像你这样
被如此完美地展示在
一个伟人的调查报告里

当三千多双熟悉的跫音
打上十字绑腿
走进铁锤和镰刀的队伍
当北上的旗帜和烟草的气息

最终走出你温柔的视线

走进漫卷的硝烟

苦难和荣光

便一齐落在你单薄的双肩

擦干送别的清泪

擦去空空落落的感觉

你把思恋纳进草鞋

你把期盼编进斗笠

你把坚贞绣进士林布围裙

用血红的奶汁和咸涩的汗粒

喂养着襁褓中的中国革命

扶起男人留下的犁耙

扶起一串凝重的嘱托

你用女性独有的刚强和坚韧

在血火交织的焦土上

播种信念

播种希望

播种成熟的岁月

二

经历了太久的黑暗

更懂得光明的珍贵

经历了太久的苦难

更能体会光荣的内涵

当白色恐怖

又一次笼罩了小小村落

当血腥的屠刀

又一次高悬在人民的面前
你结满茧子的手没有颤抖
面对彻骨的寒潮
你掌一盏嘶哑的灯光
点燃凋零的冬夜

对真理的执着多于思念
从什么时候起
你多情的山歌
也变得锐利无比
如红缨飘动的梭镖和大刀
护卫着红色的苏维埃政权
护卫着历史的庄严和土地的坚贞

三

尽管候鸟和信风
一次又一次悄然远去
尽管血雨腥风
一次又一次暴虐
你脸庞般憔悴的山群
但是　不屈的追求
在你眼中依然如火如荼
工农的旗帜在你心中依然巍巍矗立
光荣亭上的红星依然璀璨夺目
列宁台前的青松依然苍劲如初

一千多位丈夫或即将成为丈夫的人
在血光中倒下了
升腾为共和国灿烂的星光

一千多方濡湿的手帕

在这里集合了

汇聚成红土地上辽阔的风景

英雄的泪　母性的泪

凝聚成了光荣亭坚硬的基石

高高擎起"第一模范区"

不倒的红旗

才溪女

对于敌人　你是勇敢的战士

对于战士　你是良母和贤妻

在历史中我认识了你的非凡

在你面前我更深地认识了历史

火的真理

在中国历史上

从没有人比你对火的含义

理解得如此透彻

对使用火的方法

掌握得如此

出神入化

从湖南乡村到巍巍井冈

从巍巍井冈到闽西山地

你把星星之火点燃

然后　在山村的一个积雪的冬夜

你掌一盏青瓷灯光

用遒劲的笔锋

把火的真理

阐述在质朴的马兰纸上

于是　智慧的火焰

如朝阳喷薄

穿透浓密的云层

越过亘古的山坳

把一条辉煌之路照亮

火的颜色血的颜色

旗帜的颜色

激荡着生命的意志和力量的颜色

星星之火

这是希望的火胜利的火

尽管血雨腥风

一次又一次

企图将它扑灭

然而　在你的精心点拨下

这瘦弱的火顽强的火

却越烧越猛越烧越旺

熊熊的火光映红了整个中国

烧毁了田契卖身契

烧毁了铁镣和枷锁

烧毁了太阳旗青天白日旗

烧毁了三座大山四大绳索

烧出了一个崭新的赤县神州

于是"星星之火，可以燎原"

从 1927 到 1949

从失败走向胜利

一条颠扑不破的真理

在亘古的中国

得到了最好的印证

游　刃

　　游刃，本名游锦寿，1965 年生于柘荣县，现在福建省文联某杂志社工作。著有随笔集《一间无尽的舞厅》、诗集《一直生活在一个地方》，诗作被收入多种选本。

一直生活在一个地方

一直生活在一个地方，一直生活在
我永不能理解的星辰下，到我死去时
北风还无法吹动山上的石头

我眺望到日暮途穷的一个人，眺望到微暗
如沙的光，外面的明镜已先破碎
阳光吹拂的星空上，只有寒冷的夜晚

一直生活在一个地方，真正的痛苦改造过的
一个旧城，安静流布于高高翘起的屋檐
每夜的雨滴变幻不已

我想家了，多年来我一直等待着
比田野更无声的亲人，窗外，早年的灯笼
悬挂在空楼上：人去了，头也不回

一直生活在一个地方，几行黄昏的词语
铸入了日用的铁器中，春天的
长河，白云苍狗，多少事物同归于

一个人的掌握中，多少夜的寂寞
最后一定归于同一种寂寞。而这个冬夜的
诗篇迟迟还不来到我的唇边

一直到我老了，一直到回忆已经
成为水面上的暗影远远地向我漂来而不稍作
停留，一直到生活的地方也不存在了

召　唤

让我穿过词语的密林召唤一个人
在入夜一幢陌生的房子里
厨房的声息已经停止，餐具回复到用膳
前的模样，仿佛从来没有人用过

此刻，也许他还在花园徘徊，从表面上看
他与所有心怀迷惑的人没什么不同
但他的眼睛看见了我看不见的事物
雨滴、玫瑰、明月的每一瞬

哦，在他短暂的梦里，是否有我的形象

为什么我们俩不能互相梦见

如果是白昼，我们就有可能交换金钱、思想

交换书籍，分别时又交换道路的方向

一个人的形象总是要到天明时才会完整

漫漫长夜，在这样的痛苦中

我将他温热的手、他的双唇和心脏等待

一个生命带着他的光辉来到我的明天

带着他苍白的充满阴影的脸，他昔日的

前额，带着他的钥匙、手帕和纸片

带着他的药，他的伤疤、饥饿、昨夜的醉

带着他睡眠后的气息来到我的明天·

一个人隐蔽的行程在自己的内部

昭然可见，在灵感到来的那一刻显现了

偶然的奇迹：作为众生中的一个就是

每一个。经过多少年代，他与众人没什么不同

这要经过多少次的遗忘，饮下多少耻辱

和荣耀。撇开森林般的肩膀和背影

在哪里才能找到他的名字和面貌

莫非正是他深入到了最后的黑暗中

这是应了谁的召唤：我？还是另一个

我？一个人穿过词语的密林已日暮途穷

我不知道什么时候他走得这么远

像火留下灰烬，像死亡留下秘密

纸　绳

……终于看见了战士的伤口，伤口里的
肺腑和铁石心肠

终于看见良医祖传的手段，他的听诊器和
手术刀，他的祖父和曾祖父

终于看见了百年前的药铺与庄园，一个老人的
须髯，他翻开的书页在风中

终于看见了古老的文字，良宵、扁舟与
游浪的人，零碎的想法是金子却又被虚掷一尽

终于看见了一个什么样的赌客
对时光，他总是一输再输

终于看见了那永远的赢家的影子
那些擅长捕风捉影的人却又被什么纠缠住……

我的纸绳，我的纸绳
为什么可以从我的手中牵到无限远？

谢宜兴

谢宜兴，1965 年生于霞浦。著有诗集《留在村庄的名字》《银花》
《呼吸》《梦游》。十多次获福建省百花文艺奖、福建省优秀文学作品奖，
多次获文学期刊、报纸副刊征文奖、年度奖。上百首诗歌入选各种选本。
诗歌《我一眼就认出那些葡萄》被选入苏教版高中语文选修教材，部分大
学必修课、选修课教材。曾参加全国青年作家创作会议。中国作家协会会
员、福建省作家协会主席团委员、福建省诗歌朗诵协会副会长。与刘伟雄
共同主办《丑石》诗刊。现居福州。

我一眼就认出那些葡萄

我一眼就认出那些葡萄
那些甜得就要胀裂的乳房
水晶一样荡漾在乡村枝头

在城市的夜幕下剥去薄薄的
羞涩，体内清凛凛的甘泉
转眼就流出了深红的血色

城市最低级的作坊囤积了
乡村最抢眼的骄傲有如
薄胎的瓷器在悬崖边上拥挤

青春的灯盏你要放慢脚步
是谁这样一遍遍提醒
我听见了这声音里的众多声音

但我不敢肯定在被榨干甜蜜
改名干红之后，这含泪的火
是不是也感受到内心的黯淡

即使活得卑微

临窗而坐，嘈杂的巴士
没有人在意我的沉思或走神
不知不觉城市点亮了所有忙碌和等待
的窗口，仿佛母亲灶膛里的火光
车窗外不见归鸟，车水人流
把宽阔的街道挤得好像要渗出血来
巴士像大颗粒细胞，漂移的岛屿
让此刻的我有了高过苍生的幻觉
多少年了心在云天之外身在尘埃之间
乘着薄暮第一次这般真切地感到
有一个栖身的处所有一盏暮色中的灯
等你回家，在苦难的大地上
即使活得卑微，幸福已够奢侈

镜框里的父亲

一天一天，你让自己愈瘦愈薄
最后瘦薄成一张纸，嵌入镜框里去
像一个真实的影子，有着虚幻的微光

露个脸像经过我窗前的探首
可我打开门一阵风连脚印也没留下
一层透明的隔我们无法逾越有如时间

唯一庆幸的是，而今你高高挂起
人世间的阳光风雨都已事不关己
曾经的所有伤害再也不能把你伤害

不再把夜晚典给酒精，把心灵借给伤口
穷愁孤苦欺凌背叛，过去的一切
都已成无足轻重的尘埃

一生不设防，从不知道伪装自己
这一回你进步了，把自己囚禁起来
让我们的每一次见面隔着玻璃就像探监

可我能看到你脸上不易觉察的微笑
仿佛你对自己的选择很满足
疾病也从来不曾把你折磨

可我不要安慰，甚至居高临下的假象
父亲，什么时候你学会保护自己
让我在人间不再担心你的善良

叶逢平

　　叶逢平，1966 年生，惠安人。现为泉州市作家协会诗歌创作委员会副主任、惠安县作家协会副主席、《泉州文学》诗歌编辑。曾获评"泉州市十佳文体青年"。诗歌、散文和评论作品入选《中国诗歌精选》《中国年度诗歌》《中国诗歌年选》《中国年度散文诗》《华文青年诗人奖获奖作品》《中国年度优秀散文诗》《福建百年散文诗选》和《福建文艺创作 60 年选·诗歌卷》等选本。获福建省百花文艺奖、福建省优秀文学作品奖、星星·中国散文诗大奖赛奖、泉州市刺桐文艺奖等三十多个奖项。

薯花……

请原谅，海风将大地的忧伤，吹了几遍
薯花……从翠绿开成艳红
甚至延伸到寂寞后，欲罢不能

嫁给这个海风吹打的小镇
薯花在海水中受孕，褶皱裤一样的身影
比桑叶还青。一条薯藤编成了海岸线

薯花，也是一群有船的异性

扭动鳗鱼的腰肢，裸露光洁的小肚

在看不到边的心里，装几支橹呢

我曾说过：经过春天，我会看望它们

无论从哪个方向……

我将铺垫我的彻底的爱恋

——它们想开到哪里就开到哪里

我有决心把自己种成薯花边的石头

在半月湾，我对着布满大海的薯花

吼上，三声咸水腔：

"惠安呵——这是，谁的女人！"

薯　藤

随意移动的身躯

宛若时间的颗粒，无限卑微

此刻看见，母亲正在打编几根薯藤

我知道，我已经接近了什么

我认准薯藤的延续，不一定短

它，与海岸之间的结：恰是母亲

她两只手臂伸开……从远处看好像十字架

薯藤，母亲不会连根拔起

在时间之中，与海岸线……来连接

让两种不同的事物，它们感知和相爱

更重要可以让它们编成故乡的美眉

将昨天连接成了今日
在母亲骨髓里未完待续
薯藤，仿佛与我的脚筋是相通的——
我不难理解：几根薯藤
怎样在母亲手中，能编成一条大地的血脉

清明节那么薄

这段课余时间，沙沙沙……
我写几首诗，像雨点一直在忙

雾把 3 月 27 日淋湿，沿海路正在孤独
那么薄的天空，从车窗飞驰而过
上车，下车，一些人灰蒙蒙的

在回乡的车上，我没有流泪
想到父亲，问他不知有没见过桃花
想到清明节，问他是不是下个月初就到

折下几枝桃花，用于怀念是不对的
父亲善良，不忍伤害小小事物
就让田野海风，陪着父亲，躺或坐吧

雾大了，清明节那么薄
我在车窗玻璃轻轻地写上诗行
因为怕一说出父亲，清明节就会碎了
诗中的事物只能由我陪着

林春荣

林春荣，现供职于莆田市荔城区委宣传部。中国作家协会会员、福建省作家协会全省委员会委员。著有《中国季节》等诗集，多次在福建省百花文艺奖、福建省优秀文学作品奖等评奖中获奖。

中国，会记住这个日子

站在岁月的边缘
举一枝鲜艳的紫荆花
我的心
犹如长满翅膀
飞翔在万里辽阔的天空

漠河的月
早已亮了回家的路
为你的归来
洒下一路百年的思念

珠江的浪花

早已惊醒了美丽的梦

为邻里的心情

铺下一路幸福的时光

远远的昆仑山

早已捧一湖清澈的雪水

为你

在跨进家门的时候

洗尽千里的灰尘

遥遥的松花江

早已酿一江火烧的白酒

为你

找回千里之外的心灵

醉了万年的时光

别再拉住你华丽的衣襟

苦难的心灵

再也不愿在异乡的目光里漂泊

别再挽留你匆匆的足迹

苍凉的梦境

再也不愿在收获的季节里

泪雨纷纷

听吧　黄河弹着琵琶

为你回家的时候

少一些陌生的感觉

听吧　太湖拉着二胡

为你的目光

再一次走过江南的烟雨小巷
听吧　长江和着明晰的节奏
为你今天的笑容
唱一支五千年的山歌
听吧　长城摇着万里的风雨
为你今天的生日
展一身五十六幅的情韵

不会忘记弹痕累累的虎口
为苦难的往昔
扶摇着记忆的翅膀
不会忘记伤迹斑斑的圆明园
为世纪的悲剧
伫立着耻辱的道具

不会忘记布满血腥的条约
隔着一百年的风雨
依旧滴着血淋淋的欲望
不会忘记长江岸畔的古城
飞过成群的白鸽后
依旧恋着永远真实的悼念

我会记得
凉了一百年的思念
又在明媚的季节里灿烂
我会记得
黄皮肤的血雨
染红了八千里的云和月
我会记得

那是一位老人的声音
唤醒了孩子热切的梦想
中国
我会记住这一个日子
像记住自己的母亲一样
深深地
铭刻在心

叶玉琳

叶玉琳，女，生于霞浦。中国作家协会会员，福建省宣传文化系统首批"四个一批"人才，一级作家。著有诗集《大地的女儿》等四部。诗集入选中国作协中华文学基金会21世纪文学之星丛书、中国作协年度重点作品扶持项目。诗作被选入《中华人民共和国50年名作文库·新诗卷》《中华诗歌百年精华》等多种选集。曾获全国首届"山花奖"金奖，多次获福建省百花文艺奖、福建省优秀文学作品奖一等奖等。参加过《诗刊》第十一届青春诗会，出席过中国作家协会第六次、第八次全国代表大会。现供职于宁德市文联。

除了海，我没有别的地方可去

我好像还有力量对你抒情
如果有人嫉妒
我就用海浪又尖又长的牙对付他
这一片青蓝之水经过发酵变成灼灼之火
在每个夜晚，我贝壳一样爬着
和你重逢。看不见的飓风
在天边划着巨大的圆弧

又从大海的脊背反射出奇景

在有月光的海面

我们的身影会一再被削弱

仿佛大海的遗迹

所幸船坞不曾停止金色的歌唱

我也有一条细弦独自起舞

你知道在海里，人们总爱拿颠簸当借口

搁浅于风暴和被摧毁的岛屿

可一个死死抓住铁锚不肯低头服输的人

海也不知道拿她怎么办

那些曾经被春风掩埋的

就要在大海里重生

现在我只想让我的脚步再慢一些

像曙光中的蓝马在海里散步

我移动，心灵紧贴着细沙

装满狂浪和激流，也捂紧沸腾和荒芜——

除了海，我没有别的地方可去

需　要

需要一些黑暗，迎迓天边的日出

需要一盏灯，照亮一位老人花白的胡须

需要一生的时光，治好陈年的病痛

需要天下的孩子，接住他的笑和祝福

需要记忆，在湖泊和群山之间

需要遗忘，在人群和蚁群之间

需要双唇，传递你手写的情书
需要舞步，接应我滚烫的河流

需要阅读，成全一个快乐的夜晚
需要黄金，兑换一堆无人照看的典籍

需要幻想，安置眼泪和灰尘
需要孤独，拨开灰尘中的光亮

需要雨雪映照明烛高烧的故园
需要花朵照料一个人的边疆

阳光洒满大地
清风中传来阵阵号角
一座纪念碑和它脚下的泥土在微微颤动
哦，这是春天，午夜的花园
有点儿潮湿的春天
谁性急地弯下腰来
替它说出内心最迫切的要求

故　乡

没有理由骄奢和懒惰
推开幸福的大门
上帝只给了我一件特殊的礼物：
一个又低又潮的家，四面通风
但是厄运，从不眷顾
我的父母又黑又瘦，没有工作
他们馈赠了我——
贫穷是第一笔财富
日后我所充盈的

将爬满他们骄傲的额

常常独自一人眺望山坡
故乡沿着树干一天天攀升
那怯懦而又沉默的儿时伙伴
他们映衬了我——
身边的少女早已摆脱了病痛
学会高声歌吟
以自己创造的音调

有一天我歌声喑哑，为情所困
我仍要回到这里，苦苦搜寻
一大片广阔的原野和暖洋洋的风
金黄的草木在日光中缓缓移动
戴草帽的姐妹结伴到山中割麦，拾禾
我记得那起伏的腰胯间
松软地律动
美源自劳作和卑微

她们之中有谁将突然走远
带着一身汗泥和熟悉的往事
我是如此幸运，又是如此悲伤——
故乡啊，我流浪的耳朵
一只用来倾听，一只用来挽留

安 琪

安琪，本名黄江嫔，1969 年生。漳州人。中国作家协会会员。新世纪十佳青年女诗人（2006 年《诗刊》评选）。第四届柔刚诗歌奖主奖获得者（1995 年）。诗作入选《中国当代文学专题教程》《中国新诗百年大典》《百年中国长诗经典》《亚洲当代诗人 11 家》（韩国）及各种年度选本等百余种。《文艺争鸣》《新文学评论》《诗探索》等多家学术刊物曾为其开设过理论研讨专题。曾在首都师范大学诗歌研究中心举办过安琪诗歌研讨会。合作主编有《第三说》《中间代诗全集》。出版有诗集《奔跑的栅栏》《你无法模仿我的生活》《极地之境》等。两次参与编撰《大学语文》教材。现居北京，供职于作家网。

给外婆

你蜷缩在狭小房间宽大床上的身体
如一团卷皱的纸外婆，你不能动的右手
摊放着左手努力伸起迎着我的手它们
颤抖着哭泣着拥在一起外婆

它们有着互相呼应的血统！而与之呼应的

你的丈夫我的外公正在客厅的桌上
以遗像的姿势存在。他们哭过的红眼睛
和白色身影在忙碌——
我的父亲母亲大舅二舅
大舅母二舅母和表弟们

因为死亡，我们从四面八方赶了过来
我们看见死者的死和生者的必死外婆！
你说别哭，别哭，连毛主席孙中山也要死
外婆你说别哭别哭
连毛主席孙中山也要死

你的手绵软无力它们累了，这一生你用这双手
撑起一家十口人的吃和住
你有六个儿女，两个公婆，一个丈夫
你有顽强的生存能力和卑微的命运
你有先外公而来的中风和瘫痪而最终
你死在外公后面仅半年

我们先是埋葬了外公再埋葬了你
我们先是有了糊里糊涂的生之喜悦再有
明明白白的死之无奈。

极地之境

现在我在故乡已待一月
朋友们陆续而来
陆续而去。他们安逸
自足，从未有过

我当年的悲哀。那时我年轻

青春激荡，梦想在别处

生活也在别处

现在我还乡，怀揣

人所共知的财富

和辛酸。我对朋友们说

你看你看，一个

出走异乡的人到达过

极地，摸到过太阳也被

它的光芒刺痛

父母国

看一个人回故乡，喜气洋洋，他说他的故乡在鲁国

看一个人回故乡，志得意满，他说他的故乡在秦国

看这群人，携带二月京都的春意，奔走在回故乡的路上

他们说他们的故乡在蜀国、魏国和吴国

无限广阔的山河，朝代演变，多少兴亡多少国，你问我

我的国？我说，我的故乡不在春秋也不在大唐，它只有

一个称谓叫父母国。我的父亲当过兵，做过工，也经过商

我的父亲为我写过作文，出过诗集，为我鼓过劲伤过心

他说，你闯吧，父亲我曾经也梦想过闯荡江湖最终却厮守

一地。我的母亲年轻貌美生不逢时，以最优异的成绩遇到

"伟大"的革文化命的年代，不得不匆匆结婚，匆匆

生下我。她说，一生就是这样，无所谓梦想光荣

无所谓欢乐悲喜，现世安稳就是幸福。我的父母
如今在他们的国度里挂念我，像一切战乱中失散的亲人

我朝着南方的方向，一笔一画写下：父母国。

黑　枣

黑枣，本名林铁鹏，1969 年生。曾参加第十九届青春诗会，获 2010 年度华文青年诗人奖。已出版诗集《诗歌集》（合集）、《亲爱的情诗》、《亲爱的角美》、《小镇书》，散文随笔集《12·21》（与妻子合著）。

我不怀旧，我只是别无所好

我只是什么事情都不会做

除了开店，泡茶，无病呻吟，胡思乱想

我喝不起洋酒，就想同安街的大管鼻

饮食店怎么起这么个名字

是不是做菜的必须要有更宽阔的嗅觉

我穿不起名牌，就想菜市场旁的小商品摊点

一件衣服杀半价了，还能再杀掉一半

人们讲话为啥都掺入这么浩瀚的海水

我看不清电子滚动屏的 GDP 和 VIP

就想民主路上的老派出所

手写的案情公告犹如一篇言情小说

我听不懂城际接轨、半小时生活圈

就想牛市那么窄的巷子如何走牛

糖街是不是一条街都是糖……

我是越来越不懂得人情世故和远大抱负

迟钝的思想明显跟不上生活的节奏

脑袋里只有一团糨糊

把随风飘来的记忆一张一张四处张贴

我想起一座乱哄哄的长途汽车站

想起一条脂粉横飞的发廊街

想起外乡来的歌舞女光天化日下袒露胸乳

想起下晚班的市民在骑楼下漱口、洗脸

想起清澈的河水流经埭头、石美、下岸

穿过田厝街和港仔街

想起情窦初开的初中生站在城仔地的大埕

一边看电影，一边莫名其妙地落泪

想起多年以后，我在一张起皱的白纸写下

多年以前……

写一首诗

天晴了，我准备写一首诗

下雨了，我准备写一首诗

就算在毫无准备时，我也保持纸张干净

手中之笔像一棵树般挺拔，汁液饱满

我已经无所喜好了

在这个花团锦簇的时代

我蜗居小镇，过着仿佛与世隔绝的生活

写一首诗，是多么奢侈的事

写一首诗，给躲在某时某地的某个人

给你，给她，或者只给我自己

不热闹的小镇。灰尘弥漫的小镇

台风过后，积水的小镇

涂脂抹粉，搔首弄姿的小镇

露珠般的小镇……

我准备为一只路灯写一首诗

为过路的飞鸟和流逝的夜晚写一首诗

为早起的亲人和失眠的忧郁写一首诗

多么难以置信，在这俗世中隐藏着诗意

在熙熙攘攘的人群中，我作为一个诗人

故意放慢脚步，假装不谙人情

只是为了写一首诗

给躲在某时某地的某个人

给你，给她，或者只给我自己……

灯光之诗

小寒刚过，今年里最冷的天气

今夜有升温的迹象——

灯，她说的每一句话都是那么的温暖

我不是爱讲话的人

为了呼应她，我打开深藏的一盒火柴

再一根根地点燃

借她的光，照亮我的光

我得以打扫内心的黑暗，擦洗血液里的苦

灯，哪怕隔一千里才有一盏

哪怕隔三四十年才听见她说一句话

她说：快乐呢。

她还说：好好的。

一灯一明月，一夜一辈子

在这个冬天

在侨兴街，或者外省的一扇窗户

凡是有光的地方，就有一颗心脏受到召唤

就有一支被闪电击中的笔

颤抖着写下：爱和恩惠……

徐南鹏

徐南鹏，1970年出生于德化。现供职于中直机关。著有诗集《城市桃花》《大地明亮》《星无界》《大悲咒》，散文集《大风吹过山巅》，报告文学集《沧桑正道》等。曾获福建省优秀文学作品奖。

旧　历

我们在那个潮湿的春天里挣扎过！后来天就热了
电风扇嗡嗡地吹着，一间小屋，在山顶上
我们搬运床，两把椅子，一壶清茶，一段好时光
我们对着水龙头哗哗地冲凉。一叠旧杂志，随手翻看
思绪飘远，一年前，三年前，或者是更久以前
校园到处疯长的青草，没有谁能够
按捺住那些紊乱的念头。你坐在夜晚的教室里，青春的脸庞
闪闪发亮。日子缓缓推移，我的吻挂在墙上
东一下，西一下，仿佛是旧电影，动情
不可追忆。后来，台风近了；再后来，榕树有叶子落下
金黄的芒果树。我捡起一片阳光，夹在书页里
隐隐散发着你的清香。后来呢？后来是一条虫

在我的骨头里，潜藏。不管春天，还是秋天

只要有雨，关节就酸、就痛，亦不可追忆。

诗人说，青春是一场病，无声。医生说，那是风湿。

寺　院

我到过这些寺院，它们的门

一律朝南开，台阶舒缓，连着很长远的路

我呼吸着这些空气，清新，有桂花的香

或栀子花的涩，但我不懂

我喝过这些茶，陈旧、微微的苦

生命中一点点的霉，都不能掩饰，但我不懂

我走过这些路，一路有人跌倒，有落英、余晖

僧人一遍遍挥帚打扫，那么干净，但我不懂

打开过的经卷，幽深的潭水，佛陀一成不变的脸色

我亦不懂。每一次，均见各色的鸟

从院内的树，飞越高墙，落在远处更高的枝上

我亦不懂。那真实的，都一块砖一块砖

垒砌一个人的高处和信仰

故　乡

如果一只鸟飞过

如果飞过又停了一下

如果停了一下又落下来

如果落下来又开始歌唱

如果歌唱是远远不够的

还要在大地上筑巢，飞翔

生养一大堆儿女

我就把诗歌给她，赞美她
把自己洗干净，把血、骨头
给她，肥沃她

浪行天下

浪行天下，本名陈志传，1971 年生，惠安人。作品入选各年度《中国诗歌精选》《中国诗歌年选》《中国散文诗精选》《中国朦胧诗探索诗解读辞典》等五十多种选本。著有诗集《高处的秘密》《情海泗渡》，诗集参加过海峡两岸优秀图书交流会。

南音：绣成孤鸾

把二胡弄瘸，让一根针说
把洞箫戳瞎，让一根针唱
一根针成了主心骨
为她当家做主
帮她缴交出，心中的缠绵丝线

让一根针走得踉跄、迟疑
走出丛竹样的脚印
让一根针突然飞出孤鸾
让一根针，累了，就夜宿牡丹花房

——嘘！现在，都轻声点
不要吵醒它，不要弄断它梦的脉络

等那孤鸾追上凤凰
结伴而行，等那南宋的天空
擦净尘埃和风暴。让她们飞，慢慢飞
直至飞出
恣肆的歌声模样——

赶快把针叫醒！让它快马加鞭
让它风驰电掣
赶在那根
叫作丘比特的神箭之前，把她们
射落在团扇中
细细地描，细细地绣，绣成传奇

南音：锁寒窗

寒窗是一把锁。奢想遁逃的烛光
苦笑着，摇了摇小小的头颅

烛光是一把锁。灯下翻书的人
突然放下书卷，叹了口气

人是一把锁。曾经幸福的时光
在身旁，默默飞翔着……

时光不是锁。它是一把钥匙
月色般白净的身子，刺进——

那窗、那光、那人中

—— "吧嗒" 一声
听得见，魂灵与骨肉分离的声音！

南音：人声鸟声

对于生活，我已倦于思索
更深的麻木，让我从最初的窥视者
到半睁半闭，到现在
成为聆听者的姿态。多年来
在城市的茶馆里
一曲曲南音，一遍遍吹拂
仍然使我心如止水
但今夜，在乡下偶遇这曲南音
三弦被我听成了蛙鸣
琵琶听成了蟋蟀
这乡下草间的虫鸣协奏
让故乡的泥土、树木、河流
还有风雨雷电，和那久违的炊烟
如此逼近，丝丝缕缕地进入
我的心底，哦
我闻到了它熟悉的稻茬的芳香
这温馨的土壤
这母亲一年年，洒下除草剂的土壤
才没有让城里的仇恨
在我心底生根发芽

俞昌雄

俞昌雄，1972 年生。现居福州。

今天看到飞蛾

今天又看到飞蛾，没有我们想的
那么复杂。朝光亮去
整个儿扑在纱窗上，里外两个
世界，人的身体就是这样
飞蛾做得比我们要好
最简单的动作，狠命而决绝
如果这也算仪式的话
长不长翅膀，是否能飞到无穷处
那已经不算什么。可是
我们携带的骨架，有时硬
有时软，也愿花上几十年的时间
做同一件事情，在浮尘中
我们闪烁，黑与白，生与死
飞蛾定然也看见了这些

它们无计可施，只有那空气

是对等的，某个瞬间

那当中一只会成为我们队列的

一员，而离开我们的人

也有可能正从黑暗中回来

也有可能正扑在自家的纱窗上

飞蛾只在这样的时刻才显得

神秘，再也没有东西可以用来辨认

它的模样，它已解开束缚

在我们自身还不能确定是否

存在边界的时候，飞蛾

早早地获得了比死更高的形体

我们每个人都要死上两回

一次是断气，另一次被彻底遗忘

而它们，就在这两者间

冷不丁地扑腾一下，再一下

这意味着那未被说出的都不是

幻影，毕竟，在途中谁都有

禁锢之地，哪怕从未退让

哪怕是飞蛾，或我们

当我能看见自己的时候

当我能看见自己的

时候，世界只有一粒米那么大

我吞下了大海、火车以及夜幕下的人群

可我咽不下孤独，它卡在

某个地方，没有任何东西可以

把它挑出来，也没有人

看见过它，并把它说出来

我的生命已经度过了一万四千七百零二天
孤独还在生长，它时时穿越我的身体
我痛，但从未出声

我和云雀共用一根绳索

你们看到了，我从云雀身上得来的
我都交了出去，云朵给小孩，河流给老人
我将把那些哀怨的眼神交给银匠
他要分离出泪滴和远方的投影
你们看到了，我和云雀共用一根绳索
谁也无法扯断，它连着两颗心脏
云雀飞多高，我的梦想就多高
云雀在陌生的地域里受伤，接连数日
我的世界就开始旋转，失去平衡
在人群中，我就是那个
昏睡、吃药并不见好转的人
你们看到了，如果云雀果真能躲开子弹
那么，那颗子弹必将从天空
反射回来，它要瞄准的人其实是我
我在人世间尚未长出翅膀
我遇见的敌人，一个个都蠢蠢欲动
你们看到了，我敢用这样的绳索
不是想借力发力，而仅仅是
同行的人都以为躯壳就是唯一的肉身
而我，我将老死在大地上
可那灵魂，它将长久地高居云端

颜　非

颜非，本名颜三友。1972 年生于永春，现居厦门。有作品入选《厦门诗人十二家》《2004 年中国诗歌精选》《2005 中国年度诗歌》《2010 中国年度诗歌》《2010 中国诗歌年选》《百年新诗百种解读》《诗探索 2011 年第三辑之"文本析读"》《2012 中国年度诗歌》等选本。曾获厦门文学艺术奖、福建省百花文艺奖等。

土　豆

那枚逐渐失去水分的土豆
越来越像皮肤粗糙、灰头灰脸的乡下亲戚
其实我就是他们中的一个，一个土豆
和那些长得水灵的蔬菜姐妹们摆在菜摊上
是那么的掉渣。我看着它们
笑着或哭着被挑走、带走
在水里褪下绿色裙裙走入生活
我的心脏就开始发绿，人们说发绿的地方
就有毒素，煮的时候要用刀挖掉
是的，我都感到叶子在那里吐出牙齿

还伸出一只手来企图抓住泥土和水
现在都没有这些，我就往身体里
掏出自己的肉，绿色的手臂也越伸
越细长了。没有人会在意这些
我开始发霉，身体像盖上一床细软的棉被
这是春天，我开口就喊出一句土话

春 天

每块无人翻动的石头下，蚰蜒、蚯蚓
这些卑微，见不着光的小动物
忙碌地生活着，它们远离世上所有的
喧嚣和聒噪。阴暗、潮湿
直至长出藓来，一块一块的
爬上每个低矮的角落。让它们披上地衣
穿上绿裙，更显得春意盎然
春天，人们看着花朵像一群姑娘
没完没了地笑着跑过一个
又一个的山头，没有人低下头
去看这些阴暗的地方。只有孩子们
在寻找蚂蚁窝时搬掉那些石头
只有觅食的飞禽会攫取土里的虫子
让它们长节的身体，鲜嫩地
暴露出来，另一些则会四处逃逸
或者掘更深的洞隐藏起来

来火车站接我的人

——给我的母亲

三十年过去了，我从河东走到河西
从河西折回中原。沿着流水栖居、颠沛流离
像只野兽在那里出没。我嗑开无数个
酒瓶盖子，每次让自己醉回故里。让自己
抱着妖娆的女人，让她感受一个异乡人
的胸怀和温暖。为盘踞山头而打架
梦想着和兄弟们分享林子里的麋鹿、野马
但我还来不及让她坐上我的王位
细品我的荣耀，来不及带着遍体鳞伤的
身子，在她面前跪倒，请求她原谅我
所有的罪愆。在火车站，她是唯一来接我的人
她已经从白天等到黑夜，或者说她
等我三十年了，我是她等待的世界
我见到她了，低矮、瘦小，脚步迟疑
我没叫出她，她抖瑟着手攥紧我
担心我像那个贪玩而随时跑开的孩子
她牵着我，怕自己被人潮挤散，让我领着
穿过偌大的广场，三十年过去了
我没想到会牵谁的手，没想到被她的手
烙伤，没想到一个汉子会把泪滴在胡髭上
你看她，多像我那个迅速衰老的女儿

阳 子

阳子，中国作家协会会员。写诗、写小说、画画。出版诗集《语言教育》《独幕剧》等多部。获漳州市第三、五、六、七届百花文艺奖，福建省第七届百花文艺奖，第十届滇池文学奖。

夜 晚

我肯定春天只剩下了夜晚

我坐下来
全身充满芬芳的声响
春天的夜晚在光中跳跃
风吹过
花朵在空空的长椅上
像是就要发生的事情

春天从这个夜晚开始
被遗忘了脸容
它的门牙掉进水里

我看见它苹果似的原形

飞了起来

我伸手无法抓住

它翅膀下的阴影

春天的夜晚就这样

出现了几次

自然的香气

在布袋里飞

在暗里飞

在灵魂的方向里飞

是真的

是真的，在一切事物的褶皱处

我们找到的都是起毛的灵魂碎片

睡眠有了这些细屑就不会饥饿

在神经脉管的阴暗处安置上一台机械

这是真的，可以促进不良物质的撤离

萌芽的骨架，有花纹的鲜血

习惯性剧痛的感觉，以及

能够装下一颗颗心脏的毛孔们

所有应该平静的，真的获得平静

像一片光，找到了覆盖住一切的可能

空气显然是鬼鬼祟祟的，这也是真的

一只蟑螂在史书上堂皇穿行

动作类似触摸人类的惊惧表情

遗落的痕迹微妙伸展，一只沉默的手
把时间涂抹在肉体的欠缺处

死亡是一场缓慢的神秘旅行
这更应该是真的，对灵魂进行
日复一日的疲劳切割
说：一切是真的，真的，还是真的
相信是真的，就能演变美好的幻想
和理想主义的呼吸

扯下史书的一页，倒出发生的一些事
都是油腻的，属于盘中美食
一只消化的胃举着火焰
尘埃让出位置，走在最前面的
或者，走在最后面的人
那些真的停下来的人
卸去身上甜蜜的伤痕

越来越多的人

一个忘却故乡的人，只能
在深夜里点燃无根无源的细节
余烬像悬崖垂挂的皮肤
伸手无法抓住
用过的词接近坠落

一群人烘烤疼痛的感觉
一起转动的欲望收缩血管
风来自死亡的深处

身体里的尘埃

疗治根部的旧伤

那些人完全醒来，一轮弯月

爬满宁静的斑点

时间酿造荒凉

神秘气息经过净化

剩下少量疑想材料，挤出

一缕缕灵魂的颂歌

更多的人在回声中拉长，扩散

在弯曲的另一端消失

发生的事件遮掩昏暗

越来越多的人跌入庞杂的惊惧

像是一个小小的深渊

焙熟空气，喃喃自语

说它已经失陷了很多年

王　鸿

王鸿，莆田人，1974年生。中国作家协会会员。1990年开始文学创作，领域涉及诗歌、小说和辞赋。著有诗集《一棵海边的树》《王鸿自选诗100首》，小说集《台北来信》。获第五、六、七届福建省百花文艺奖，第二十五届福建省优秀文学作品奖，妈祖阁海内外公开征赋评选特等奖。

焰　火

从未见过如此盛大的焰火：
色彩如此拥挤；美丽如此昂贵，喧哗
惊叹难以言表。初夏夜的江岸
有多少万双目光投向空中
就有多少万人集体回到童年
尖叫和狂呼，吵得连流经都市边缘的河
都无法安息

无数硕大的蒲公英和波斯菊
在空中飞快地绽放、凋零
数不清的红绿蓝宝石，顷刻被撒入江中

这些美丽的精灵，不像爆竹那样狂躁粗野

不像常火只在地面燃烧，也不像

炮火沾满血腥。它们是火族中

短命而清高的诗人，幻想短短几秒

便可在天幕上，写下不朽的佳句

在船上、水面和岸边

那么多焰火急着挣脱躯壳

尾音长而嘶哑，宛若末日的歌啸

可有谁联想到：人真像焰火

为了飞天，不，或仅为离地高一些

便不计后果地往上冲

而把烧焦的躯壳留在地面

我们创造得如此复杂艰辛

却又挥霍得如此简单迅速。好比

彗星消逝于天宇，拥抱松弛于黑夜的尽头

好比焰火的一生。无论曾在空中

怎样升腾、闪耀，终将成灰、化烟

这便是人类的宿命——

我们永远也无法占领天空

我们，只在消逝中存在

焰火一次次照亮你我的脸

但它们永远无法照亮夜晚的内部

看哪，那么多焰火的看客

正像江中船只　渐渐驶入各自的黑暗

雾　城

你是熟悉的谜
永远猜不出正确的答案

你是性格乖张的恋人
一滴眼泪就酝酿了一场风暴

在这座小小的城里
我必须打开车灯，继续前行
我看到银箔纸似的太阳
自楼群的间隙里慢慢升高
活像　某个时代苍白的脸.

思乡病患者

因为故乡
那只早被风干的蝴蝶
还在标本盒里　扇动着
翅　膀

林典铇

林典铇，福鼎市人，1976 年生。现在福鼎市电视台工作。中国作家协会会员。著有诗集《慢行》等。

我老了，你必须年轻

把银发长在我的头上
我老了，你必须年轻

三十春秋，星斗更迭，你那么爱我
从没有累过
那时候你向往，和我坐一列火车
没有终点站，无论窗外风雨

你的皱纹、你僵硬的腰
统统长在我的身上，让我更老
一逝不回的青春
再次占领你的高地，我豁开没牙的嘴
乐啊乐啊

你取出珍藏的上弦月、下弦月
还有你赞叹过柚子林
你把它们保存得非常新鲜

转眼间，我和你已爱了三十年
三十年，我到河东，你跟着
你到河西，把我带着

时光依然不紧不慢，你的细腰
在人群里骄傲，白发苍苍的我
内心充满快乐，我用你给的爱
为你建立新一轮的春天
我是你故国里的故人，你为我赋诗
洛阳再次纸贵

年夜饭

找出白菜叶片里的小虫子
妈妈把惊慌的它们，送到草地上
然后继续洗菜叶间的尘土
很多年来，妈妈把菜刀磨得锋利
只切坚硬的马铃薯、芋头
她的小厨房，干净，锅碗瓢盆
不沾肉味，垃圾桶里卷着几片
枯掉的菜叶

白发已让她越来越没了人样，这让我
心慌。她那么善良、温顺
总教我多吃亏，做一个没用的人

时光的心肠就那么硬？

可是妈妈说到这般年纪，减法活着

应该庆幸又成功地放下一个年头

切好的马铃薯片，齐整，友好

黄豆在炖罐里熬，不紧不慢

发出快乐的咕噜咕噜声响

锅里的西红柿熟了

妈妈指着它们说：

年夜饭，这个个都是好样的

鞭炮声声中收拾碗筷，妈妈孩子般笑了

在台风夜结婚

最后的秋风

开始收拾地上的落叶

你说差不多了，我接着说是的

两个无家可归的人

在异乡的责难中相遇

你有忧，我有伤

互相成为生命中的贵人

上一世我欠你巨额债务

你说："好吧，仇将恩报。"

落叶越来越多越来越多

秋风越收拾越愤怒

天黑啦

愤怒至极的秋风，咆哮起来
演变为超强台风
我和你手拉手
不需父母之命，不需媒妁之言
决定在今夜结百年之好

三米深

三米深，本名林雯震，1982年生于福州。获《上海文学》新人奖、《福建文学》新人奖、福建省优秀文学作品奖，入围华文青年诗人奖。参加《诗刊》第二十八届青春诗会。著有诗集《天桥上的乐队》。中国作家协会会员。

父亲的翅膀

父亲将翅膀亲手交给了我
这是我父亲的父亲
留给他的，父亲说这副翅膀
已经流传了上千年了
父亲说，我们的祖先可能会飞

这是一副制作精美的翅膀
翅膀上刻着家族的姓氏
却没有告诉我们飞翔的方法
从我懂事起，父亲
就一直在黑夜里偷偷尝试起飞

我们的祖先可能是一只鸟
拥有自由而广阔的天空
也可能只是囚禁在大地上的人
用尽一生的力量
挣脱脚下沉重的镣铐

他们背着翅膀，在人群中奔跑
不怕被人说成疯子
他们不惜从悬崖飞身而下
摔得粉身碎骨，他们的心中
都有一双折不断的翅膀

父亲说，我们的身后
或许也有一双翅膀，虽然我们
看不见也摸不着它
但总有一个声音提醒着我们
有生之年，不要忘记飞翔

天桥上的乐队

五个盲人并排坐在天桥上
用不同的乐器合奏《两只蝴蝶》
他们看不见世界
也可能从未见过蝴蝶
可他们还是努力地睁大眼睛
把红皮的证件一字排开

没有人知道，他们从何而来
明天又将辗转何处

翩跹在歌曲里的两只蝴蝶

定然会带着这座城市

与生俱来的孤独

扇动着翅膀，飞向相反的方向

亲爱的骨头

出生的第一天

母亲送给他第一块骨头

每一年生日

或值得纪念的日子

他都会获得骨头

作为礼物

这些骨头洁白而坚硬

陪伴着他的童年

他慢慢学会了用这些骨头

占卜不可知的未来

后来战火纷飞

他颠沛流离，一路往南

一块也不曾丢弃

他还捡到了新的骨头

他将它们一块块编上数字

像拼图般重新组合

直到有一天

散落多年的骨头

终于站立起来

他已经老了，在秋风里

像棵枯草

他觉得这些骨头

支撑起了他的一生
而他的生命
从未像现在这样完整

欧逸舟

欧逸舟，1985 年生于福州。鲁迅文学院第十一期高研班学员，中国作家协会会员。曾供职于鲁迅文学院，现就读于北京大学中文系。

乡愁记

从墙根爬上来的青苔的微咸气味
打开晚间新闻
而后是气象预报，我仔细跟读每一个温度
唯独漏掉你。

枯萎于楼梯转角惨淡阳光
的绿萝，好久不见。
这种昏黄，无论是来自空气抑或树叶
都是我往事中的颜色，好久不见。

爷爷家的阳台　我临走时望了
一眼，空了。
空如年岁。

龙眼树早就是往事，更何况这些莺飞草长。

我曾在此地久久徘徊
当未来是一个不可捕捉的悬念。
明日我又将远行
迷惘的心留在此地，仍作旧时的徘徊

街景改了云图
人世平常变幻
一切植物，都只有破土远行
才会催生思念

而我大概就似绿萝
轻易生根
也许在你眼前只发一张昏黄小叶
心底却长满盘根错节的，重度乡愁

万物生

我是不是要活得恶贯满盈
以换来万寿无疆？
行遍四海，
每到一处便放一把火
烧那些思念你的草？

比如天山，你说要去就飞去
扔下书签与，在山里拾到的鳌虾
它的双眼眯起　如兰花瓣　如爱你的姑娘
在鱼缸里唱世事无常

又比如天山，
雪莲只是它的万分之一
尘埃才是全貌
你微笑点头
送我一张柔软的芭蕉

或在草原，
牧草在夜里也想你，我都听见它们生长的声音
一不小心穿过耳朵
到天明，镰刀会随我醒来

又或者在地心　埋一亿根弦
错手剪断一根，其余的爆炸
释放漫天烟火与汩汩流淌的诗句

还是在草原吧。
看看火山灰如何锻造真善美的化石
如何把我们留在恶的人间
与兀鹰豺狼默默同行
远的好像这一切不曾发生

万物生长而你死去
这究竟是怎样的一年？

姐　姐

像最长的尸体横陈于夜的波心
一切都暗了
当你说它们过分美好

当荷花流过河流

走到云上才知道
阳光断层里镶着就只是云的影子
了解真相并不能改变什么
我们长长久久永永远远地住在阴天

有人说你胸口那枚坠子空无一物
最美的晶体总是为了埋葬而生
没有尸体它怎么是琥珀
我在灯下读了无数个夜晚
读到无数个秋天里无数场风

沉默即高贵

姐姐
最后所有的我们都将被命运收割
不是春夏
便是秋冬
区别只在你留下一盏灯
还是一把土

年微漾

年微漾，本名郑龙腾，1988 年生于仙游，毕业于福州大学。软件工程师。著有诗集《一号楼》，曾获福建省优秀文学作品奖、中国天津诗歌奖。

黄昏思龙坂村

雨水的拖沓，像一首诗
缓缓流传。李易安手捧碎布
缝出雷同的天空。我看见天的弧线
和被不断压抑的南方
故乡是一个平胸的小女人
她美得矜持，不容易让人看出身孕
在去溪边洗衣的路上
蛙声压倒了稻田，并借此抬高村庄

在潮汕平原

多么辽阔，田野、江面和初夏

构成了故土的全部
不会有革命，来到这里惊扰她
也不会有异乡
反驳她的柔美。春夏之交适合建造
修筑的村庄
都纵横分明，在山海之间。浪花抖动和声
与朝阳相和
所有草木用尽全力
往四月里绿。她用温水和茶叶
展开听觉
用冷却下来的苦涩，启示人们
重新擦亮修辞

在这部皇皇的家史中，万物各有所指
遗憾我不被允许
有过多的时间，用来相聚和别离

九百里韩江昼夜流淌

九百里韩江昼夜流淌。不可以太急
太急就会骤变成行军，士兵背起了南宋
壮烈地沉入元朝。亦不能太缓
祭文一日未抵，鳄鱼就继续趴在
头盖骨上，啃食艳阳。太清就柔弱无骨
柳枝取代木棉，太浊就穷凶极恶
广济门竹木门上水门下水门，通通形同虚设
祖先的英灵，因为后裔们四处迁徙
要遭受第二次车裂之苦。它应像织布机
舒缓地流，有节奏地流，带着木头的关节

在流，也暗藏金属的质地在流。它不止
流向反叛和抵抗，也流向回归与顺从
它把雨季织成一段一段的江面，把过客
认作满脸泪水的义子。我曾在江边
入住的三个昼夜，令人记忆深刻，令我拒绝
更多的人，把此间当成故乡。我像个囚徒
对它怀有专制的迷恋，我的爱就是破坏
地图上虚无的祖国，道路旁错误的远方
还有瓜架间多余的花海，只留下方言
给故交写信，劝他们回家，在某个雨天
九百里韩江昼夜流淌，水温适中而生计简朴
我住在江边，易生荣归故里的满足
女人忙于生子，男人要去市集，他等待天晴
如同此刻孩子在摇篮里等待一个姓名

第二辑————————

港澳台及海外闽籍诗人作品选

何达，本名何孝达。祖籍闽侯，生于北京。1942 年就读于西南联大，以诗为武器参加争民主、反内战运动。1946 年转入清华大学社会学系，受闻一多、朱自清等人影响。新中国成立前夕赴港养病，后定居香港。著有诗集《我们开会》《洛美十友诗集》《何达诗选》《生命的升腾》《长跑者之歌》等，另有散文集多种及大量影评、书评、诗评。

我们开会

我们开会
我们的眼睛
像车辐
　　集中在一个轴心

我们开会
把我们的背
都向外
　　砌成一座堡垒
我们开会

我们的灵魂

紧紧地

　　拧成一根巨绳

面对着

共同的命运

我们开着会

　　就变成一个巨人

在火光中

在火光中

我们看到

灾难在肆虐

兴高采烈地

吞食

摧毁

几百艘

绑在一起的船

四个小时的四级大火

五百个船户

一千七百多个受难者

在香港仔

在鸭脷洲

在两座油库的附近

写下了

人生中罕见的一页

在火光中

我们也看到

人性的美丽

人性的坚强

看到人们在

互相呼唤

互相扶持

互相救助

逃出火网的

又回来

寻找被困的人

十三支水炮

十三条水喉

还有直升机

在天空搜索

救火者

英勇地和火舌酣战

只有两个人受伤

生　活

生活

像两条大河

一条日夜不停地向前奔波

时快　时慢

有时像瀑布冲下斜坡

前方永远是未知的国土

　　　与未知的功过

另一条

总是向后　向后

追寻着世界的历史

从其中寻找宝贵的经验

倾听人类过去的呼喊

以及唱过的

歌

　　犁青，本名李福源。1933 年生，安溪人。12 岁开始写诗，1947 年后履历香港、印尼、新加坡等地，1983 年复出诗坛。著有诗集《山花初放》《犁青山水》《犁青的微笑》《犁青的诗》《科索沃·血色的春天》《科索沃·苦涩的童话》等三十多种。作品被译成英、法、德、俄、瑞典、印度、印尼、西班牙、塞尔维亚等多国文字。

牵牛花

——给台北咖啡厅、理发廊的小妹妹

你从乡村来

你细小的枝干

爆出一点点绒白

你纤细的脚茎

　　在风中摇摆……

你来到台北

你伸出嫩手试探

你想攀援

攀援……

你软弱无力
你想搭上这一片铁网
你用力地缠上一点
　　长出了嫩叶两片……

你迅速绽放
一朵惨白色的花
风暴将来了
我不忍心看你凋残……

牵──牛──花──哟

石　头

──为以色列写真之一

在以色列我看到

　　　　　海畔　地上　石头
　　　　　荒丘　古堡　石头
　　　　　废墟　乡镇　石头
绵羊仔石砾中寻觅青草吃下了　　　　　　石头
骆驼在坎坷的板路上淌汗踢跶着　　　　　石头
牧羊人在砂山石砾中栖息顶撞到　　　　　石头
耶稣在雪白沾血的地下产房初张眼眸看望到　石头
耶稣为亚伯拉罕造出了子孙捏捏塑塑　　　石头
犹太人洗濯躯体的缸缸罐罐敲敲凿凿　　　石头
埋着手脚包裹着麻布尸骸的坟墓前面挡住　石头
耶稣负驮着十字架一级一级响着

沉重和忧伤的声音　　　　　　　　　石头

偌大的耶路撒冷圣宫是

平滑　剔亮　雕刻闪闪的　　　　　　石头

穆罕默德的魂灵从麦加飞来住进了

光芒　斑斓　豪华圣洁的　　　　　　石头

虔诚的男女伏靠在西方城墙上

悲怆的哭声细细长长震撼着　　　　　石头

一块长方形的棺椁　　　　　　　　　石头

整齐排列着石棺的墓园　　　　　　　石头

被撬走被盗窃了石块的荒野　　　　　石头

被修建再竖立起来的碑碑坊坊　　　　石头

　　　　　　　　　　花园　别墅　石头

　　　　　　　　　　公寓　楼宇　石头

　　　　　　　　　　店铺　市场　石头

　　　　　　　　　　学校　医院　石头

新婚情侣漫步的小径　　　　　　　　石头

车辆闪闪飞驰过的行道　　　　　　　石头

海滨　路旁　街心排列着

古典色彩的雕塑　　　　　　　　　　石头

后现代的架构图案　　　　　　　　　石头

　　　　　　　　　　绿树　掩映　石头

　　　　　　　　　　鲜花　缭绕　石头

　　　　　　　　　　喷泉　飞溅　石头

　　　　　　　　　　镭光　辉煌　石头

427

第二辑　港澳台及海外闽籍诗人作品选

　　在以色列的石头上　我看到　石头　流出了眼泪　石头　迸击出火花
石头　用铿铿锵锵的语言控诉　德国法西斯分子干下了世界末日的罪行
　　他们用枪弹射杀　用瓦斯焗烧一个个活生生的　犹太人　我看到　一
块石头是一篇讨伐纳粹分子的字字响当当的檄文　一块一块石头写明

在苏联　　　　　　　一百五十万人

在波兰　　　　　　　三百万人

在德国　　　　　　　十七万人

在立陶宛　　　　　　十三万五千人

在奥地利　　　　　　六万五千人

在拉脱维亚　　　　　八万五千人

在意大利　　　　　　一万五千人

在埃斯宾尼亚　　　　一千人

在希腊　　　　　　　六万人

在法国　　　　　　　九万人

在南斯拉夫　　　　　五万五千人

在保加利亚　　　　　七千人

在罗马尼亚　　　　　二十九万五千人

在荷兰　　　　　　　十万零五千人

在比利时　　　　　　四万人

在卢森堡　　　　　　三千人

在捷克　　　　　　　三十万人

在匈牙利　　　　　　三十三万四千人

在丹麦　　　　　　　丹麦人划长桨驼小艇

　　　　　　　　　　抢运七千二百犹太人逃生

在地球上　犹太族的小孩失去了一百五十万人　在地球上
德国法西斯分子的血债是杀死了六百万犹太人

一块微笑着的天真无邪被砍杀的少年　　　　　石头

一块揽抱着惊惶惶学生被砍杀的老师　　　　　石头

一块看望着初生婴孩同时被砍杀的母女　　　　石头

一块初绽爱情花蕾被砍杀了的痴情女孩　　　　石头

一块发出了婚柬未能洞房花烛被砍杀的情侣　　石头

一块瞎了眼睛紧搂着孙子被砍杀了的婆孙　　　石头

一块络腮胡被根根焚烧烧成焦炭的爷爷　　　　石头

六百万人的肢骸一块一块　　　　　　　　　　石头
六百万人的头壳一粒一粒　　　　　　　　　　石头
六百万人焚烧不了的
　发夹　镜框　履带残骸斑斑　　　　　　　　石头

左边有闪闪的白色的烛光　　　　　　　　　　石头
右边有闪闪的白色的烛光　　　　　　　　　　石头
上空有闪闪的白色的烛光　　　　　　　　　　石头
地上有闪闪的白色的烛光　　　　　　　　　　石头

啊　石头流出了眼泪
　　　泪花注满了盐分浓浓的不沉的死海
石头泪水哗哗流淌的
啊　石头迸击出火花
　　　火花烧焦了以色列的砂山石砾
石头火花噼噼啪啪响的
啊　仇恨的拳头　拳头　拳头　　　　　　　　石头
　　　复仇的榴炮　飞弹　爱国者导弹　　　　石头
　　　轰隆隆　　轰隆隆
　　　要求土地
　　　要求独立
要求繁荣
以
色
列
的
石
头

一只手掌和一节脚肢

一

草丛中露出只白嫩嫩的手掌
手掌的截断处是堆齿状交错的碎肉和污血

这只手掌是那么柔绵那么鲜白
她是被突然而来的弹片刈断飞抛到草丛里

她安然地顺从地伏放在草丛上
她来不及、来不及
握成拳头！

二

铲土机装满了一车的尸骸
有条被烧灼的脚肢垂挂在外面

这条脚肢的脚掌尚很完整和干净
五只脚趾是那么圆滑和嫩白

他悬挂在车壳外面摇摇摆摆
他来不及、来不及
穿上军鞋！

<h1 style="text-align:center">（香港） 张 诗 剑</h1>

张诗剑，本名张思鉴。1938年生，长乐人。1965年毕业于厦门大学中文系。1978年定居香港。为龙香文学社创办人之一。现任香港中华文化总会副会长兼理事长、香港作家联会副会长兼秘书长、中国散文诗学会副会长、香港文学促进协会创会会长、香港政治经济文化学会理事长、国际诗人笔会秘书长、《香港文学报》总编辑等职。著有诗集《爱的笛音》《诗剑集》《流火醉花》《爱的思索》《生命之歌》等多种。曾获中国散文诗学会全国竞赛一等奖、深圳特区文学十年奖大奖等多项奖。

香妃梦回

一

挺立——
世人眼中的胡杨树

活着　千年不死

死了　千年不倒

倒下　千年不烂

我崇拜

你的坚毅

青春——

情人心里的红柳

机灵地生于大戈壁

金沙海

亦能战胜盐碱地

我敬仰

你的品性

流香——

残留香妃的梦

你不稀罕三千宠爱

集一身

敬重胡杨　惦念红柳

摒弃金堆玉砌

你要吸纳山川的精华

钟爱莽莽草原

马队羊群

倾心戈壁、沙海

八百里红艳的火焰山和

大漠孤烟

千年积雪

塑你玉骨冰肌

天山雪莲

熏浴出绝世奇香

你不想当皇妃

就做铁扇公主吧

我素爱投火　只求手下留情

丝路遥遥

留下飘影香魂

交河故城、高昌故城

都凝聚你的残梦

吐鲁番地下的五千公里

坎儿井

涌着生命之泉

你的血液

我在葡萄沟的葡萄架下

饮马奶子、奶酒

每饮必醉

醉卧你的梦怀

达坂城的姑娘

以妒忌的口吻

大唱马车夫之歌

争吃嫁女抓饭

梦酣梦回

我感悟到你的绮丽

博格达雪山

三峰起伏形似笔架

梦中

我与你同浴于天池

共赋诗文

冰结的相思　　也许

来自一样的体香

三

张骞、班超、陈诚、林则徐

都出使过西域

我只是迟来的访客

喀什的香陵

摆满鲜花、异果

瞻仰你成了美丽的神话

《福乐智慧》的作者

就是你的芳邻

来来来，共同切磋

圣人九百年前的哲思之光

那金蝶银蝶

就从这里飞起

要去破译　生的意义

爱的秘密

死的抉择

我念挂的香香公主啊

你的幸与不幸

都算一种荣耀

所寻求的人间极品

既远且近

岁月的灵感并无错位

肺腑之激情

酸酸甜甜的波澜

总在徘徊

谁能突破世俗的深奥

穿越无限的智慧长廊

玉素甫诗曰：

"谁有知识，

谁将获得世界"

公正、睿智、知足、行善

你拥有八字真言

虽死犹生　生命长存

四

"诗人是鸟族"郑愁予说

有时相聚　有时独飞

我们一群雁

最近飞遍天山南北

而三十五年前

我曾独自翘望冰镜

忍耐一万三千个日夜的

苦待

并非贪欲

吐鲁番的葡萄　哈密瓜

库车的姑娘一枝花

渴望拜访

天山雪莲　领略

四十七种民族风情

震撼心灵的大漠雄风

把自己修炼成

一副文武英姿汉子

如坚强的胡杨树

扎根于天池南坡

携香妃的梦魂

登天揽月　钻地取油

宇宙之三才

天（时）

地（利）

人（和）

集中意蕴于你的

精（髓）

气（质）

神（韵）

各族人生存于协调和谐

这是禅悟的境界

赤裸的本真

已获解脱的香妃啊

你已进入无所碍的

自由王国

尽情欣赏

无极的大自然结晶

五

天池的雪液

渗入葡萄沟　渗入石河子

渗入塔里木河

流灌库尔勒的香梨

浇绿原本寸草不长的

龙山风景

星罗棋布的绿洲

在繁衍生机

王母的蟠桃喜欢吗？

石榴裙的石榴喜欢吗？

无花之果喜欢吗？

红与黑（茄汁和石油）

白与彩（白棉与彩棉）

和田玉（即是昆冈玉）

你都喜欢吗？

博格达灵山

赠你浮空月镜

巍巍昆仑

馈你雪白的哈达

诚实是最大的智慧

纯洁的爱随缘

你的钟情

阿凡提可以作证

你可抱着绵羊

倾听驼铃的回音

我陪你

在通往塔里木的

沙漠公路飞驰

无边的戈壁丘物

如千军万马在奔腾

　　　　　　　旋转

天圆地圆人圆梦圆我们在无限

　圆中

通向无极……

（香港）秦岭雪

秦岭雪，本名李大洲，1941 年生，南安人。1972 年移居香港。中国作家协会会员、中国书法家协会会员、中国书法家协会香港分会副主席，长期担任香港福建书画研究会副会长。商余写诗、散文、艺评。著有诗集《流星群》《明月无声》《情纵红尘》《秦岭雪短诗选》和长篇歌行《蓓蕾引》、艺评集《石桥品汇》、诗合集《铜钹与丝竹》等。短诗《流星》入选广州大专院校教材，1995 年以组诗《七月的梦》获福建省诗歌创作一等奖。福建省作家协会和广东暨南大学曾联合举办秦岭雪诗歌研讨会，该会主要论文由复旦大学出版《情动江海心托明月》评论集。

影 子

水珠有风的影子
宇宙有大海的影子
空气中有你的影子

太阳下山有月亮
月黑的晚上有灯光
停电的夜晚有萤火虫

萤火虫睡着了
你的眼睛有钻石的光芒

你在捣衣石上
你在李清照心上
五柳先生在你脚上
你在我的头上

回　首

黄河之水天上来
万里风涛
洒一阵轻烟

雪的山谷
晶莹
一双冻僵的眼

多年以前那一声狼嚎
锯白了今宵月色
带血的回音
又射向天边

曾经死去
无悔无怨
回首是一站站灯火
回首是一千零一个夜晚

白 鸟

青草还是唐朝的青草
七月晨露里绿得伤心

一条
美妙的弧线
自王维水田中
逸出

众弦屏息
只一声裂帛

（香港） 蔡丽双

蔡丽双，出生于石狮，定居香港。中国作家协会会员、中华诗词学会常务理事、福建省海外联谊会常务理事、香港文联主席、香港文学报社社长、《香港文艺报》总编，已出版获奖作品集《星光下的情怀》《求索》《温泉心絮》《比翼云天》《蔡丽双书法作品集》等。

读 海

面对一本
浩瀚的经典

孜孜吟诵
壮丽的篇章

冲天的气韵
意象玄奥

嚼不透伊始终极
读不尽中外古今

艺　术

遗万丈红尘于身外

皈依

朴实自然

这是

一种圣洁的

守望

有个梦境

率真走进社会

赤足深入民间

体验生存的苦辣辛酸

面对扭曲的现实

残酷的世态

揪痛一颗诗心

默默徘徊在

苍茫的孤寂中

细细过滤出

一脉甘醇的清泉

多少渴望

有一片土地

不分肤色、贫富、男女

衡量公义的天平

不偏不倚地称出
言行的贵贱
人格的尊卑

天籁、地籁、人籁
和谐地演奏一部
慷慨激昂的交响乐
奋勇鞭笞假丑恶
坦荡讴歌真善美

（香港） 黄灿然

黄灿然，1963年生，泉州人。1978年移居香港，1988年毕业于暨南大学新闻系，现为香港《大公报》国际新闻翻译。曾任《红土诗抄》主编、《声音》诗刊主编和《倾向》杂志诗歌编辑。著有诗集《十年诗选》《世界的隐喻》《游泳池畔的冥想》《奇迹集》，评论集《必要的角度》，另有译文集《见证与愉悦——当代外国作家文选》《卡瓦菲斯诗集》等。曾获香港艺术发展局文学奖、中文文学创作奖新诗一等奖等。

发现者

发现者　他每次见到你都向你致以最真诚的问候。
像小镇上一个老人脱帽向一群年轻人致敬。
像乡野里繁花盛放向一个孤独者致敬。

他问候的方式简单又朴素，有时候仅仅是
坐在驾驶室里在你未觉察时把汽车前灯照向你
或远远向你扬一扬手，或道一声"喂"或"嗨"。

但你知道那是最真诚的问候，像你每天向太阳，

向阴天或晴天，向茶餐厅对面那片枝叶翻飞的树林，
向整个世界的存在致以最真诚的问候。

因为你充溢着能量，善的，爱的，美的，
非凡的，孤独的，神奇的能量，像一个宝藏，
而他是个发现者，并以他的问候表达他的喜悦。

因为你也是以同样的方式表达你对世界的发现。

风　暴

风暴的尾巴扫过地板，生命之树
他们说枝繁叶茂，为了这个假设
我寻找鸟的形象，影子的密度，
在风暴的绿伞撑起又合上的瞬间。

七月的阴天埋伏洪水，日子的险滩
他们说年积月累，为了这个形象
我寻找木筏与河流，沙和鹅卵石，
在七月的尾巴威胁着椎骨神经之际，

城市的脊背负荷着，附和着
他们说晴空，他们说为了晒一晒
生命的躯干，我应该夜以继日
写诗，就用一片歌唱过的叶尖

接　近

当你向杂货店借了一张折叠椅，

颤巍巍摆到隔壁的小巷口乘凉，
他来了，从土瓜湾一栋旧唐楼出发，
步行十五分钟，来到九龙城码头，
上了北角的船，坐在一个靠窗的位置，
不是为了看风景，而是一种习惯，
他摊开《苹果日报》，有人跳楼，
有人杀儿子，有人被抢劫，有人藏尸，
翻到色情版，看到几个大乳房，
再翻到分类广告版，超市减价版，
也都不是为了找工作或买东西，
而是一种习惯，就像他习惯于
每个星期六下午搭船去看母亲。
他下了船，经过粤华酒店，等绿灯，
过电气道，上糖水道，转入春秧街，
跟一辆电车擦身而过，闻到鸭蛋味，
咸菜味，酱瓜味，全是家乡味。
这时候你站起来，想把椅子
移到巷口中央，多纳点风，
他接近你，另一个路人也接近你，
他想避开那个路人，撞到了你。
你斜了斜身体，他伸手把你扶住，
他的报纸掉下，色情版翻开，
露出几个大乳房，几个白屁股。
他说了一声什么，好像是道歉，
他是个男子汉，脸色温和，
粗大的手掌抚摸你的肩膀，
等你站稳了，坐下了，
他便捡起报纸，继续往前走。
你看着他的背影

像父亲看着儿子离去；
你已经有十多年，
没有如此接近一个人。

（澳门）高　戈

高戈，本名黄晓峰。1941 年生，莆田人。20 世纪 70 年代后期移居澳门。暨南大学历史系博士班毕业，取得博士学位。1989 年受聘为澳门文化司署《文化杂志》主编。为澳门笔会、澳门五月诗社、澳门写作学会创建人之一。曾任《澳门文化丛书》编审，《澳门艺术节报》总编辑，《澳门现代诗刊》《五月诗丛》主编，兼任澳门中葡文化青年研习会进修班讲座教授、泉州华侨大学中国文化系客座教授。著有诗集《梦回情天》及《澳门现代艺术和现代诗评论》等。

1984 冬至马交风情

1. 前奏

仗恃北国严寒的余威

疯狂的刮地风

鼻子通红的猛兽

咆哮吼叫怒不可遏

与枯枝落叶共舞

呼啸呼哨扑浪掀腾

追噬旋转的飞尘

搂铜琵琶的风神老爷
拨动十万根紧绷的钢丝弦
訇然轰鸣混声震响
激起排山松涛如潮起伏
卷起海啸的龙柱拔地升空
马交石隐缩成痉挛的睾丸
古堡和大砂炮困扰于阳痿症

冬至拉长为黑暗的隧道
黄昏是梗塞的狭窄咽喉
那一头有子宫座的混沌星云
散发月亮腐蚀的酸味
此时忽然宣布进入原始状态
所有的小女人不准佩戴饰物
所有的男子汉必须翻转口袋

2. 刮刮刮

窜入黑沙湾台山青洲筷子基
横扫陆军球场沙梨头林茂塘
钻进墓园裸露的缝隙和洞穴
呼唤全体无主孤魂振作起来
紧跟火神仪仗队的示威大军

这里没有流传鬼子进村的神话
据说喝了阿婆井水就太平无事
今晚即兴举行一场野人的婚礼
御准各色人等抛掉遮羞的布幔

在适当时候就宣布通奸合法化

忽然大街出现铤而走险的顺民
三五成群摆出一种蜡像馆姿势
人们都在指望数字暗示的幸运
其中混杂上帝保佑和天官赐福
歇斯底里发作之后又满不在乎

哈啰好阿友财神恭喜大家发财
刮来刮去即发彩票像狂龙飞舞
澳门街人头涌涌都患上红眼症
空中迭出抢夺冥钱的满天神灵
疑幻疑真有人高唱明天会更好

3. 鬼叫你穷

——此章系广州方言苦力（搬运）号子

一场大火舔精光穷鬼屁股
从此没有洋铁皮和烂木板

　　哼唷咳呀
　　　　睇往上拉
　　膊头痛呀
　　　　顶硬上啦
没有鱼骨天线也没有猫叫
没有跳脱衣舞的疯癫女人

　　腰鼓断啰
　　　　夹硬来呀
　　咸家惨啰

鬼叫你穷呀

八月十五的月光照亮埠头
阿福想起旧年洞房花烛夜

　　猫狸头呵
　　　　马出角呀
　　裤头松啦
　　　　床板响呀

岸上有只烂虾艇收留阿妹
疍家婆摆渡从湾仔带返来

　　穷风流嗰
　　　饿快活啰
　　轮流转嗰
　　　有相逢啰

好日子轮不到酥虾仔满月
一场火海烧剩半截无皮柴

　　杀到来啰
　　　搏一搏啦
　　顶硬上呵
　　　鬼叫你穷呀

4. 尾　声

据说马交即将出现世界奇迹
风神在黎明时分偃旗息鼓

摇身变成一条沙皮狗
在赌王宫殿前兜圈儿
哼哈哼哈龇牙咧嘴竖起尾巴
那尾巴居然高耸入云
使铜马广场退缩为一枚金币

我不知道

我不知道是你跟着我
还是我跟着你。停停
别碰那枯藤下的蛛网
也许那儿织着一个梦

我不知道是你对我说
还是我对你说。静静
让秋风独对山林絮语
也许它们在说一个梦

我不知道是你注视我
还是我注视你。轻轻
拂去那层透明的雾纱
也许心里还有一个梦

（台湾）张香华

张香华，女。1937年出生于香港，龙岩人。1964年毕业于台湾师范大学国文系。曾任台湾《草根》诗刊执行编辑、《文星》杂志诗页主编。1984年应邀到美国爱荷华大学"国际作家工作坊"访问。著有诗集《不眠的青青草》《爱荷华诗抄》《千般是情》《茶，不说话》等，另有编译作品。曾获国际桂冠诗人协会所颁桂冠诗人荣誉。

单程票

——给柏杨

为荒野遗弃
为闪电吆喝、鞭笞
为暴风雨横扫
为茫茫雪途惊恐、震慑
为炼狱的劫火所炮烙过的
曾经，我们都是行路难道上
苦绝的畸零人

越过春郊荆棘的榛莽

越过荒远寒漠的冰原

越过旱干焦渴的涸井

越过贫薄衰寂的村墟

崎岖、坎坷、迂回、陡峭的记忆

被每一只沉重的脚印镌刻

而险如夷、惊已安

我们俩注定会守望到

北极星的悬升

在命运苍茫的晓色里

路，是荆棘绽开的玫瑰

路，是满天星斗的光华

路，是遥处一朵灯蕊

路，是一种微温

传递自你的掌心

　　是万缕柔情

缱绻于我的双目

如果能为来生订座

请预购两张单程票

早早携我飞越三江五湖

纵横七海

到碧天的高处

到黄泉的幽冥

请不要遗漏我

不要让我久久地挣扎、等待

也不要让我走远远的兼程

疲累于辛苦旅途的劳顿

椅　子

室内，一张椅子
在过午的阳光下，伫立
等待属意她的人来落座
时间，被擦拭，打过蜡般
发亮

无法想象这人如何穿着
寻常纺织的卡其布服？
随风迤逦的曳地罗裙？
法兰西绒条纹的西裤？
厮磨褪色粗硬的 jeans？
没有预示，毫无先兆

跨大步的分针，追赶迈小步的时针
在日影敧斜中，椅子开始扭动变形
高瘦的椅腿，奇幻地修长
门紧闭、窗半敞的屋子
没人走过，一切静默无声
只见椅子腿不断加长
快跨出室外去了
椅子，继续颠倒梦想

一匹黑影，冷不防自窗外跃下
笃的一声，跳上椅垫
从发出轻微咕噜的喉音里
椅子，吃惊地明白过来

她，终于等到了久候的娇客

一头贪睡而自在的

猫

午后的垂钓

壁上长长的钟摆

娉婷地来回踱着

随后，懒懒地把那一记

四点半，敲得好悠长

外头的夕照，开始在走

屋顶的斜坡路

整个下午没有事件

若干情节草草将息

除了一只猫经过阳台时

踢下屋顶一块洋铁皮

骚动了一会

各式各样的器皿，在屋子里

洁净而乖巧地陈列着

鱼篓不见了，还有钓竿

它随主人外出了

在近处的溪边，一条并非干涸的流畔

伴着伊的主人垂坐着吧！

桌上有一把粗柄细嘴的茶壶

几只浅的杯子散放着

天边的星月都还没有升上来

壶里的茶，不晓得是不是凉了？

（台湾）蒋　勋

蒋勋，1947 年生，长乐人。台湾"中国文化大学"艺术研究所、法国巴黎大学艺术研究所毕业。曾任台湾东海大学美术系主任、专任教授。现任台湾《联合文学》月刊社社长。著有诗集《少年中国》《母亲》《多情应笑我》《来日方长》《眼前即是如画的江山》等多种，另有散文及其他多种。

口　占

昨夜微雨湿了泥土
林中小径无人走
松果自落
蛇游过花丛

可以记忆的
和可以遗忘的
都不止这些
除了真诚的爱
可以写成诗句

其他也不想再说

潮来潮去
白云还在青山一角
躺在石堤上的人
睡着了
远岸只有叫船的吆喝

输

一向挥霍惯了
今夜
我以整个星空
赌你的美貌
那一定是全盘皆输的
你看，树儿都发起抖来了
云也悄悄溜走

但是，别怕
我原是为输而来
岂能学那悭吝的人
把爱锁在柜中
任它窒息而死

把星空还给星空
把美貌还给美貌

京都看雪

记忆着你

如记忆着未经践踏的初雪

当一切不过终归幻灭

啊　雪晴的白日

在你化为乌有之前

请听一听我的祈愿之歌

我愿一切的有缘并非妄念

而这缠绵不去的执着

也只是眷恋人世之深

几劫不能消去的罪愆吧！

果真这对美的无望之爱

竟是一种罪愆

也罢，我便背负了你

去走那宿世的寒苦

待雪融之后

这里将有一滴水不化解的清莹之泪

等赎完情爱之罪

还要供养春花

（台湾）白　灵

　　白灵，本名庄祖煌，惠安人，1951 年生于台北艋舺，现任台北科技大学副教授。台湾年度诗选编委，曾任台湾诗学季刊主编五年。创办"诗的声光"，推广诗的另类展演形式。著有诗集《昨日之肉》《五行诗及其手稿》《爱与死的间隙》《女人与玻璃的几种关系》等 11 种，童诗集 2 种，散文集《给梦一把梯子》等 3 种，诗论集《一首诗的玩法》等 6 种。建置个人网页"白灵文学船""乒乓诗""无脸男女之布演台湾"等 12 种。作品曾获台湾中山文艺奖、"国家文艺奖"、2011 新诗金典奖等十余项。

游姑嫂塔

　　姑嫂塔建于南宋绍兴年间，《闽书》云："昔有姑嫂为商人妇，商贩海，久不至。姑嫂塔而望之，若望夫石然。"

站在塔上
俯瞰泉州湾
但没有谁可在
海上的什么地方，看到
塔上的身影

塔尖那么尖，的确
连天上一朵云都勾不住
只能放任
八百年的波涛点着
渔船商船兵船的小名
然后流云似收入
岁月的乾坤袋中

最后吐出的
会是龙骨，什么船的？
或钱币，哪个朝代的？
该坚持什么到最后？
一块空在那里的对渡碑？
却没有什么正在对渡
像无数姑嫂的眼睛
空在那里
对着海峡的云和浪
没有什么船正在驶入

一如此刻我的眼睛
被大孤山的塔尖，顶着
空在那里
等着疲惫的父母
坐在一朵云上
向老家，驶过来

女人与玻璃的几种关系（七帖）

——游新竹国际玻璃艺术节

1. 玻璃做的

女人是玻璃做的
除了舌头
但已
足够割喉用了

2. 柔韧

只要靠近火焰
玻璃的柔韧就没有尽头
爱拉多长就有多长
从不管冷却下来时会是
怎样的脆弱

3. 腰肢匍匐

她腰肢匍匐前进的方向
就是时间匍匐前进的方向
就是历史碎裂的方向
熔合的方向
改朝换代时尤其是
总是因为蛇碰到一颗致命的
苹果

4. 开始变形

世界沸腾不已时

比如战争，或绯闻

女人就开始变形

婉转捏塑自己成一支回旋的冷凝管

优雅地架好在家门口

热不可挡的媒体和记者如蒸气

纷纷挤身其中

出口处对着镜头，滴下来的

常是男主角发过毒誓的

眼泪

5. 作为容器

"既然作为容器

"总该有什么

"在其中流动吧"

坐男人对面的女人说

然后透过一支麦管

把林林总总的过往

一口就吸光

留下空空的杯子

和摸不着丈二头颅的一尊金刚

6. 搅拌着星云

如果女人的身体是透明的烧瓶

那始终无法彻底休息的

就是粉红色的舌头了

那是烧瓶中不可少的搅拌器

人类运转的代表物

信不信，宇宙就靠这

搅拌着星云

世界被搅动着

日与月、清与浊、生与死，被搅动着

女人说：这是化学

男人说：那是物理

7. 女人的心意

无人领会女人的心意

玻璃、琉璃和天然水晶是没有距离的

神女与女神也是没有距离的

"笨蛋，问题在'创意'！"

绝望的女人们呐喊着

<h1 style="text-align:center">（台湾）万志为</h1>

万志为，女，1953年生，崇安人。台湾世界新闻专科学校毕业。曾任职于台北农发会图书室。诗作多在台湾《草根》《蓝星》等诗刊发表。

破　静

小屋
坐着
小路
躺着
小小的人
走着
风声也听不到
更何况落叶

直到一缕炊烟，袅袅娜娜
刀样升起

放 歌

问你，问你
是否竹围芦顶
　　将我藏起
是否天地交融处构筑
　　白石瓦屋
是否重重青山深处
藏起，藏起
藏起在你笙管箫吟
藏在你歌无声中
藏我在云深深白处
　　筑一栋小屋

隐隐的
天地交融
隐隐的
混沌初开
你展为天
我延为地
你一碧万顷中，放一个太阳
我凿一个水塘儿，夜晚映着月亮
是否，是否
让我像风一样来去无踪
是否，是否
是否云深深白处
　　藏起
问你，问你

上 楼

隐隐地阶梯曲折
云霭如烟似雾袅娜
上面该有视野
迤逦千万里
该有一人弹琴，诉说久别的相思

惊异地回首，已然更上一层
熟悉的琴音，故园的景致
只是那弹琴的隐者
似乎发更长眼睛更萧索
只是他仍未露面

云霭袅袅，琴音从更高处传来
凄怆若此，为何仍向我昭示
晓风吹拂，风扬起银髯华丝
发肩之际，早已凝遍寒霜
当我的目光由惊异转为冰凉

（台湾）叶翠苹

叶翠苹，1956 年生，南平人。台湾师范大学历史系毕业。曾留学美国。现任教于台湾某中学。20 世纪 70 年代后期开始在台湾报刊发表诗歌作品。

海

原来这就是创痛

冷冽如冰

焦灼似火

无情揭露我的痴愚

痴愚的我

是那永不永不幡悟的海

就这样吓死自己

全世界的海在我体内

拥挤得做不出一个假动作

就这样伤害自己

然而我发现

痴愚是个除不尽的数字多美妙

余下一束天真

越过城墙

汇入你的海洋

而你又是什么？

痴愚中的痴愚

先知中的先知

你是什么？

月和酒的故事

月亮升起的时候

树就矮了下去

怀旧的酒杯涨高后

历史就突然写得好完整

所有的曾经和现在所有的树

月色都挂过

所有的悲欢所有的离合

所有热情忧郁的唇

酒香都吻过

月是一坛亘古未揭的酒

用心读过月色的

也就醉在古意斑驳里

也就不知这段路

是长了还是

短了些

一　生

秋天，
我们到莫奈的画中
取一些光
一些淡如往事的色彩
几许凄凉攀在门墙上
那悠闲的行人可没说什么
一条路把孤独写出来
我们是往下走呢还是
分开？

一株树在路旁等待岁月
我们在岁月里
漂泊

这就是船舶的意思
帆篷兜着洁白的风
桅樯绣出一张一张又一张
面貌相异的天空
我们的微笑不妨再蔚蓝些
为那永恒的朝露　任自己
一径烧到天边
直到海水翻过来
把最炽烈的心映给我们看
——英雄泪如寒星

也许

我们仍余下一小段路　也许

我们仍然来得及

到莫奈的画中　看

枯树发芽

（台湾）林燿德

林燿德（1962—1996），同安人。1985 年毕业于台湾辅仁大学法律系。曾为台湾"四度空间"诗社同仁，曾任台湾青年写作协会秘书长。著有诗集《银碗盛雪》《都市终端机》《都市之甍》《你不了解我的哀愁是怎样一回事》《不要惊动不要唤醒我所亲爱》《1990》，另有诗评论集、小说集多种。曾获台湾时报文学奖新诗推荐奖、台湾优秀青年诗人奖等多项奖。

蚵女写真

——报道摄影实例示范

咸的风

咸的潮

咸的沙砾

（我必须忠于镜头

镜头必须忠于历史）

稻穗丰饶的幻象

在海平线前飘移

她的生命

腌在不老不死不灭的盐里

（快快按下快门

小马达在机身中翻转底片）

盐　盐是她肌肤自幼凝聚的色泽

用盐的晶方铸成的乳房

胀满咸湿的青衫

四季轮替……

（我不会不诚实，用旧底片欺瞒）

在没有空间只有时间的蚵寮村

世世代代

蚵女勃张而愤怼粗糙如钢筋的脚趾

种植在外伞顶洲松弛的皮肤上

（这一张，要适度曝光

在黑暗中，冲晒出……）

啊永无表情的蚵仔蹲踞着

啊永无耳目的蚵仔蹲踞着

啊永无口舌的蚵仔蹲踞着

啊永无脸孔的蚵仔蹲踞着

（我的镜头必须适度剪裁

才能捕捉到真相中的真相）

蚵仔的腥气带来生存的欢愉

蚵肉绵绵

一筐筐新鲜上市

胸脯绵绵

一个个稚子问世

乡情绵绵

她的男人

也拥有带腥气的纠结腹肌

（谁敢轻视，我一卷卷

黑白底片拟古的伤逝)

每一次台风扑袭

她用绵绵的胸脯死硬护守

飘摇剥离的蚵架

（我替她在面颊抹一把泥

以至于保持住自然的神色）

每一次台风扑袭

狂风卷走了人间的一切温度

冲走蚵仔

却冲不走腥味

分不清，泪和雨

（请侧头哭泣，社会大众才有同情）

请再经历一次灾变

（摄影师心中的伤口比蚵尸更咸更腥）

长堤崩裂

海水倒灌

沙洲不堪承受的苦难狠心降临

直到隔夜

蚵仔们肿胀的尸首被

浪涛恭恭谨谨地奉还给蚵女

啊她的灵魂是美丽而圣洁的祭品

献给不老不死不灭的盐

献给整块海洋抽搐掺血的色泽……

波赫士

波赫士已经老得不能再老

一九五几年以后他瞎了三十年

一瞎就瞎到老　而且必然瞎到死

两瞳无光　只剩下心中秘密的眼神
他幻想的颜料得自前半个二十世纪
童年　马尔多纳河穿越城市
那时流割日月的沟渠还没有被公路覆盖
米隆加歌谣传唱在古老的布宜诺斯艾利斯
街头巷尾　布满杂沓的脚印和笑声
神奇的现实　闪躲进蒙尘的风景

安第斯山每年暴雨五个月
闪电连续击出血淋淋的红瀑
妊娠　暴行　现实中的梦魇
在城市边缘悄悄呼唤
然而他学习如何在地图上怀念阿根廷
是在日内瓦的日子

在日内瓦的日子
他重建南十字星座的星空
回到布宜诺斯艾利斯
他的思乡症又悄悄逃向
青年时代的日内瓦
时间以恋爱是否现身来丈量
空间以思想抵达的距离而测度
历史旅行一千年人性却不曾移动
故乡在地球上倾斜漂流
一座绮丽的花园　瞬间开谢四季
小径越过地图背面的须根
在空白的纸背编织崭新的世界

李奇坦思坦、史拉姆以及史塔德勒

尸骨不全　　种植在战壕中

第一次世界大战以笨拙可笑的坦克

碾碎了表现主义者抽去了动词的诗句

谁也弄不清 Dammerung 这个词汇

究竟指的是曙光　　或者黄昏

然而　　日内瓦一贯如此安详

一颗收拢人类史的泪珠

第二次世界大战　　阿根廷仍然

依偎在狗腹般温暖的独裁中

黑人　　白人　　茨冈人　　吉普赛人

以及只懂得西班牙语的印第安土著

充满水晶墙的雨林

鹰武士　　虎武士

三只眼睛的鳄鱼老爹

任何种族的梦魇

都在这块土地的白昼

漫游　　吐口水

毫无目的

每一次战争结束以后

波赫士就构想一些低级的推理小说

布宜诺斯艾利斯多血的热情

永远足以在灰烬中孵育出肥硕的萤火虫

几十年经过　　港口里的宇宙号

依旧痴痴守望着码头

波赫士继续老迈　　失神的盲瞳

凝固无穷尽的紫葳生态

猩红的等待漫漫掩蔽下半个世纪的阴影

他自己走在自己的声音里

在自己的声音里等待到自己的声音

现实也不过是另一座帝国的阴影

所有的狱卒都已枯朽

不枯朽的是等待的本身

晚年时回到日内瓦

坐在红木靠椅上　　指环繁殖着指环

紫葳繁殖着紫葳　　风景繁殖着风景

太阳繁殖着太阳　　历史繁殖着历史

未来却仅仅繁殖过去以及过去的过去

米隆加歌谣　　一世代　　一世代传唱

波赫士已经老迈得不能再老迈

颤颤拉开自己面前的百叶窗

长条形风景平行移动

东方近得就在颤抖的手指边缘

用无法辨识的语言召唤瞳孔无谓的旋晃

"这是一个不完全真实的寓言"

波赫士轻轻按摩浮露尸斑的额头：

"中国有一个名唤黄帝的王

在不可计算里程的古代东方

建造一座谁也无法走出的殿堂

它既是迷宫　　也是整座宇宙"

波赫士用盲人惯有的姿势昂起下巴

"一个诗人写下一句诗

只有一行　　却包容下整座殿堂

他的下场如同

我们事后的先见之明

果决的黄帝杀戮了诗人"

诗人的姓名早已亡佚

那句诗

永远失传

（美国）艾　山

　　艾山，本名林振述。1912 年出生于祖籍地永春。中学时代在福建度过，高中毕业后考入北京大学。1938 年毕业于西南联大外语系，1948 年赴美求学，1955 年获得哥伦比亚大学博士学位。即在美国各大学任文、哲教授，并曾任哲学系主任。20 世纪 50 年代初与友人顾献梁、唐德刚等发起成立纽约白马文艺社。著有诗集《暗草集》《埋沙集》《明波集》等，出版有《艾山诗选》；另有中篇小说、短篇小说集、旅游随笔集及英译《老子道德经暨王弼注》等。

月明夜（断章）

该羡慕，厌倦了
大海的海蠓
一歇足，便盘结永久的
住家。当远离了海，
石壁间，自足于
坚实的小堡垒
还应有航行洲洋
满怀波光的怀念吗？

想象经过沧桑的

隐者，为一段青色

灯光展开的天地而发愁

一颗壮志的心，爆发了

强烈的火花……

唉，有人斯有烦恼

牵连便是妨碍

所以说，远去，远了去，

有人潮似海潮的城市

和着装做的笑眼

善意的谎言，个人的小哀怨

远去，远了去，

让绿草缘阶绿，

蛛网结满未曾洗扫的门庭

牵牛花有意无意地开

今夜，趁这满窗的月明

树枝上黑色的雀影，倒射平台

清丽的白云冻结，

风儿不再在树叶间伴奏乐曲

止息在和谐里

比拟：花岗石美丽的

花纹，是生命流动的化身

理想亦如现实

通过了孕育，蜕变

风吹，日晒，雨淋，

记录下固定的形式

永远冥想的姿势

与不断追求着的

不断的追求——

而下河坎，那活跃的河面，
岹嶙的山的倒影，
淙淙的水流，飘曳的夜雾
与偶尔撤落的渔网声，
又该有朴实的舟子
拖引过分矜持的
老木船上急滩
匍行地面，嚎啕地面
沉重的，搏击的声音
伴随那延溪而来，归趋大海，
真实的，力的声音呀，
趁今夜月明，倾耳谛听……

待　题（准十四行·选一）

比制造洪荒更强烈呼呼而刮的
天风，动荡剖析着，拨了云雾
交互以爱情相见，我是你的！
是该怎样连结起我们的意志：
从帕米尔下来，跟着昆仑山、
阴山、喜马拉雅山，盆地高原
环绕河汉，建筑一座美丽花园

园子里我是泥土任凭你的想象
雕塑我：池亭水阁，春华秋实
寒来暑往，每个忠实的影子，
都朝向你如向日葵朝向太阳。
如果你是大地我虔诚跪下细吻
每颗沙子每寸泥叩询你的意向

造物主第六日的工作

造物主检讨一下五日完成的工作：
廓清混沌，说：要有光，就有光！
把光暗分开了来，成了昼夜，
水分上下层，因而有了天，
有了陆地和洋：
陆地上长着青的草
　　和结种子的菜蔬，
　　结果子的各种树木
　　造出野兽，各从其类
　　造出牲畜，各从其类
　　一切昆虫，各从其类
　　又有飞鸟翱翔在天空；
海洋中有鱼类，多多
　　滋生有生命的动植物；
天上的日月、星辰，做着
　　移动与变化的标记……
　　　　　　这些都是好的！

可是造物主心上迟疑：
我的创造是一种施与，谁来承继？
他或它应该像谁呢？
应该有我的灵性与大地的肉体：
我是不饮不食的；他应该尝试各色
　　可食不可食的物品，丰富了自己；
我的全能是无对的；他应该有配偶

完成反面，感情分开又连结成一片；
我是沉默的；他的话语，
　　将是一切果实的宣言；
我是无所不在的；他应该在一点上
　　固定，实现各样的形体；
我不受时间限制；他将随
　　时流而变，体味死生而通过了死生……
我给他我自己，又给他超越——
他的一切都该是正常的

　　　　　　他的名字是"人"！

（美国）黄　用

黄用，1936 年生，龙海人。台湾大学经济系毕业，1966 年赴美国南伊州大学攻读化学硕士、博士。后任职于美国马里兰州某大学化学研究机构。大学期间即在《蓝星》诗刊发表诗作。著有诗集《无果花》。曾获蓝星诗奖。

一片叶

风从天上来，吹去了水底的云。
唉，多么懒洋洋的一个晴日——
我想起你无力地按下微扬的裙裾，
低低哼起那支歌时。

当你低低地哼起那支歌时，
我舒开了一个思忆中的折叠；
因为我是多情而不懂得隐藏的，
如落在你窗前的一片叶。

世　界

长年漂泊于回忆，
我已倦于世界的陈旧与广大了。
任我垂首睡去吧，像秋日的穗粒
睡熟在一个永恒的金黄色的梦里。

哎，世界有时却也小得真可爱。
傍晚时，我见他流浪人一样地
以纤小之姿在窗下仰立着，
——为了听我唱一阕摇篮歌。

静　夜

静夜的星空沉落在湖中——
噢，我站立的地方真合适，
也可以仰摘，也可以俯拾
那些像是蓝葡萄的果实。

让我带一筐星子回家，
酿一壶斑斓的夜送你。
请在无星的时节
注入你寂寞的杯里——

然后告诉我，那是不是醇郁的
如风与月色的对语；
或者是淡泊的，
如我们偶然的相遇。

（美国） 王性初

王性初，1939 年生，福州人。1961 年毕业于福建师范大学中文系。曾任福建省作家协会副秘书长。中国作家协会会员。1989 年移居美国。现任美国《中外论坛》杂志总编辑及《美华文学》杂志副主编。著有诗集《独木舟》《月亮的青春期》《王性初短诗选》《孤之旅》《心的版图》等多种，另有散文集《蝶殇》。曾获福建省优秀文学作品奖与福建省优秀儿童文学作品奖、第二届世界华文文学优秀散文盘房奖。

等待帕克

等待维多利亚——帕克

她是一艘准备开航的巨轮

等待街头歌手一支又一支

浸透异国情调的民谣

等待那远远走来的汉子

脖子上捆着一条蟒蛇

等待阳光灼焦皮肤

时针缓缓地作水平移动

等待海水把眼睛逗得发蓝
发蓝的眼睛逗得你发狂

抽烟的看书的拍照的漫步的
一切都在耐心地等待

我的心空在等待日落
我的心海在等待月出
感情的潜水艇在等待浮升的解脱
希望的氢气球在等待降落的时刻

当港湾的钟声敲过五点已是黄昏
汽笛也随之宣告等待已有了下落
维多利亚轻轻地摇晃
等待帕克的脚步越过了船舷

哦，晕船的感觉真好
归航是许多星星的童话

小憩的风景

当太阳不带丁点儿倾向性
当血管中的含糖量急剧升高
两颗星星暗淡了
一座小桥横卧

树和花逐渐形成陌路
远方的电视塔正饱嗝徐徐
几只猫有公的也有母的

用爪子打着情调的暗语

窗外尽是彩色的标点符号

闹钟的情绪恢复平静

要寻找声音吗

地球已变聋哑

炙热肃然地漫上身来

日光已经开始愠怒

赶紧猛踩引擎的油门

公路又平添了无数盲目

墨尔本的落叶

北半球的初夏

正是南半球的暮秋

季节倒立在足迹的胯下

令一切有了辉煌的惊叹

满目落叶黄色了视野

绿树开始重新生活

虽然不是情调的时光

花卉仍有献媚之作

黑天鹅在湖中自由自在

黑蚂蚁在路边无所事事

墨尔本已经很秋了

秋了落叶秋了城市的路标

告别沙漠是一种黄的经历
秋的墨尔本是另一册黄的诗集
读你宁静又舒展的胴体
古老中带着美丽的矜持

（美国）蓝　菱

蓝菱，本名陈婉芬。1946 年生于菲律宾岷里拉市，晋江人。菲律宾远东大学英文系毕业，美国爱荷华大学艺术硕士。旅居美国多年。台湾创世纪诗社同仁。著有诗集《第十四的星光》《露路》《对答的枝桠》等，另有散文集《野餐地上》《万户灯火》。

诗，一个春天的下午

诗，可以用来做什么呢？
三月的雨雪点点飘出了屋檐
解冻不久一群鸭子浮出了池塘
树在绿中逐渐成形，一朵云：
恰恰停在美丽的水田中，举头高望
一个春天的下午

我也坐在这里，整整的一个下午
看着云彩飘过来，飘过去
我多么想说一句简单的话：诗
是我坐在树下看一本书

望见你自远处走来

心头突有一阵慌乱的跳动

然而不，这样的表达

不尽是一个春天的下午的意义

  （蜂蝶绕过花间

   工作在远处的稻田上）

我坐在树下看一页书

有一个故事，突然从明快转到忧伤

诗，其实也含有这样的本质

和节奏

还有一些我说不出来的

还有一些其他的原因……诗，可不可

  以是

河水在春天的构思中

是爱，拥抱在爱中

泪，在泪中的闪亮

清　明

昨夜想必有小雨，纷纷

敲落我早春寒冽的石碑

山峰虚虚渺渺，像一页讣闻在远年的回音

甚至……甚至一片咆哮的轻雷

来自故乡。大地进入惊蛰

我和风入眠，嗅着

异乡的白菊

开在故土山坡上

这是第几回的重临？我躺着，倾听
时间的残雪斜斜飞过
黑暗是我全部的灯，梦是
翅膀。那样地掠过。掠过掠过
没有了籍贯没有了忧愁的
一生

艾城候鹿至

他是一个诗人在等鹿
他又是一个主人带着微笑，而
山居的日子夕阳总是无声贴近窗的
如此酡红的主题怎能
不喝酒呢？

忽有风铃叮叮摇起暮色
长窗外，一架栖息中的秋千
古柏树底，垂下了
夕阳般深静的绳子
轻尘无风自扬莫非是
冬这一刻
卷起的三四朵雪蹄：
鹿，来还是不来？

远处，天的灰像一堆颜料冻着
艾荷华又幽幽地
自公园的一片紫雾升起
近河冰溶潺潺，正是
我们取道而来的风景……突然听得

雁阵急速掠过
那雪，噤在钟声里忽又
一记记地飘下
又仿佛是下午在预言
觅寻。他还是强烈地关心——

风，须臾把一碟碟的饲料
吹扬，稻香的空气引诱着
他又自心底热切喊出：来吧来吧，那等待
多像年少的自己奋然躺下
玉米田的怀抱
诗思终一发不可遏止啊那等待……到底
鹿来还是，不来？

在小树林敞开着一窗的雾
秋千轻轻摇下五点钟
夕阳将落未落时
突有上楼的脚步
惊醒大家："看，是谁来了——"

是谁来了，啊，一生
又有几个等待？
黄昏有一种气息，如此特殊
丝丝触动心弦
和蔼的主人迎客入门
风铃叮叮叩肩询问
这似有若无的
去来
是生命本身的答案吗？

后记：1987 年岁暮，我们与郑愁予两家人远赴聂华苓和安格尔次女的婚宴。头一天大家聚在长桌前叙旧，华苓亲切倒茶的一刻，安格尔先生望着窗外的院地对我们说："鹿就要准时出来……"那草地上赫然放着喂鹿的饲料。作为一个诗人，他对生命万物的关爱已远远超过一切，他不只是代表一个诗人的胸怀，更是一个伟大人格的完成。

两年来此诗写了又停，去年（1991 年）3 月 19 日又将之取出修改。正待完稿之际，突闻他于同月 22 日长逝的消息。葬礼归来，华苓嘱我发表它。此时此刻，其意义又多了一层，除了对他崇高人格深表敬仰之外，并以此诗表示悼念。

（美国） 施　雨

施雨，本名林雯，女，1965 年生，福州人。1988 年毕业于福建医科大学，后取得福建师范大学文学博士学位。1989 年赴美。曾于达特摩斯医学院、德州大学西南医学中心等处工作 11 年。美国文心社创办人（现任社长）、《文心》季刊总编辑。著有长篇小说《纽约情人》《刀锋下的盲点》，诗集《无眠的岸》《施雨诗选》，散文集《我家有个小鬼子》《美国儿子中国娘》以及译著等。作品在海内外诗歌、散文和小说征文中多次获奖。

爱琴海

曾经温柔地想过千万次

或许　我就是爱琴海

任性的海

无风　无雨　无虹的日子

静静仰卧　伸出臂膀

点击欧洲大陆

希腊面西　土耳其向东

还想过　地中海

美丽得像个前世的情人

最好　住山崖上的白房子

清晨听一首苍凉的歌

凝视一片黑沙滩

再凝视一张

灵魂深处的容颜

远处的天　蓝到海水里

那汪深邃的幽蓝

因为丰富　所以单纯

所以宁静

火红的岩浆　西西里平原

乘着西风寻夫的塞姬

独立于守誓河源头

那一掬多情的水

洒遍了雅典的青石路

那汪深邃的幽蓝

只属于哲人

哲人的海　拥着我

特洛伊古城　小亚细亚

柏拉图的山多里尼岛

日落时分　缓缓举杯

身后是猎户星座

和远古天庭里的月亮

梦似的暮色中　我看到

亚历山大帝国　伊索寓言

还有荷马史诗

还有船王的岛屿　还有你

穿行于纤细廊柱的白色身影

一如阿波罗抚琴的十指

月光奏鸣曲

月色湿润　流成水

流走两个人的五官

和朦胧的许诺

那扇窗　对不准道路

再也没有哪只手

把它敲开

路　是望了又望

一转身　空着

又是一个中秋

出埃及

远离荒凉

我必须先穿越荒凉

告别痛苦

我要先拥抱痛苦

旷野　沙漠　死荫

落地的枯树犹如一节断肠

翻山越岭　故乡呵

你远得像他乡

园中曾经的桃红柳绿

童年一般遥远

风声雨声　一颗心

就这样被拍乱

有没有不需要的等待

有没有白白的给予

水天一色的苍茫呵　如神应许

信我的便得着

（法国）宋　琳

宋琳，1959 年生于厦门，祖籍宁德。1983 年毕业于上海华东师范大学中文系。1991 年移居法国。2003 年以来受聘于国内几所大学执教。目前专事写作与绘画。著有诗集《城市人》（合集）、《门厅》、《断片与骊歌》（汉法双语）、《城墙与落日》（汉法双语）、《告诉云彩》、《雪夜访戴》，随笔集《对移动冰川的不断接近》《俄尔甫斯回头》，编有中国当代诗选《空白练习曲》（合作）。曾获得鹿特丹国际诗歌节奖、上海文学奖、东荡子诗歌奖等。

脉水歌

——重读《水经注》

一

大河在远方闪烁，犹如一道
来自北极的光。太阳的火舌下
羿的箭矢穿过云的旗幡
我移动，像山海经中的测量员
雁阵在蓝天书写一个人字

流水浣洗着林壑的耳朵

在我的衣襟前制造一个节日

飞瀑在悬崖绝壁激起回响

一条又一条河穿过我的躯体

帝国的通都和彩邑中有我的驿站

美人因迟暮而忧伤，醒来

衣袖空留昨夜的余温

二

岸草青葱尾随我远去

而生活本是在岸上筑居

为什么要告别笙歌和画舫

去追逐蛮荒的河流？

为什么骑驴，饮风，偃蹇而进

易水而弱水，塞北又江南？

漫长的行旅中，孤独已变成

心的刺客。夜半客船上

家书的炉炭烘暖我的双手

出发的日子，话别的时刻而今安在？

凶年又加上不驯服的河道

星星的沙粒壅塞平原

三

死亡的黑车满载兵器

烽火中的白马连翩西驰

曙光像密件的封泥那样火红

大河从贫瘠的远方流来

经过同战争一样贫瘠的土地

那么多人在饥饿中死去，又在死后梦见

玉蜀黍和干葡萄，梦见女人们云集

辨认着比冻土更僵硬的自己

手在空中掘墓：苍天！苍天！

她们像怀中婴儿般号叫

那么多等待化为乌有

好似干戈化为玉帛

四

倘若青鸟来过，曾栖于什么枝头？

罗盘搜寻到哪一座仙岛或灵山？

裸国残缺，怪物的想象同样残缺

龙族的血液里有它们的低语、尖叫

禹贡山水犹在，贡船早倾覆

接着走来了游侠，纵横家

和篡位者仪仗中大象雄武的步伐

这片土地的传说，河流的传说

像炭黑的赤壁被烧得滚烫

像石上的勒文，只有风能够识读

连同智者的浩叹都将化为乌有

影子交错，有谁曾抵达过彼岸？

五

渔父调舟而去，桂棹轻点

抛下一支恼人的沧浪歌

多事之秋的高树用伤疤的瞎眼眺望

我走过的泥足深陷的路

一只蝴蝶被尘土压住有无原由？

一只萤火虫为我照明是否出于自愿？

除了继续早已开始的仰观俯察

泾属渭汭的清浊，南北分流的盘根错节
现在岂不是一一稽考的时候？
说，即便最终等于不说
像流星的湮灭，石棺的沉默
铁函有朝一日会浮出深井

六

云梦泽上的云，销魂的雨
宋玉的解梦术满足了楚王的淫欲
清水之畔，筠簹幽幽，名士们
佯醉、打铁、冶游于林中
与残暴的君主旷日周旋
我又怎能幸免侍者的头衔
在奉命陪同皇帝北巡的游历中
梦想山川风物和美的人心
从一部水之书发现了不得已之境
我岂不愿放浪于市廛之间
像绿鹦鹉，在烛光的妩媚中
在玄奥中谈吐世道陵迟

七

开创的人物，天之骄子
遥远如来自某个河外星系
沿着倾斜的日影下凡
敷土，祭奠高山，命名了百川
那传说中的水王不曾回来
广漠掩埋迟到者的悲哀
河与人喧响两种孤寂
一如那不可能停下的箭矢

唯有脉跳还在呼应地下的涌动
唯有记忆汇合成更辽阔的河
当我踌躇着不知该向何处去
月亮那水的魂魄引导我

八

经典已朴散。在扭曲的时代
我只想做一个脉水人
在精心绘制的地图上规划
一度是桃花源，后来是战场的山水
渴时我就以朝圣者的姿势弯下腰
风像色情的山鬼挑逗我：
看啊，一切皆流。但重泉中
我的影子却如如不动
变化多端的四季的仪表
涨落的水文，让我徒然兴叹
并连连发问：什么样的钩沉索隐
可以追回遁走的暗流？

九

这是一则轶事，这是流亡
漫长的行脚从一个龙忌的字开始
只带上很少的必需品
走着，一个人不仅可以梦见
爵禄、荣名、弄臣的粉墨
可以洗手不干，可以懒卧
也可以远走高飞。没有禹迹
只有银色的丝涎那徐缓蜗牛的
逶迤哲学。对我而言，远

就是近；走，就是用交替的脚踵
量尽河流的长度，大地的幅员
停步倚杖，在峻湍边看云

十

急迫的鹰喽叫着，喽叫着，喽叫着
大地之鹰，展翅在云端
那声音像黄昏天空的一个亮点
神秘的河图的一个疑点
像从殷墟飞来的传奇的巫祝
戴着面具，发出预言：
"旅者，你该向视域外搜寻
在倾听中配制魔咒的力量
你也该知道源头的涓滴原本弱小
逆流而上即与那一脉活水为邻
梦想的颠踬也是生活的颠踬
当大河上的彩虹横绝远空"

（菲律宾） 月 曲 了

月曲了，本名蔡景龙。1941 年生于菲律宾，晋江人。20 世纪 60 年代开始接触新诗，曾加入菲律宾自由诗社，后任菲律宾千岛诗社社长，系亚洲华文作家协会会员、菲律宾文艺协会会员、耕园文艺社社员。著有诗集《月曲了诗选》。作品入选多种选本。

房间旷野

听见时间要来
我坐在新买的
柔软如白日梦的皮椅上
微笑等它
转动椅子我游望四边蓝壁
平静的海面
日历如帆　有去无回
又要带我出海了
轻摇椅子我无心摇动世界
一杯半杯　咖啡海浪
虽荡起浓郁的

千缕终是过眼云烟

听见时间来了
我微笑等它
我徘徊在宁静的房间旷野
忍受存在
等它怎样逼那椅子
由新到旧

足球场

走到久别的草地上
白发的色画的足球场
心又宽旷了紧张了
没有人可以拦阻我
奔向抢球的地方
再去抢回年龄
自己力敌自己
这种表演是不需要观众的
就让树叶为我鼓掌
散场后　情愿是
那两排长板凳又被人忘记
而沉默　但与胜负无关
静静和大地论交情
躺它的土躺它的草
听它每一寸复活的声音

校 园

回去回去
铅笔擦擦掉的日子
回去课室
翻开笔记簿
一页一页的春天

回去再等
水泥铺过以后
操场上
那棵大树前
她还是迟到
还是朴实如白衣蓝裙

也看看讲台边
跟着老师
唱国歌
一站就数十年的旗杆

回去回去
定要问一问
黑板上画的
国土
现在怎样了

（菲律宾）云　鹤

云鹤，本名蓝廷骏。1942 年生于菲律宾马尼拉市，泉州人。菲律宾远东大学建筑系毕业。1976 年获得美国摄影学会硕士学位。曾任菲律宾华文《世界日报》文艺副刊主编、东南亚华文诗人笔会常务理事、菲律宾新潮文艺社创社社长。中国作家协会会员，美国世界艺术文化学会荣誉博学会士。著有诗集《忧郁的五线谱》《秋天里的冬天》《盗虹的人》等近十种，其中两种诗集被翻译为多国文字。

野生植物

有叶
却没有茎
有茎
却没有根
有根
却没有泥土

那是一种野生植物
名字叫
华侨

蟹爪水仙

洋葱般大的鳞茎，两侧各长两个小球茎，略带微黄的芽叶，羞涩地从茎中探出头来。那是我从街上买回来的一棵水仙，它安详地躺在置于案上的瓷盘中，直到有一天……

室友笑着取去它，把它剥了皮，刮了根，划开它洁白的鳞瓣且一片一片勾掉，让隐藏着的芽都显露出来。据说，那经过刻削的一面会因受伤而结疤，迟缓了芽的生长，未经刻削的一面则成长自然——这不平衡的生长，将使叶子形成弯弯曲曲的蟹爪状。

我听见案上水仙在哭泣："母亲，就让我在您体内死去吧！我不愿意这样不正常地发育着……"但，除了我之外，还有谁听见呢？

序　曲

我听见哭声。风摔碎在斜坡上

我听见哭声。苦旱里痉挛的根须努力伸向海洋

我听见哭声。龟裂的泥土露出了新棺

我听见哭声。饥饿铿然落在餐盘中

我听见哭声。潮退后屋顶红瓦凝着晶晶的盐

我听见哭声。千排廊柱一瞬间陷入地层

我听见哭声。另一次脐带与胎盘的争执

我听见哭声

我听见在一根遗失了音调的弦上弹出的

　　自己

（菲律宾）王　勇

王勇，1966 年出生于江苏，祖籍晋江。20 世纪 70 年代末定居菲律宾。现任菲律宾菲中友好协会副理事长、菲律宾华文作家协会秘书长、菲律宾博览堂总编辑、世界华文微型小说研究会副会长等职。著有《开心自在》《冷眼热心肠》《御风飞翔》《觉海微智》《王勇诗选》《王勇小诗选》《王勇闪小诗》等诗文集近十种，作品多次获奖并入选国内外文学选集。

越野的马

跪在繁忙的交通路口
吐着白沫喘着气
垂暮的我，还想站起
跑更远的路，不为逞能
想当年，飞溅黄河水
过千关，昂颈沙场
踏破长夜挟风雷
千万里风尘莽莽

如今倒下

倒下如斑落的古墙

鞭影下，筋骨嶙嶙

先祖飞天的年代已逝

身旁铁骑狂喷黑雾

冷冷笑我不识时务

唯有在唐人街复先祖的

足印，荷先祖的尊严

唐人街虽姓唐

但不在唐朝

只是一条消瘦的

遗落在唐朝外的

小径

唉！唐朝之前之前

在春秋道上，圣人

你命我开路

从这国到那国

从那国到这国

我犹记得你历来奔走相告的心愿

要如何如何做

仁

跪在远离春秋盛唐的路口

决定，站起来后

该朝南朝北朝西

还是，朝东

瞎

拐杖咚咚
把黑夜狠狠敲击
敲出一条弯弯曲曲的
长巷，月亮不忍俯视

灯光暗淡
墨镜牵着人
人牵着影子
影子牵着虚无主义的
口号，渐瘦成
巷底的
犬吠，夹着半截尾巴
逼入街灯的死角

垃圾桶旁，一群野猫
正在争相翻寻
发臭的食余

梦回围头

炮弹一直落一直落
落在我的
你的，心脏
痛了几十年

近近的海峡

鸡犬的问候亲亲在耳

你我却非用炮弹

狠狠问候

把浪花煮沸

一回首，浪花笑成

泪花

开在你我的脸上

在梦里升起落下的

不是炮弹

而是烟花

<h1 style="text-align:center">（新加坡）牧羚奴</h1>

牧羚奴，本名陈献瑞，祖籍南安，1943 年生于印尼。1946 年移居新加坡。新加坡南洋大学现代语文学系毕业。曾任法国驻新加坡大使馆新闻秘书。法兰西艺术研究院驻外院院士。著有诗集《巨人》《牧羚奴诗二集》，小说《牧羚奴小说集》，另有《牧羚奴作品专号》，以及译著《尼金斯基日记》《拉笛夫诗选》《法国现代文学选（一、二）》等，并有艺术作品集《瑞献之印或内心刻石》《十牛图》《陈献瑞纸刻》等多种。曾获法国国家文学暨艺术骑士级勋章、新加坡文化奖章及新加坡马来多元源流艺术协会奖章。

<h2 style="text-align:center">家　书</h2>

母亲，柳树飘絮了没有
我们的渔网补了没有
苦季之后，我们要丰收
屿上的风鼓们也要丰收
母亲，我看到了剑鲨的剑
看到旭日升自父亲手中的碗
碗中的番薯酒映着朝霞的颜彩

母亲，你的灶火温暖我

你的慈光照耀我

家乡的晨与异乡的寒夜

遥远的鸡啼与窗下的虫泣

协奏于我的怀想

母亲，我塑的小泥人长大了没有

短笛中的海盐结蕊了没有

那个老风筝一定吵着要飞

青鸟在棕榈杆上啄数我的诞辰

母亲，谅你正在望鸥

望我卧鸥背归去

而鸥背小，而我的意志重

海更褶皱了我的无知

浮沉在你的爱之外恩之外

我匍匐，如大海，匍匐在你跟前

听潮声澎湃我的孝思

我含泪，如大海，含泪在你膝下

以涛音壮歌你的康泰

我看到了鲨背上的暮色

看到白鹭鸶用水蛇扎住嘴之尖铲

看到儿时的我把潮汐踩在海涘上

渡头的百木如百足，钉满牡蛎

牡蛎喜欢划伤我的手指

喜欢欣赏我还提的血红

每只石蟹都爱呢喃

每只蟛蜞都爱嗫嚅

呢喃着钉满了鱼牙的我的童年

毫不锦绣，那美丽的粗糙

灯下无海，感受是海
我流浪，我乃一尾愤怒的刺猬鱼
直斩着眼，逆泳向生存的山洪
母亲，今夜的风暴一定很大
云很黑，而父亲尚须渔帆
渔火沟在浪峰，烧天之一角
长桨衡量着鲸背似的波度
母亲，你殷待，你的白发似浪
我粗安，你呼唤的湛蓝
你的爱，我的低微，海的呜咽

蜘　蛛

夜，默默坠下
携一丝银色的星芒
我也坠下，自叶尖与叶尖之间
倒吊着，垂直于另一根横丝
在叶尖与叶尖之间

风们戏我
以长长的秋千的摇曳
如艺人，我恒在走索
回纹似有始点，但我匆忙
我总是盘旋盘旋
回纹似有终点，我在圆中
捉一丝柔韧的月辉
我又射下，吊晃着

仰视一面网，那凄美的交织

闪熠的图，月亮的骨骼

我已饥饿微微

捕蚊，捕小小黄蝶

捕大颗大颗的雨

而风们击我

以螺式的昏眩的摧毁

我飞潜，愤怒律动

我腹虽小，容忍是内容

今早依旧，我多匆忙

依旧构造那圆中的圆圆

我以八足拨弦，层层传音

林中乃有千琴为我们合奏

你来，你是雌蛛

你来，我不网你于千网

共握一丝金色的阳光

轻轻滑下

我们一起舞跃

冰　魂

闪到那扇锈了的铁门外

她素装候你，像门内那座森林等她归去

一些摘枯枝的声响

谁在吹单调的口哨

没有炊烟敢走入空漠

她吮你的嘴唇

你说有，其实她并没有蛾眉

一块人形的冰

压在，溶在你冒雾的摇动上

青竹蛇飞过千草

青蛙咬住水果

向后踢去

它们的颈项，乃是斑斑的长藤

指甲花树摸你的脸颊

地灵轻得可以贴在时间的笛孔上

狗的电眼

射断啼哭的夜

雨，狂乱向你追来

（马来西亚）林幸谦

　　林幸谦，1963 年出生于马来西亚森美兰州，祖籍永春。香港中文大学哲学博士。现任教于香港浸会大学中国语言文学系。著有散文及诗歌作品集《狂欢于破碎》《生命情结的反思》《诗体的仪式》，并有编撰《才能：扭转乾坤的执行力》等。曾获台湾时报文学奖甄选奖、评审奖，香港市政局中文创作首奖，大马"花踪文学奖"推荐奖等。

角色群

把作者禁锢
文字结群回到书房
所有的角色
向文本催促

　　　　出逃
文字成为驱逐现实的迷宫
被作者禁锢
逃亡的角色
回到文本

作者反被角色驱逐

面对自身的禁忌

立着

在黑墨的雪中

　　　　　压迫双角

墨色的雪压迫作者的笔

在巨角累积

扮演千岁的麋鹿

文字群中的角色

鼎起巨角的负担

成群飞舞

　　　　故事鼎盛

情节群居的场所

角色不断转换各自的身份

向读者迁移

成群搏斗

一群角色混乱的文字

碰出书册翩飞的声音

地下笔记

军人

人像

远树

伸出各自的手

抚摸暴雨季节的家门

难以矫正的笔尖

偏离跳动的心脏

在日落的地方

雨水，流过我家的后院

流向太阳升起的深处

又深又远的家门

又深又远的家门

又深又远

地下充满墨水

淋漓尽致

涌自火山的核心

异质的阳光

从黑暗的皮肤底层

涌向笔峰

我一再摸触

让纸张一再触摸的神经

词语变得宽宏

渴望家门的十根手指

让手指一再触摸的土地

树远

人家

深处

东方吉普赛

谁在东方吉普赛的集中地

摄取人群的说话声

某个东方民族的声音接踵离散而来

漂·停·左转
禁止吐痰

禁止一向有独立的牌坊
禁止逃避无法展示的生活方式
在深春的季候风中醒来
把脸色挂在街道的窗口
谁在禁止进入的作品中犯禁了

谁面向街道将禁地穿凿
谁胆敢理论生活的结构
谁诠释了东方吉普赛的兴盛与失落

东方风尚的追求
肤色随街飘荡
谁把意义集结在向西的窗口
满街的青铜黄铜符号
镀金像和理石体雕的居所
无法安置东方的钟情
谁玩起猎人与猎物的游戏
谁十分地专断

谁将祖先烧制的象形文字
漂流在东方的住址
用艳红、海蓝和黑暗大量复制
动用东方的风尚
一种图腾结束所有的图腾
在通往集中地的阁楼内
谁碰触了暗室东边的窗

（澳大利亚）庄伟杰

庄伟杰，闽南人，文学博士，澳大利亚华文诗人笔会会长，中外散文诗学会副主席。著有诗集《神圣的悲歌》《从家园来到家园去》《精神放逐》，散文诗集《别致的世界》《岁月的馈赠》，散文集《梦里梦外》，评论集《缪斯的别墅》《智性的舞蹈》《流动的边缘》《文心与诗学》《海外华文文学知识谱系的诗学考辨》等十数种，另有书法集。曾获中国第13届"冰心奖"、中国诗人25周年优秀诗评家奖、中国当代诗歌奖（2013—2014）批评奖等多项文艺奖，作品及论文入选一百多种版本，有诗作编入《海外华文文学读本》等三种大学教材。

锯或者舞蹈

不断地锯。锯成锥的形状
重要的是，恰到妙处。譬如——
对一棵生长的树，锯掉所有的多余
精心修剪，进行强化
留存下最坚硬的主干和枝丫

灵魂的锥体，敏锐、晶锐、劲锐

可以竖着放、横着放、倒过来放
双手像抓住利器，反复琢磨
镶满了风吹活的词花
复活一束飘忽的往事或记忆
删繁就简的造型，就这样
舞蹈起来，仿佛心的搏动和颤音

白天的喧哗渐渐消隐之后
夜色和锥体一样变得尖锐无比
深入，洞悉，切剖，隐隐作痛
展开自我放逐，我要锯开自己
锯开这俗世中尚存的某种定式

为碎玉祭礼

一块圆形的白玉，不小心
随着骇人的一声啪啦
碎响于地上，面目全非

一颗致命的心，如打碎的玉器
斑驳成两三朵花蕊
有种喊不出来的空茫和痛
连同一份负罪感和忏悔感
令一整个夏日发生痉挛

如此见证了一回玉碎的情景
似乎倾听到一轮圆月撞击
琐碎的日子，分离成碎片
叹息绝响，化作不可复制的形体

这生命之殇，凄美得令人不敢凝视

唯有静静地捧在手中，以生命的名义
充满敬畏地，举行祭礼
为碎裂的圣洁，默哀诵经

十行诗（选二）

十行诗 01 号

当夜垂下幕帘，城市的灯火
一盏盏亮起来，疑是迎春花次第盛开

渐渐地，灯火从初夜守望到午夜尽头
远远望去，怎么如此斑驳，若远古的幻象

这时，在瞳孔里轻轻擦亮着夜景
苏醒的灵体，牵住风之手，在灯光下起舞

一个人体内的灯火，一旦被点燃
许多词花字根，又纷纷冒出了新芽

灯盏兀自静守着一方空间，人不如它安分
是人在感觉灯火，还是灯火在感觉人

十行诗 05 号

整个世界弥漫雾霾，星辰变得暗淡
分不清东南西北，也看不清自己的模样
正如此刻，读不懂一朵花的蕴含

一股无形的气流在体内，比雾霾还浓
仿佛要把自己的一切抽空，或扩散
按捺不住的奔突，如寒风呼啸

激流涌动，贸然窜入一种巨大的虚空
无法自持，滑翔一出尴尬的独角戏
然后，把灵魂装进一只紫砂壶里浸泡
看花非花雾非雾我非我，而地球仍在转动

编 后 记

　　本书是《闽派诗文丛书》的其中一本，旨在通过汇编新诗运动以来闽籍诗人的代表性作品，打造"闽派诗歌"品牌，推动"闽派诗歌"发展。

　　本书分两部分。第一辑是"中国大陆闽籍诗人作品选"，入选诗人是按各个时期在全国卓有影响的闽籍诗人，获鲁迅文学奖、少数民族文学骏马奖、全国儿童文学奖诗歌类奖项、福建省政府百花文艺奖、福建省优秀文学作品奖和中国作家协会下属文学期刊、部分重要文学刊物诗歌类奖项的闽籍诗人，以及中国作家协会会员中的闽籍诗人等条件确定入选诗人名单，经由网络投票和专家评审产生；诗作则大多由诗人自己选定（除已逝诗人和部分联系不上的诗人外）。第二辑为"港澳台及海外闽籍诗人作品选"，入选诗人诗作由专家组遴选，并征得多数诗人的同意而定。

　　本书可视为中国新诗运动近百年来，"闽派诗歌"形成、发展的一个缩影。但限于篇幅和编者的水平，会有不少遗珠之憾和差谬之处，敬请专家和读者批评指正。

编委会
2016 年 8 月